听奶奶说

TING NAINAI SHUO

吴中直 / 著

文化艺术出版社

图书在版编目（CIP）数据

听奶奶说/吴中直著.—北京：文化艺术出版社，2017.10
ISBN 978-7-5039-6166-3

Ⅰ.①听… Ⅱ.①吴… Ⅲ.①纪实文学-中国-当代
Ⅳ.①I25

中国版本图书馆CIP数据核字（2017）第241416号

听奶奶说

著　　者	吴中直
责任编辑	张月峰
书籍设计	马夕雯
出版发行	文化藝術出版社
地　　址	北京市东城区东四八条52号　（100700）
网　　址	www.whyscbs.com
电子邮箱	whysbooks@263.net
电　　话	（010）84057666（总编室）　84057667（办公室） 　　　　　84057691—84057699（发行部）
传　　真	（010）84057660（总编室）　84057670（办公室） 　　　　　84057690（发行部）
经　　销	新华书店
印　　刷	北京荣宝燕泰印务有限公司
版　　次	2017年12月第1版
印　　次	2017年12月第1次印刷
开　　本	710毫米×1000毫米　1/16
印　　张	19.75
字　　数	250千字
书　　号	ISBN 978-7-5039-6166-3
定　　价	49.00 元

版权所有，侵权必究。如有印装错误，随时调换。

  我的奶奶！一个旧社会的新女性，在战争年代用家风和言行影响了我军两位将领，培养出一名新中国第一代飞行员。在和平年代，教育出一名省级劳动模范，两名市、区人大代表，一家三代人被写进市志。

吴奇烈士永垂不朽！（原中国空军副司令员　张积慧）

老同学老战友吴奇烈士永垂不朽（原东海舰队航空兵司令员　王天保）

为有牺牲多壮志,敢叫日月换新天 (空四师抗美援朝老战士 陈嘉宁)

奶奶好家风 （原空军第十一军参谋长　宋亚民）

吴奇烈士是我的同学和战友，为保家卫国，血洒长空，永垂不朽 （原空军第三军军长　张洪清）

序一　续写烈士荣耀的普通世家

欣悉吴中直自传体纪实文学《听奶奶说》将要出版，我是百感交集、思绪万千。作为烈士的后代，一个与共和国同龄的党政干部、优秀企业家，吴中直始终高举理想、信念的旗帜，缅怀烈士功绩，弘扬烈士精神；牢记奶奶的教诲，以"怀忠心耿耿报效祖国，用不同方式感恩社会，靠家庭团结凝聚精神，凭个人智慧创造价值"的精神力量，严格要求自己、严格要求家人，在新的历史条件下为构建和谐社会、实现"两个百年"的梦想做出了积极的贡献。

吴中直的父亲吴奇烈士，是新中国第一代飞行员，是中国人民志愿军空军首批出征与美作战的10名勇士之一，他于1951年10月16日驾驶"米格－15"—0129号战机，在与美空战中击伤一架F-86战机后，为掩护战友壮烈牺牲，中国人民解放军空军政治部为他追记二等战功。1951年10月16日的空战，是继第二次世界大战后人类历史上规模最大、最惨烈的一次空战，也是世界空战史最经典的战例之一。

伟大的抗美援朝战争，给中华民族留下了宝贵的精神财富。这就是祖国和人民利益高于一切的抗美援朝精神；为了祖国和民族的尊严而奋不顾身的爱国主义精神；英勇顽强、舍生忘死的革命英雄主义精神；不畏艰难困苦、始终保持高昂士气的革命乐观主义精神；为完成祖国和人民赋予的使命、慷慨奉献自己生命的革命忠诚精神；以及为了人类和平与正义事业而奋斗的国际主义精神。

怀着对先烈们的崇敬心情，多年来，吴中直在百忙的工作中沿着父亲从新四军到解放军、到志愿军的战斗足迹，深入父亲当年参战部队收集、整理、增补了大量关于父亲及其战友的英雄事迹。每一名革命烈士的事迹，就是一篇无比壮丽、无比伟大的诗章。他们的战斗、工作、生活、人格、坚贞、操守都是可歌可泣，惊天地、泣鬼神的伟大壮举。

家中有谱，犹国之有史。史，记一国之兴衰；谱，叙世代之源流。参天大树，必有其根；怀山之水，必有其源。吴中直撰写的《听奶奶说》一书，故事真实感人，全面、艺术地再现了奶奶以母爱的无私与博大，教育培养了我军一名优秀飞行员的平凡事迹。用探寻的视角、情感的笔触刻画出一个追寻历史真实、呼唤人性崇高精神的普通女性形象，揭示了英雄背后的宏大主题。

当我读着《听奶奶说》的书稿时，吴奇的英雄形象在脑际巍然矗立。他1.72米的个头，时时处处给我一个清瘦、干练的印象。记得他说过，父亲早逝，家里只有奶奶和有文化的妈妈。此时，两位老人的音容仿佛在我眼前浮现。让我们在心灵中下半旗，默默地向英雄致哀，向烈士的奶奶、母亲致敬！

掩卷深思，却又觉得这些事例中蕴含着政治、历史、文化的深刻内涵，诠释着中华民族的传统美德。纪念英烈就是弘扬他们的精神，用他们的精神品质引领社会价值取向，将他们参与开创、为之奋斗的事业不断推向前进。

是为序。

原空军第三军军长 张洪清

2016年10月12日于大连空军疗养院

序二　一部用心灵撰写的家族历史

今年上半年的一天，女儿突然告诉我说，她和吴奇的儿子吴中直取得了联系。我当时愣住了，眼前浮现的是战友吴奇年轻的面庞，65年前的岁月一幕幕浮现在眼前。在65年的岁月里，无论经历怎样的风风雨雨，却始终无法忘怀和我一起经历生死、患难与共的战友们，有生之年还能见到他们的后代，让我的内心充满了期待，也再次让我回忆起与吴奇烈士朝夕相处的岁月，一起经历的战火纷飞的年代。

我与吴奇相识在东北民主联军航空学校，我们同为老航校的第三期学员。从入校后我们就在一起学习、训练、战斗，形影不离，如果说有短暂的分离就是他学滑翔机飞行那几个月。后来组织上派我们去沈阳接收国民党遗留航材，我们又走到一起。

老航校生活结束，1950年5月我们又一起在锦州三航校第一班毕业。在航校的生活、学习和飞行训练中，我们结下了深厚的友谊。

1950年朝鲜战争爆发，同年12月4日，空军正式向我们所在的空4师下达了参加抗美援朝的作战命令。21日，我们10团28大队及10架米格-15由辽阳转场至安东浪头机场，开始战斗值班。1951年1月21日，在大队长李汉的率领下，包括我和吴奇在内的10名飞行员在接到起飞命令后升空，开创了与美空军的首次空战。后来我和家人讲起参战经历，总是怀念牺牲的战友，脑海中挥之不去的映像是白天我们还一起参加战斗，晚上回来他的床铺就空了。

吴奇于1951年10月16日在战斗中牺牲,他和其他在这场战争中牺牲的战友永远活在我的心中。

今年10月12日,中直全家去丹东祭奠吴奇,纪念他牺牲65周年,特意经过大连来看望我。看到吴奇的后人都健康幸福的生活,我非常激动,也甚感欣慰。交谈的过程中,我知道了作为烈士遗孤的中直是由奶奶一手带大的,奶奶对他的影响是深远的。在我眼前侃侃而谈的中直,话里话外看得出他是一个正直有担当、坚强有勇气、善良有品格的人。为了纪念已逝去的奶奶,他写了《听奶奶说》一书。书中以奶奶教养他长大成人为主线,穿插回忆了父亲吴奇从出生、参加革命、成为一名飞行员到光荣牺牲的光辉人生;同时也记叙了烈士吴奇的家人在战争年代为争取民族解放不怕牺牲、投身革命的壮举。作为一部叙述家风的回忆录,还记录了和平时期成长起来的烈士后代们的成长和生活。这本书读起来情感真挚,自然流畅。中直请我这个耄耋老人为此书作序,深感他对我的敬重和信任。

百善孝为先。书中记录的是中直对父亲的崇敬和缅怀。在他心里,父亲是他永远的英雄,他要把对英雄的敬仰传承给他的子女们,字里行间更是流淌着奶奶给予他无形的大爱。奶奶的人格力量是他成长的不竭源泉,他甚至觉得无法用语言来描述奶奶的养育之恩,反复推敲之后,朴实无华的《听奶奶说》就这样定名了。

中直的这本书是对奶奶和父亲挚爱的守望与眷恋,是他对人生岁月永远的记忆。书中记叙的大家庭的亲情、温暖、理解、关怀均是家风的体现,是对美好生活的向往。作此序也使我怀念战友的心得到了慰藉和释放。

是为序!

原空军第十一军参谋长 宗亚民

2016年10月13日于大连空军疗养院

目 录

引言　我的奶奶，我的最爱……1

上编
听奶奶说父亲的故事

幼年篇　父亲的天赋……11
壮志篇　投笔从戎的父亲……21
智慧篇　智慧征粮，智擒俘虏……31
追求篇　莘莘学子在航校……43
思念篇　暗中常滴思儿泪……51
责任篇　有事无事报平安……61
体谅篇　国之土地　家的足迹……69
亲情篇　近在咫尺，远在天涯……79
忠孝篇　忠孝哪能两全……87
征战篇　父亲最后的家书……99
牺牲篇　鲜血染红的战机……109

中编
奶奶的家风光耀后人

勤学篇　做品学兼优的孩子……123

认识篇　刚入门　初出道 ……131

诚信篇　君子闯天下，诚信随心行…141

时间篇　少年辛苦终身事　莫向光阴惰寸功……153

自律篇　严于律己　慎独慎微……161

孝道篇　百善孝为先……169

成人篇　我为人民代言……177

宽容篇　点亮心中一盏灯……185

形象篇　言行举止的尊严……193

节约篇　丝缕恒念物力维艰……201

下编
追寻英雄足迹　弘扬先烈遗风

信念篇　寻找父亲的足迹……211

理想篇　励志园里颂英雄……221

意志篇　东安路　密山娃……233

精神篇　老航校精神在这里传承……243

友情篇　将军风范　情深似海……253

辉煌篇　功力必不唐捐……261

传承篇　烈士的墓碑是国人的祭坛……269

价值篇　"11·11"无价的空军节……279

军魂篇　永远的空一师
　　　　——回访我的英雄父亲吴奇烈士生前所在部队……289

后记……303

引言 我的奶奶，我的最爱

我的奶奶，徐惟英，1906年出生在扬州市一个大户人家，卒于1999年。她是一名地地道道的大家闺秀，一度享誉扬州的知识女性。她曾就读于金陵女子学校中文系。她的一生，尽管儿时与被称为民国最后才女的张充和、被誉为"东方居里夫人"的吴健雄交往甚密，但囿于那个早嫁的年代，奶奶仍默默守望着家业、守望着家乡的那片土地。未曾名声大振的她，在战争年代，在抗日烽火燎原、我新四军战局的紧要关头，在公公与丈夫先后病逝的境况下，毅然将22岁的二弟、20岁的三弟、17岁的儿子送往抗日救国的战场。此后的抗美援朝战争爆发，又亲送三弟与儿子同赴抗美援朝前线……她用自己的言行为我军培养了两名将领、一名新中国第一代飞行员。在和平时期，她教育、培养出两名市、区人大代表，一名省级劳动模范。

奶奶有三个弟弟，大弟徐心然在中华民国时期供职于中央建设银行，属中层干部。新中国成立后，在党和政府的关心下，从事金融研究工作，并取得了很大的成就。二弟徐乐山，1924年出生，毕业于国立南京财经学院，1946年参加新四军，后部队改编为第二野战军，转战南北，屡立战功。转业地方后任合肥市房产局局长，1994年在司局级位上离休。三弟徐惟义，1926年生，浙江大学杭州国立医学院毕业，1946年参加新四军，1951年参加抗美援朝，前线战地医院医务排长，多次立功，获"人民英雄"称号，转业任安徽建工局医院院长，1996年在司局级位上离休。

（左）奶奶二弟徐乐山的照片，徐乐山于1948年参加中国人民解放军
（右）奶奶三弟徐惟义的照片，徐惟义于1948年参加中国人民解放军，1950年参加抗美援朝志愿军

家风是一种综合的教育力量，它是思想、生活习惯、情感、态度、精神、情趣及其他心理因素等多种成分的综合体；它包含语言环境、情感环境、人际环境、道德环境等。在这些环境当中，家是孩子们成长的第一空间。有人说，家风有一种潜在的、无形的力量，在日常生活中潜移默化地影响着孩子的心灵，塑造孩子的人格，是一种无言的教育、无字的典籍、无声的力量，是最基本、最直接、最经常的教育，它对孩子的影响是全方位的，孩子的世界观、人生观、性格特征、道德素养、为人处世及生活习惯等，每个方面都会打上家风的烙印。我始终认为，良好家风教育的最终目的是塑造一个身心健康、德智体全面发展、具有完美人格的人。

我从小就和奶奶生活在一起，奶奶对我进行了良好的家庭教育，我最好的老师、最大的恩人就是奶奶。奶奶的家风、家教使我受益一生。奶奶说的每一句话，似乎都有哲理，哪怕是日常生活中的只言片语，侧耳细听，仔细品味，耐心体察，无不蕴含着古代朴素唯物主义原理。奶奶的教育影响着我家四代人。

扬州东北部有一个千年古镇——樊川（注：古时称樊汊，近代称樊川），它源于隋，名于唐，盛于清末民初，与高邮、兴化接壤。历史上隋文帝开挖山阳渎，从山阳镇到茱萸湾，经樊汊，达三垛，至今已1400多年。樊川不仅是古镇，历史上还曾有过"小小樊汊赛扬州"的辉煌。清代道光年间，兴化诗人李国宋在《宿樊汊》诗中是这样描写的：

  二月柳丝长，归帆挂夕阳。春风吹绿水，暝色近河梁。
  宿草霜根白，残云雨脚黄。玉楼高半掩，绣被冷孤舫。

  清代道光年间樊汊镇已有不少华丽的四合院、南方私家花园，它的商业繁荣由来久矣，而且书声琅琅，人才辈出。继清末同治年间考上秀才的葛锦泰后，清光绪年间徐氏家族又出了徐灿英、徐灿蘅兄弟两个秀才及后来考上秀才的经厚庵、经文叔父子与经竹书、经又谯、经朋山、张子良、葛久超等。

  在我国民族工业兴旺之际，发迹于扬州樊川镇的徐家，是当时著名富商"滕、葛、黄、吕、徐"五大家族之一。她家有房屋70多间，有自家的专用码头、布庄、当铺、茶馆、木材行、家具坊等。

  1937年12月8日，日军铁蹄踏入时为江苏省会的镇江，顿时打破了这个繁华小镇的静谧。常州的一些富商巨贾，由于连年战乱，纷纷迁往苏中樊汊避难栖身。当时流传着这样的说法："有钱有势的上四川，有钱无势的到樊川。"随之而兴的酒楼茶肆、青楼烟馆、书场戏院，应有尽有，呈现出"商号如林，商贩如星，人潮如流，船只如梭"的虚华景象。樊川与扬州又有着极为相似的地理位置和秀美的自然环境，客商们纷纷赞曰："樊汊虽小，热闹绝不亚于扬州。"樊川的繁荣由来已久，从19世纪50年代至20世纪40年代，常州、镇江、扬州的一些巨商大贾为避战乱，相继迁入樊川，人口猛增、资本扩张，樊川一时热闹非凡。

  奶奶的二爷爷徐灿晨（字拱北，又称徐拱），曾是樊川镇家喻户晓、妇孺皆知的人物。幼年的徐拱北仅读过几年私塾，后在樊川"摆钱摊

古镇樊川

子",专门做以零兑整、以整化零,从中赚取差额的小本生意。他含辛茹苦20多年,积累了一定的资金后,在樊川开设同源绸缎洋货号,经销棉布、绸缎,兼营"五洋"(洋火、洋油、洋碱、洋烟、洋烛),因经营有方,成为樊川镇上一代富商大贾。徐拱北曾任樊川的三届商会会长,人品为大家所公认。徐拱北一生节俭,乐善好施。抗战前,樊川邮、泰两界夹河上原有各式桥梁六座,砖砌的永善桥与铁栏杆的毓麟桥相距甚远,路人过河很不方便,徐拱北便独资建造木桥一座,人称徐拱桥。

奶奶的二叔徐克俭常驻上海,从事大宗采购,父亲徐克阶则在苏州、樊川、扬州开设码头、布庄、当铺、茶馆、木材行、家具坊等商行,所有商品均由二叔徐克俭所购,继而在苏州、樊川、扬州等苏南、苏中、苏北商铺批发。因二叔在上海所购商品价廉物美,加之自家码头运输成本较低,故丁沟、宜陵、永安、真武、老阁、武坚等地商户纷纷前来进货。兄弟俩继承父亲经商的遗传基因,有商业头脑,且胆大心细,干练老成。无论是开设在苏州的布庄、当铺,还是开设在上海、南京、扬州的茶馆,在樊川的木材行、家具坊等商号都获利颇丰。但收获更大的是二叔徐克俭,在上海打理生意时与"左联"有所接触,在"左联"那里接受到关于共产主义、社会主义等新名词,一度他在上海、南京、扬州的

奶奶的二叔徐克俭夫妻照片

三个茶馆经常有来自"左联"的同志光顾。此时,二叔的思想也变得有些激进、前瞻。在那个妇女人人裹脚的年代,二叔第一个站出来反对,奶奶在二叔的鼓励下不但拆掉了裹在自己脚上的白布(此时脚已变形),更是走进了学堂,从就读私塾直至就读金陵女子学校。

金陵女子学校的校训是:"厚生"。"厚生"的含义来自《约翰福音》第10章第10节耶稣所说的话:"我来了,是要叫人得生命,并且得的更丰盛。"当时学校用"厚生"作为校训,其含义是,人生的目的,不仅是为了自己活着,而是要用自己的智慧和能力来帮助他人和社会,这样不但有益于别人,自己的生命也因之而更丰满。学校用这个目标来建设学校,并潜移默化在所有学生之中。也就是在校训的引导和延伸教育下,奶奶对宗教有了一定的认识。

奶奶的进步思想来源于冯定。冯定,1921年考入商务印书馆编译所,时任古典文学编辑,是奶奶二叔徐克俭茶馆的常客,在与徐克俭交谈后,总是把自己翻译的一些短篇进步文章推荐给徐克俭阅读。1925年春天,冯定改名冯稚芳后加入了中国共产党。1927年,他被党派到苏联,最初在莫斯科大学学习。1930年冯定从苏联回国,在上海从事党的地下工作,并负责苏北、苏中、苏南中共地下党的联络工作。

冯定与奶奶相识，缘于吴健雄的父亲吴仲裔。吴仲裔的公开身份是太仓浏河镇明德女子职业补习学校校长（私立），实为中共地下党组织苏州太仓站联络员。为帮助冯定在苏中发展地下党员，吴仲裔将冯定介绍与我堂爷爷吴襄哉相识。为了掩护冯定的身份，爷爷特意聘请冯定为父亲吴奇的私塾先生。冯定白天为吴奇讲授国文，晚上给爷爷、奶奶介绍当前的斗争形势及自己所学哲学的感悟，并将自己出版的《新哲学是科学的哲学》《谈新人生观》《现阶段的青年问题》《青年应当怎样修养》等书籍赠送给他们。他们通过阅读冯定先生的作品，与冯定先生的交谈，较好地开阔了眼界，拓展了思维空间，逐步认识到资本主义与社会主义的本质区别。在冯定先生的开导下，爷爷、奶奶思想觉悟也有了很大的提高。抗日战争爆发后，冯定由上海地下党组织派往新四军皖南军部宣传部工作，并主编《抗敌报》，写了不少论述马克思主义的理论文章。1944年，冯定任抗日军政大学第五分校副校长。这期间，他将父亲吴奇带到抗大五分校知青队学习。

1951年10月16日，作为四代单传的父亲牺牲了，那时我才四岁。奶奶生活的一半，随着父亲的童年消失；另一半就是像母亲一样呵护我长大成人。小时候我第一次尿床时，不敢出被窝，奶奶说：孩子，不怕，有奶奶在，奶奶给你洗干净就是了。第二次，我又尿床了，我还是不好意思，绷着一脸的苦涩。奶奶说：给你起名叫吴中直，寓意"中"字一竖顶天立地，无论是现在还是将来，你要顶天立地，要有一个男子汉的样子。

奶奶对我的恩情如大海般深邃，在三年特殊困难时期，我家因奶奶年迈，我尚年幼，无劳动力，日子与多数人家同样艰难。在长时间无米下锅的日子，高邮县民政部门给我们家送来了50斤胡萝卜、10斤大米，这就是我和奶奶的全部口粮。胡萝卜和大米吃完后，我也到地里去挖过野菜，开始可以挖到马齿苋、盐蒿子一类勉强能糊口，往后的日子越来越艰苦。

自父亲牺牲后，奶奶开始信佛，经常到宗教团体去学念经、坐斋。开始学的是心经、华严经、莲华经、无量寿经，有时我也跟她一起去念经，默诵、念诵、唱诵或听诵都要双手合十，现场非常严肃、认真。奶奶对佛的尊敬程度可称为信徒中最为虔诚的。我不知道奶奶信佛的真实目的是什么，奶奶说，上帝与佛祖一样往往帮助那些需要帮助的人。

1960年6月的高邮已是赤地千里，旱田生烟，地里能够吃的东西也找得差不多了，唯有传来的哭泣声提示着人们，又有人不行了。在万般无奈的情况下，奶奶将自己陪嫁的一张红木书桌兑换了6斤大米，每顿按几两米的标准给我煮粥，而她却要等我吃过了才吃，经常是一两顿都饿着。可是，日复一日的无米下锅状况怎是这6斤大米能扛得住的，接着奶奶又把开药铺时堂上用的一架19位铜质算盘兑换了几斤大米。再接着，奶奶强忍眼泪将她陪嫁时特意定做的两把镶金包银的钢质宝剑兑换了大米。说到两把镶金包银的钢质宝剑，还有一个小小的故事：早在奶奶即将嫁到吴家时，阴阳先生将两人的八字进行了测算，测得奶奶命中缺金，结婚前必须制作两把金银镶嵌的钢质宝剑，宝剑上边镶有红绿蓝三色宝石，将其放置于床前，以便镇邪。

奶奶陪嫁的床，在南方称之为拔步床。"拔步"就是要迈上一步才能到达的床。在床的四角安立柱，床顶部安盖，床的三面装有围栏木板，床的门额、檐额、隔门上雕有"麒麟送子""喜鹊登梅"，精美、生动，栩栩如生。

宝剑置于床前，虽然它没有镇住两位亲人的离世，但在奶奶心里仍有着护身符般的意义。不知道为什么前来兑换大米的人说什么只要宝剑，见奶奶无语流泪，那人从10斤大米叫到15斤。奶奶无奈，咬牙答应了。

15斤大米又吃光了，继红木书桌、铜质算盘、床前宝剑卖完后，奶

奶奶陪嫁的床

奶又不得不变卖宋代官窑的一对双耳花瓶、三个玉佩。最后，奶奶把一双重达150克的纯金手镯拿出来又兑换了大米。就这样，在奶奶的坚强庇护下，我终于活下来了，比起那个年代的同龄人，我是幸运的。

感恩奶奶，是她带着我度过了最艰难的岁月！

上编
听奶奶说父亲的故事

> 天才是先天的聪颖加后天的勤奋，天才必然有着过人的毅力及吃苦耐劳的精神。
>
> ——奶奶说

幼年篇

父亲的天赋

1927年10月13日，一个极为普通的早晨，随着一声啼哭，一个白白胖胖的男婴降生在江苏省里下河吴家牌坊吴葵勋的家里。

听捎信的说生了个男孩，爷爷吴葵勋踏着晨曦，从扬州匆匆地跑了回来。没等他走到家门前，只见大雁从他头顶飞过，喜上眉梢的爷爷陡生一种吉祥之兆。爷爷还未回过神时，站在门口的老祖拿着几块光洋对接生婆说，接生这么一个大胖小子你辛苦了，我们全家非常高兴，这是我们家的一点心意。

早在生孩子之前，全家就做了充分准备，仅各式衣服就做了几十件。大户人家就是这样，大到孩子穿的衣服，小到带老虎的棉鞋，脖子上挂的金锁片、银项圈、银手镯，脚上挂的小铃铛等一应俱全。

匆匆别过接生婆的爷爷径自跑到里屋奶奶身旁，急忙打开包裹的衣服，从头到脚打量了一遍。当爷爷确认果真是一个大胖小子后又仔细地看了看男孩的脸蛋，男孩粉嘟嘟的脸活似发着好看的光，还冲爷爷傻傻

吴奇故居（2016年拍摄）

地笑。见到男孩的笑脸，爷爷不禁跑到院子里大声喊道："老天对我们吴家不薄，我吴家三代单传，我们吴家有后了。"

爷爷吴葵勋是里下河一带有名的律师，供职于胡显伯的镇江律师公会扬州分所。胡显伯生于清光绪六年（1879年），23岁考取秀才，后加入同盟会。民国元年，江都县参议会成立。民国十年，被选为第三届江苏省议会议员，历任镇江律师公会会长、中国律师公会常委。民国年间，胡显伯是名震江南的著名律师。他同情进步青年，以辩护律师身份打赢无数官司，营救过许多仁人志士。其中，赴苏州为从事地下学运工作而被捕审判的江上青出庭辩护，最终成功营救，这就是载入史册的一例。

说到给孩子起名，吴葵勋翻开一本中国姓氏文化的线装书，想了半天，觉得自己的父亲吴方德一生专注医学，曾求学于江石溪、任继然等当地名家，更重要的是吴方德不仅在医学上造诣很深，对历法中的阴阳五行也很有研究，要是按自己的意思，此时已是中华民国十六年，很多新的思想逐渐在颠覆传统思维，应该起一个与时代相应的名字较为适合，可转眼一想父亲未必同意。思来想去，吴葵勋决定将这一任务交给父亲吴方德最为理想。正想着父亲从厨房来到院子，两人先后各自从阴阳五行、吴家血脉传承等诸多方面都做了一番分析，也想好了几个名字，最终还是没有拿定主意。正当两人决定不下时，一声"祝贺、祝贺姑父"的话音从门口传来。父子俩站起来一看，一个白面书生精神抖擞地站在吴家院子中间。没等来人开口，吴葵勋向父亲吴方德介绍说，这就是他向父亲常提起的真武镇森泰油坊徐朴夫。徐朴夫向吴葵勋、吴方德行礼后说："这次回家看望父老，路上见有乡邻到您家里道喜，这不，我也前来祝贺一下。这论辈分，我应叫徐惟英姑姑。今天来，还有一事请教姑父。我今年已满18岁了，也已从扬州中学毕业，又不想回来，这一辈子都待在油坊，有意报考法学专业，学成后像您一样当律师，同恶势力奋力抗争，为老百姓伸张正义。我不知道这条路是否好走，我想听听姑父的意见。"

"这事与你舅舅协商过没有？"吴葵勋问道。

"还没有，因舅舅与你一样热爱这个行业，我怕观点有些偏颇，故想先听听姑父您的看法。"徐朴夫说。"你想学法学，很好，当律师我也不反对，只是，你要耐得住寂寞、忍得住清贫。现在军阀混战，各种势力很是嚣张，地方官员醉生梦死，骄兵悍匪横行霸道，天灾人祸，民不聊生，现法院都不知道听谁，最后官司的结果是谁背后的势力大，判决结果就倾向谁的一边。八字衙门朝南开，有理无钱莫进来。就扬州、江都周边的案件来看，大多是富人对穷人的巧取豪夺，命案、大案并不多。当然报考法学专业，学成后当律师，同恶势力抗争，为老百姓伸张正义是件好事，但从现在的情况来看，老百姓是打赢了官司却输了钱，穷人大多付不起律师费，所以你得有思想准备。不过你当律师也好，这样可以有效保护你家的油坊、当铺、钱庄。据我了解，你家的产业早就有人盯上了，要不是你舅舅做律师，加之你家与国大代表、蒋介石的秘书洪兰友有亲戚，恐怕早就……"

"还是姑父说得有道理，我回扬州把您的意见与我舅舅好好说一下，我想他会同意的。"

"对了，姑母给我生了一个小表弟，叫个啥名字？"

"这不，我们父子俩正在讨论。"

"从我扬州中学的同学的名字来看，都挺有个性，现在流行两个字的名字，有的直接取父母的姓氏。比方说，父亲姓刘，母亲姓杨，就直接起名为刘扬，还有的按国家的名称取名，班上有一个同学姓罗，他就叫罗威，罗（挪）威是一个国家的名字。我是说着玩的，姑父你们千万别当真。"

吴方德说："我们吴家是金木水火土轮着排行，到孩子一代应该是土字排行，大可为奇，大有作为，可为天下，出奇制胜，奇者新也，就叫吴奇吧！"

送走徐朴夫后，父子俩也没有多想，也没有决定就用这个名字，谁知没过几天，吴奇这个名字在家人及村子里传开了。

转眼间，吴奇已满3岁。这天，其父要到苏州拜访老友，吴奇说什么也要跟着父亲吴葵勋到苏州去玩，吴葵勋也想带着吴奇到外边见见世面，母亲徐惟英有些不舍，爷爷吴方德说，孩子大了，到外边玩玩也不是不可以，吴家牌坊这里离苏州也不是很远，住几天也就回来了。

就这样，父子俩来到苏州教育家张武龄的家里。此次，吴葵勋前来的目的是请教张武龄如何能在江都创办一所高水准的私立学校。可每当他俩谈兴正浓时，顽皮的吴奇一会儿要喝水，一会儿要尿尿，张武龄不知说什么好，四女张充和来到客厅，张武龄向吴葵勋介绍说："这是我的四女，名叫充和，就在我创办的乐益女校上学。"吴葵勋与四小姐张充和

张武龄故居
（2017年拍摄于苏州）

一阵嘘寒问暖后，张武龄对充和说："这是你吴叔叔的宝贝儿子，你带他到院子里玩玩。"说着，张充和拉着吴奇的小手来到院子中间。

1914年出生的张充和比吴奇大13岁，是年16岁的张充和对这个调皮的小弟弟一见面就甚是喜欢。没等张充和说什么，吴奇说："姐姐，我家院子里也有你家院中这样一棵树，我会爬树，你会吗？来，我教你爬树。"

"你教我爬树可以，不过我得问你几个问题？你叫什么名字，今年几岁了？"

"我叫吴奇，今年3岁。"

"好名字，吴姓好，一口就是一个天，它由'口'与'天'组成'吴'，其原义表示一个人在奔跑时一边高声喊叫，一边回头反顾。从天，则表示在蓝天翱翔；而'奇'，异也，从大，从可。天大、地大、人亦大。"张充和自言自语道。

"姐姐，你说什么，我怎么一句也听不懂。"

"姐姐是说，你的名字好，你会写这两个字吗？不会，那我来教你？"

说着，张充和捡了一根小树枝在地上教吴奇写自己的名字，张充和教了3遍，吴奇学了3遍。当吴奇在认真练习写自己名字时，张充和想，这吴叔叔真是把吴奇宠坏了，怎么3岁了，还没有人教他识字写字呢，自己两岁时，奶奶就教我认字，3岁时已能背诵《百家姓》，6岁时就能默写《千字文》，还教我学画画。这些年来，我已闭门苦读《史记》《汉书》《左传》《诗经》等典籍。

吴奇写着也很是纳闷，原来自己的名字不仅可以叫，还可以用笔画写出来，爷爷整天用毛笔写，妈妈说是给别人开药方，妈妈也用毛笔写，有时还用毛笔画画，爸爸却用钢笔写，妈妈说那是替别人写状纸，他们会写自己的名字吗？

随着客厅大门敞开，张充和知道大人们的事谈完了。见吴叔叔出来，张充和大胆地说："吴叔叔，你家吴奇天资聪颖，都3岁了，您怎么不教他识字呢？"吴葵勋不好意思地笑了笑说："回去就教，回去就教。"

回家的当晚，妈妈给这爷俩准备好了丰盛的晚饭，可一连叫了好几遍，躲在爸爸书房里的吴奇仍一遍又一遍地写着自己的名字，直到妈妈答应晚上再教他写字才到堂屋吃饭。

这件事对吴葵勋夫妇感触很大，两人决定在6岁之前先由妈妈徐惟英教国文，等到6岁时再送吴奇上私塾。于是每天清晨，吴奇起床的第一件事就是把妈妈教的《三字经》《百家姓》等国文课本都背一遍，继而上妈妈的新课，下午再由妈妈教他画画。两年后，爷爷见吴奇记忆力超常，已学完相当于6年私塾的课程，字也写得特别工整。就在吴奇6岁生日的那天，爷爷说："从明天开始，我教你一些中医知识。"吴奇不假思索地说："好呀，只要是学习，读书识字，我学什么都行。"

吴奇的爷爷吴方德在温热学方面很有影响，尤善治疗温热病，有其自行配制的成药、制剂。在本地设有中医方德堂，是江都、扬州里下河一带有名的中医。他医德高尚，凡有病人求诊，不问贫富贵贱，随请随到，亦常为贫民施药，深得民众赞誉。家里收到匾额就有几十块。苦于吴奇的爸爸对医学不感兴趣，早就想找一个能接自己班的人。见吴奇答应得如此之快，心想，自己的愿望总算有个着落，于是每天早晨做的第一件事就是教吴奇背诵《药性赋》，晚上从医馆回来，再给吴奇讲解寒、温、热等不同药物的不同功效。在爷爷的亲自教授下，吴奇对中医药也开始痴迷。吴奇8岁那年，爷爷干脆带他到自己开设的方德堂教他摊膏药、碾药粉。有时晚上出诊，爷爷也带着他，这一来二去，有不少人认识了小吴奇。

吴奇9岁那年，即1936年的一天，爷爷吴方德带吴奇到苏州采购药材，在回家时，路过苏州的九如巷，吴奇隐约记得这个地方自己好像来过，想了想这不是3岁时姐姐教他写名字的地方吗？于是对爷爷说，这个院子他来过，要进去看看。爷爷说："是不是前些年你爸爸带你来的？"吴奇说："他家院子里有棵树与我家院子的树一样大，在这棵树下，有个姐姐教我认字，教我写我自己的名字，这个姐姐大我13岁。"

爷爷思忖了一下，说这个姐姐是他们家的老四，她考取了北京大学中文系，现在不可能在家，再说放假也不一定回来，因她住在她二姐夫沈从文家。

"爷爷！您怎么对她家的情况这么了解？"

"要说起来，我们两家有些交情，那个姐姐的父亲叫张武龄，是苏州的教育家，他为人刚正，大凡江都、苏州、扬州、常州的文化人都与他有过交往。你说的那个姐姐是张先生的第四个女儿，她可是淮军主将、两广总督署直隶总督张树声的曾孙女。今天要不是进了这么多药材，大包小包地到人家去不礼貌，我说什么也要去拜访一下张先生。"

爷孙俩正说着，张充和从家门口走了出来，吴奇一眼便认出这就是教他写字的那个姐姐，高兴得大声喊了起来："姐姐好！"

"你是？"张充和一时想不起来，良久，仔细地打量着吴奇，还是摇了摇头。

"姐姐，在那棵树下，你教我写自己的名字，'吴奇'你还记得不？"吴奇有些急了，不知道是自己认错人了，还是姐姐真的记不起他。

"哎哟，我想起来了，就是那个3岁了还不会写自己名字的小男孩，吴家吴大律师的儿子？"

"姐姐，我现在读的书可多了，我也读了好多中医的书，昨天妈妈还教我学了《朱子治家格言》。"

站在一旁的吴奇爷爷说："四姑娘，你们俩说一会儿话，我去给你爸买点糕点，去看看你爸爸。"

"您就是吴奇的爷爷吧！不客气，我爸爸这一周没在家。吴爷爷，几年前吴叔叔带小吴奇来我家时，我让吴叔叔回家好好教吴奇识字，看来吴叔叔真的做到了，不过，爷爷，我给您说件事，我这次考北京大学，数学很差，在北大我发现学过数学的人与我有很大差别，现在，社会发展飞快，只读四书五经不行了，我建议您找一个学过代数、几何的人再好好教吴奇学习数学，或是到我们苏州上一个正规的学校。实在不行，我们苏州的太仓浏河镇有个数学天才，叫吴健雄。她的父亲吴仲裔在太仓创办有明德女子职业补习学校，您可以先去找找他们父女，了解一下数学、几何、物理、化学、生物等知识在未来社会中的地位和作用，及对孩子的影响。吴健雄现在是浙江大学物理系的助教，3天前回到浏河镇。"

"谢谢你四姑娘，回家我让吴奇的爸爸去浏河镇，浏河镇吴家与我家同宗，我们属一个分支。听说你最近休学在家，身体好点了吗？"

"我得的是肺结核，用完西药后有所好转。"

吴奇的爷爷认为这四小姐确是见过大世面的人，自己也觉得应该给孙子一个良好的现代教育，毕竟中医只是一个方面。回家后，他把张家四小姐的话原封不动地向儿子叙述了一遍。吴奇爸爸第二天即带着吴奇赶到太仓浏河镇。谁知，吴健雄就在头天离家赴美国了。不过，此次太仓拜师仍有收获，吴健雄的父亲吴仲裔向吴奇父子讲述了未来的科技发展趋势，讲述了国人学习国外先进技术的重要性，并向吴家父子推荐了一个集数学、物理、化学、生物于一身的老师。

吴仲裔先生推荐的这名老师名叫冯贝叶，其真名为冯昌世，后来改名叫冯定，毕业于宁波省立第四师范学校，是位全才，他不仅国文学得非常优秀，而且在数、理、化、生、气象学等教学方面已积累了很多成功经验。老师教得好，吴奇也学得认真、扎实，只不过这个老师在教学时间上难以保证，经常有陌生人找上门来。只要有人找，冯老师在布置完作业后，就会匆忙地与来人一块儿走了，且什么时候回来，吴奇家人也都不知道。尽管吴奇过着上一天学，做两天作业的私塾生活，但学业仍然进步很快。由于老师不能全日制教学，吴奇在老师外出后除完成作业、预习功课外，有时也到爷爷开设的方德堂里帮助爷爷摊膏药、做制剂。就在这年的冬天，爷爷上山采药时遇到大雪封山，感染风寒后去世。祸不单行，就在爷爷去世后的第二个年头，吴奇爸爸因青霉素过敏也不幸去世。是年，吴奇10岁。

1938年10月13日，是吴奇11周岁生日，吴奇妈妈特意给他煮了两个红皮鸡蛋，为吴奇奶奶炒了两个菜。当着奶奶的面，妈妈对吴奇说："下午冯贝叶老师来了，说是再看看你，他要到新四军那边工作了，不能再教你。他到新四军工作的事，你还不能与任何人说。这3年间，我连续失去了两位亲人，家里只有我与奶奶两个妇道人家带一个孩子实属不易，主要经济来源是自家48亩田地，今年收成不好，佃户说交不足粮食，爷爷经营的方德堂的收支也只是打个平手，没有赢利，爸爸留下的积蓄也用完了。现在摆在你面前的只有两条路，一是继续读书，去扬州中学，投奔你的舅舅，我和奶奶咬紧牙关，勉强还能供得上你。二是你到方德堂守住爷爷的家业，去了后你只管好账目即可。冯先生说你的数、理、化、生等几门功课已达到初中的程度，加之珠算你5岁时就学会了，应该没有问题。看病、号脉的事仍由你爷爷的两个徒弟负责。你今年才11岁，妈妈就让你担起家庭生活重担，实在于心不忍，可又有什么办法呢？我们想听听你的意见。"

"读书的事暂且放一下,到扬州寄居在舅舅家也多有不便,到方德堂管账我倒乐意。"

吴奇的妈妈知道这孩子人小志大,但方德堂已经有两个坐诊的中医,这两人都是吴奇爷爷的关门弟子;再说,中医凭的是经验,一个11岁的孩子,从事中医没有几个人会相信。想了想说:"你到方德堂只管账目,其他的事你也做不了。"妈妈的一番话,吴奇觉得很有道理,心想,我说妈妈怎么不让我坐诊,原来医学涉及的不只是"中医辨证,西医辨病"那么简单,这中间还有社会伦理等多方面的因素。

> 男儿有志在四方，志向远大的人不应固守家园，在小天地里蜗居，应闯出自己的一片天地。
>
> ——奶奶说

壮志篇

投笔从戎的父亲

1941年发生的皖南事变，加快了日本军队在华东的推进速度，1月11日，敌伪军3000余人占领苏北黄桥，并向黄桥以南地区"扫荡"。16日，日军第15师团集中7000多人"扫荡"苏南地区。临危受命、兼任江都县长的陈中柱决定改组流亡的江都政府机构，加强地方抗日武装力量，领导并成立以手工业者、青年学生、工商界人士为基本构成的战地服务团。14岁的吴奇被编入战地服务团医疗队。

1941年6月初，日伪军由泰州、兴化、东台、海安、高邮5路出兵包围李明扬部于泰州北乡之三垛，陈中柱部孤驻张家庄，腹背受敌，不得已退至兴化县武家泽一带。7日拂晓，为抢渡蚌蜒河，冲出重围，陈中柱和士兵一起登岸冲锋，身中6弹光荣殉国，年仅35岁。陈中柱牺牲后江都县战地服务团人员也都各自回到自己的岗位。

一天下午，吴奇早早地关好方德堂的大门，闷闷不乐地回到家中，妈妈不知何故，问道："这又是怎么了？"

经过几次战场救护的吴奇,不仅感到我地方武装所用武器之简陋,而且也感觉到中医在战场救护方面的欠缺。自从学过化学、生物后,他决意用化学的方法解决中草药的提纯问题,可是既没有设备,也没有试剂,再者,自己所学的化学、生物知识还太差,难以达到分析中草药成分的程度。

"妈妈!我想把方德堂转让出去,转让的钱一部分留给您与奶奶做生活费,一部分我用于求学。我想到江都县中学读书,主要学习物理、化学、生物。中国中医要想有所发展必然要弄清中草药的化学成分。"吴奇说。

在妈妈的支持下,吴奇转让了吴家的祖业方德堂,来到江都县中学就读高中一年级。

早在1941年1月20日,毛泽东就以中共中央军委名义发布了新四军新军部在苏北盐城重建的命令,任命陈毅为新四军代理军长,刘少奇为政治委员,张云逸为副军长,赖传珠为参谋长,邓子恢为政治部主任。全军共计9万余人,继续坚持大江南北的抗日斗争。

新四军是由刚刚经过3年艰苦游击战争的南方红军游击队改编而成的,不仅武器弹药缺乏,经费紧张,而且文化基础薄弱,干部缺乏,急需大批政治、军事、文化方面的人才。在极其艰苦的条件下,新四军在华中各抗日根据地,采取多种形式,开办各类教育机构。1942年6月,新四军创办了华中抗大总分校。学校设校委员会,以陈毅、赖传珠、韩振纪、谢祥军、薛暮桥为委员,陈毅为书记,韩振纪为副书记。陈毅和韩振纪分任校长和副校长。抗大总分校下设各分校,1、6师设9分校,2师设8分校,3师设5分校,4师设4分校,5师设10分校,7师设教导队。各分校直接接受总分校的领导,同时也受所在师的领导。抗大5分校创办于1940年11月,陈毅兼任校长和政治委员,赖传珠兼副校长。皖南事变后,洪学智任副校长。同年10月,抗大5分校改属3师领导,3师师长黄克诚任校长。同年底5分校停办。

就在抗大5分校停办（1944年6月）约一年半的时间内，苏北敌后形势大为好转，3师所部开始准备战略反攻，在反攻之前需要加强对已有干部的轮训，并吸收大批知识青年，将其培训为新的干部。经3师师部决定，抗大5分校恢复建制，任命谢祥军为校长，吴盛坤为政委，张兴发、沈铁兵任副校长，庄林任教育长，唐克为政治部主任。

一天中午，结束期中数学考试的吴奇，在前往食堂的路上，远远看到五六个穿着新四军军装的人站在校长室门口，吴奇一眼就认出了曾经教过他数、理、化、生的先生冯贝叶老师。见老师正朝自己招手，吴奇飞快地跑了过来，一头扑到冯先生的怀里："先生，我好想您！"

冯贝叶老师将吴奇紧紧搂到怀里说："我也想你了，你妈妈、奶奶都好吧！"

"都好！都好！"

在交谈中，吴奇得知原来教过自己的冯贝叶老师真名叫冯定，冯贝叶是他做地下工作时用的名字，现担任抗大第9分校副校长，此次来江都中学是为感谢江都中学在师资力量方面给予抗大9分校支持，另请江都中学校长及在9分校授过课的老师参加该分校学员毕业典礼。

得知吴奇在江都县中学即将毕业，冯定说："我原在的抗大5分校现已恢复招生，你现在可以去报名。你已是高中生了，去后当教员教数、理、化，或当医生为学员看病，管财务当会计也可以。两年前，我见了你妈妈，她说你在中医堂管账，我当时准备让你跟着我到5分校管账务，可是那时你才14岁，不太合适，现在长成大人了，去5分校没有问题，我是5分校的老人，那里的校领导我都熟悉，我给你写封信推荐你去就是了，你还可以动员你的同学邀请你的好伙伴一起去，因那里什么人都缺。"

"先生您走到哪里我跟着您到哪里，只要是跟着先生您，我妈妈会都同意。"吴奇说。

"对了，你回去与你妈妈说，关于江都县中学毕业证的事，我与你们校长说一下，你和你的同学全部视为优等生正常毕业。不过，你此次去不是跟着我，因我所在的9分校不再招生，还有干革命在哪里都一样，当然，这个你以后才能懂。"

回到家中的吴奇，将在校见到冯定先生的情景及冯定说的一番话向妈妈复述了一遍，吴奇妈妈听后，觉得冯先生这个主意不错。此时，新四军已在长江两岸建立了很好的群众基础，深受老百姓欢迎。但涉及吴奇当兵的事，吴奇妈妈仍有顾虑，吴家到吴奇这一代都是三代单传，即便妈妈同意了，吴奇奶奶那一关也很难过。几天前，森泰油坊家的徐朴夫来到家里，说眼下正是青年人报国的大好机会，吴奇早有报国之志，可以与自己一起到南京加入国军，原因是他哥与叶秀峰是亲戚，而叶秀峰当时供职国民党中央组织部调查科，收入很是可观。

"国家兴亡，匹夫有责，冯定先生与徐朴夫两人说话都在理，但人生道路必须慎重选择，因为任何事情只要你高兴，都由你自己决定。儿大不由娘，男儿有志在四方，去吧儿子……"吴奇妈妈停顿了一下，又继续说道，"奶奶的工作我去做，你就跟着冯定先生去吧！"

这天一早，吴奇约好儿时伙伴吴济仁、张留良、吴基叶等，按冯定先生指定地址来到兴化的一间破庙。原来所谓的抗大实际是所流动大学，实行的是军事化管理，按班、排、连编队。穿也都是自己的衣服，一日三餐是稀粥里放些菜叶，天不亮就吹起床号，还要穿戴整齐，迅速奔赴操场，进行各种军事训练。晚上10点钟才能休息。见此，吴济仁、张留良、吴基叶觉得抗大的生活与家里的生活差距太大，便先后离开了5分校。

时任5分校副校长的张兴发问吴奇："你的同伴都走了，为什么你不走呢？我们新四军实行的是来者欢迎，去者欢送。你如果想回家，现在就到司务处领取路费。"

"我不回家,我是来参加革命的。等把鬼子赶走的那一天我再回去。"

"不错,不愧是冯定同志的学生。好,过几天我们回盐城校区,回校后你到后勤处先管财务,也可以编入知青队学习。不过你是高中生,文化课没有什么可学的,别的学员边学习边打仗,你就边工作边训练吧!"

抗大5分校坐落在省立盐城中学内,其教学楼建于1913年,是一座两层砖木结构楼房。由于5分校在苏北地区扩大招生,随设有9个队,1200多名学员。这些学员有来自部队基层的营、连、排、班干部,还有800多名知识青年及海外华人、朝鲜青年等。吴奇因属高中文化程度,被编入知识青年学员队。日伪"扫荡"期间,分校随军转移,先后驻阜宁郭墅张庄、羊寨、岗刘(今古河乡)、陈集岔头(今陈集乡)等地。校舍和教室除借住一部分民房外,主要以寺庙、停课的学校和其他公共房舍为主。挂上黑板,就是课堂,背包当板凳,膝头当课桌。睡觉时,铺上稻草、麦秸、玉米秸,打成通铺。冬天,门上挂个草帘,稻草铺得厚

抗大5分校旧址

抗大5分校北楼

一些，大家挤在一起抱团取暖；夏天，一个班、一个排睡在大通铺，既闷热，又有蚊虫咬。在这种环境下，学员们有了"革命虫""革命疮"的传说。饮食，以杂粮为主，山芋干、高粱掺些大米做饭。每年冬季，棉衣筹措困难，需要补充棉衣的几乎靠自力更生，冬天能找到破布撕成条打"草鞋"就是"奢侈品"了。

吴奇既是学员又兼任校后勤处的会计，虽然辛苦，但他对这两个角色乐此不疲，知青队教导员对他的要求是，只参加军事训练。到上政治工作文化课时，吴奇才可以做自己的本职工作。由于人手紧张，分校的财务、给养、军需、军械等也只有3人，虽然分工明确，但一忙起来大家不分你我。与前几期学员不同的是，本期学员全职学习，几乎没有参加过战斗。

1945年8月，抗日战争全面胜利，5分校学员按时毕业回到所在部队。根据师领导指示精神，两个知识青年队随同新四军第3师北上。吴奇因原在分校后勤处工作，所以被分配到第7旅第19团后勤处，职务为军需助理。新四军第3师是新四军的主力，而第7旅是新四军主力的主力。作为苏北抗日根据地的机动部队，它是第3师的重要组成部分，但有时候也归军部直接指挥。第7旅是一支有着光荣革命传统和卓越战功的老部队。1928年至1929年，在井冈山时期，它是"朱毛红军"的第28团，当时的团长是林彪。1930年下井冈山以后，部队扩大，编为红一方面军的第1军团，林彪升任军团长，聂荣臻任政委。第28团编为第1军团第2师第4团，始终是红一方面军的主力团。红军长征时，抢渡乌江，"腊子口战役"就是这个第4团。当时的团长是王开湘，政委是杨成武。红军改编为八路军时，该团为八路军第115师第343旅第685团。"平型关战役"后，进入苏鲁豫边区改为苏鲁豫支队。皖南事变后，改编为新四军第3师第7旅。而第19团的前身是北伐时期的叶挺独立团、八路军的第115师第685团，该团作风过硬，纪律严明，武器配备精良。

"两淮"战役后，1945年10月第3师奉命进军东北。吴奇所在的第19团在团长张万春、政委魏佑铸、副团长康化禧、参谋长郝盛旺、政治处主任李荣桂率领下，从淮安出发，徒步北上。在山东临沂，有一天吴奇准备好全旅人员干粮后接到团长指示，到抗大1分校门口集合，陈毅代军长要给第7旅排以上的干部作北上动员。

听完陈毅代军长讲话后，吴奇匆忙返回部队临时设置的营房，突然耳边传来了"喔格、喔格"的说话声，吴奇转脸一看，七八个士兵正在议论着什么。吴奇明白，"喔格、喔格"是丹阳方言"谁"的意思。虽然分校学员中同乡不少，但也都分到了各自的部队。从情形来看，他们与自己一样也是北上的部队，只是不知道他们是哪个部队，部队番号是什么。于是吴奇走了过去："战友，听你们说话的口音像是丹阳人，我可是苏中人哟，现在鲁中司令部当会计负责给养。"人群中一个大个子说，我叫张洪清，是丹阳的，看来我们是同乡。俗话说"老乡见老乡，两眼泪汪汪"，那些人见到吴奇这个小老乡后就不约而同地拥抱在一起。谈话中，吴奇知道他们与自己一样，自从离家参军后就再也没有回过家。因部队天天作战、居无定所，他也几乎没有收到过家里的来信，眼看部队北上，离家越来越远，大家不免有些伤心……

在交谈中，吴奇这才明白，此次进入东北的部队除新四军第3师3万余人外，还有山东军区直属队1部，第1师、第2师、第3师、第6师、第7师、第4师1部，包括鲁中军区、滨海军区、胶东军区和渤海军区的主力，共6万余人，以及陕甘宁晋绥联防军第359旅等。他们共同的目的是为配合苏联红军进入中国境内作战，收复东北沦陷领土，对日本关东军发起全面进攻。

在山东临沂休息筹粮后，第3师日夜兼程北上，经蒙阴、莱芜、章丘、献县、河间到玉田一带。本拟直奔山海关，后得知国民党军已由秦皇岛登陆，山海关已不能守，便请示军委，改从冷口于1945年11月19日出关，向锦西、锦州进军。这期间，新四军第2师徒步行军，跨越江苏、山东、河北、热河、辽宁5省，行程3000里，历时60天，于11月25日到达锦州附近的江家屯。

由于锦州失守，新四军第3师不得不辗转到义县，在这里，黄克诚见到林彪并议定目前不宜同敌人硬拼，应带领第3师向西北挺进，开发"西满"地区。林彪同意了黄克诚的建议。

据吴之理整理《三师卫生部工作史》中张国焕回忆："第19团卫生队于12月1日到达阜新进驻炭矿病院。医院设备不错，尚有日本医生护士和事务人员数十人，颇合作。我军带的百余名伤病员，全部在此治疗。"当时，上级给张国焕发了一个美国大兵打火机，这种打火机要用汽油，晚上病房要用打火机点煤油灯，他问吴奇能否找点汽油。这时，吴奇因

临沂新四军军部
旧址纪念馆

在山东临沂筹粮有功被调到旅部后勤部去了，仍负责给养工作，直到1946年1月1日，国民党军逼近阜新，部队急着向哈尔套街北撤时，吴奇才将汽油送来。这时，张国焕的打火机在转移中丢失了。3天后，他在哈尔套街又见到吴奇，他说："部队到通辽后暂住，因战况不利，后方一度西撤到开鲁，两周后将回通辽待命再乘火车到郑家屯转白城子。"

第7旅北进通辽后，同样面临"无党组织、无群众支持、无政权、无粮食、无经费、无医药、无衣服鞋袜"的"七无"窘况。队伍从鲁南进入时，大都是轻装上阵，武器大部分留给了地方武装，原以为到东北后由苏联红军提供，其结果是苏联红军不仅不给武器而且不许我军进入中等以上城市。时至冬日，后勤保障面临极大困难。此时，东北的老百姓对破衣烂枪的民主联军不了解，加之国民党的反共蛊惑宣传，老百姓错把共产党的军队当成了类似土匪的"红胡子"。东北的民主联军既不能对老百姓征粮派税，又得不到苏联红军占有的日军遗弃物资。不得不于1月12日攻下"西满"重镇通辽城，这次战斗歼敌1000余人，缴获一些武器和物资,改善了部队装备和衣食条件。当月,东北人民自治军改为东北民主联军,新四军第3师番号不变。黄克诚继续在"西满"的洮南、彰武地区指挥战斗。

智慧篇

狡诈者轻鄙学问，愚鲁者羡慕学问，聪明者运用学问。知识本身并没有告诉人怎样用它，运用的智慧在于书本之外。智慧与知识的不同是，知识是人类对有限认识的理解与掌握，智慧是一种悟，是对无限和永恒的理解和推论。一个智慧的地狱，远远超越一个愚昧的天堂。

——奶奶说

智慧征粮，智擒俘虏

虽然新四军第3师攻破通辽城，缴获了敌人一些物品，但对全师的供给来说仍是十分困难。当时第3师有3万7000多人，第7旅近8000人，部队的衣食住行问题是个大问题。旅长彭明治将吴奇叫到指挥部说："你在第19团征粮工作做得不错，希望你继续发挥征粮的聪明才智。眼下是数九寒天，滴水成冰，不但人需要御寒衣服，武器装备也需要御寒的炮衣、枪衣、车衣等，数量大。你想出办法后，我派部队协助。时间紧、任务重，你抓紧办。"

"旅长，我想去找一下吕明仁，他现在任中共通辽中心县委书记，在山东临沂筹粮时，他是中共胶东区第三地委书记兼军分区政委，曾帮过我

吴奇解放军时期照片

们师的忙。这次征粮和以往不同，一是东北地广人稀，二是它相对于苏鲁地区群众基础薄弱，三是正值冬天气候严寒，时间紧迫。"吴奇回答。

"怎么，这个书生调到通辽了，我怎么不知道，不过，在山东他帮忙可以，到通辽他不一定行，原因是通辽有朝鲜、回、满、达斡尔、鄂温克、鄂伦春等民族，成分复杂；再说他初来乍到，虽说是我党在通辽的书记，但我们没有建立政权，他只是个拿不到桌面的地下书记，是个光杆司令。加之地方势力、国民党残余势力、亲日势力，随时都可能反扑过来，你还得想别的办法。"

"旅长，你说得有道理，但眼前只有这一条路，我把着重点放到广大乡村，在小城镇发动群众想办法，采取捐、征、买、借等办法先筹措一些应急。不过您还得给我派一个连，遇有国民党的顽固派我们就得杀几个，否则镇不住。"

"那好吧，你去试一下，见了吕明仁别说我说的，要不，他认为我这个人贪得无厌。部队的事嘛，我派一个营协助你。"彭旅长嘱咐道。

吴奇找到吕明仁说明来意后，吕明仁当即决定带吴奇到开鲁县发动群众。不巧的是，3天前第3师第8旅已进驻。吴奇心里清楚，开鲁筹粮无望，科尔沁、库伦、奈曼、扎鲁特、科尔沁左翼中旗、科尔沁左翼后旗及霍林郭勒等旗、市，地广人稀，更是筹不到粮。

正当吴奇决定前往白城试试时，吕明仁说，据山东方面密报，国民党有一大批粮食从江西运来，作为反攻四平的后勤保障，目前还不知道火车到站的时间。但今天内线报告说，法库县秀水河子地区有大批国民党士兵出入，还有不少民工、马车进去，马车上装有捆得结结实实的麻袋。

吴奇将这一情况速报旅长彭明治后，彭明治拿出地图看了看说："吴奇，你现在立即赶往法库县，我派第19团第1营与你配合，看到敌人粮食就开火，无论如何要打出粮食来。我现在去向黄克诚师长汇报这一重要情况。"

吴奇随第19团第1营绕道彰武时，发现国民党军队有10多辆军车正从彰武向法库县开来，第1营营长朱文清对吴奇说："走，干掉他们。"吴奇想了想说："不急，再观察一会儿，说不定后面还跟着车辆。"

"后边跟着车也要干，这打仗得听我的。"

"我问你几个问题，你要是能答出来，你就打。一是我们现在所处的位置是彰武，而不是法库，你知道彰武有多少国军部队吗？他们反扑过来怎么办？二是你知道这车里装的是什么、要拉到哪里去吗？三是你现在打，一定会暴露目标，后边的车队就会掉头，即使我们截获了这10车粮食，我们怎么搬得回去？"

"那你说怎么办？看着物资不打下来，我这心里痒痒。"

"我有一个办法，你先派一个侦察排，走小道沿途侦察，看这些物资拉到哪里，在这里留下一个连即可，其他连队休息待命，等侦察到他们的存放地点后，我们再袭击仓库，这样物资就可以照单全收。还有，上个月我们攻下通辽，缴获了一些国军军服，棉衣都发下去了，外套还没有下发。你不是起义过来的吗，对国军内部情况多少了解一些，你跟我回去取完外套后，你再带一个连队的兵力穿上国军服装，到卸货点看看是不是粮食，如果是，你就派战士押着国军车辆往我们驻地开。要注意的是，卸完货后你不能把他们当俘虏抓起来，还得让他们回去，只有这样，国军的物资才能源源不断地落到我们手中。"

"我说你这个小老乡，一肚子点子，不，学问，你没有当军事干部可惜了。看来，你这抗大没有白上。我这一辈子吃亏就吃在没有文化上，等全国解放了，我什么都不干，去上学。"

朱文清，1924年生，系江苏省南通市永兴乡窑墩坝村人，1939年2月在江苏苏北参加中央军抗战支队，时年15岁。1940年5月在江苏参加起义，被编入新四军第3师第7旅第19团，从营部卫生员、通讯员、团部警卫员一步一步升到营长位置。

按吴奇的策略，朱文清一步步地实施着。"国军"第13军第89师汽车运输队对眼前这个化装成秀水河兵站站长的朱文清没有丝毫怀疑，一车车供给国军第89师的物资在朱文清的分流下顺利运送到了我第7旅根据地。入夜，朱文清对化装成"国军"第13军军需部长副官的吴奇说："这个办法真好，你是怎么想出来的？按这个速度，明天将会有更多物资运到我们根据地。"吴奇笑了笑说："兵者，诡道也。故能而示之不能，用而示之不用，近而示之远，远而示之近。利而诱之，乱而取之，实而备之，强而避之，怒而挠之，卑而骄之，佚而劳之，亲而离之。攻其无备，出其不意。此兵家之胜，不可先传也。"

"说你能，你倒卖起关子了，什么诱之、取之、备之、避之、挠之、骄之、劳之、离之，我是一知不知，说得通俗一点，这天书，谁听得懂啊？"

"这不是天书，是兵法。用兵打仗是一种千变万化、出其不意之术，需要运用种种方法欺骗敌人。所以，明明能征善战，却向敌人装作软弱无能；本来准备用兵，却伪装不准备打仗；要攻打近处的目标，却给敌人造成攻击远处的假象；要攻打远处的目标，却伪装作要在近处攻击；敌人贪心就用小利来引诱他上当；敌人混乱就乘机攻取他；敌人实力雄厚就要谨慎防备；敌人强大就暂时避开其锋芒；敌人容易冲动发怒，就设法挑逗他，使其失去理智；对于小心谨慎的敌人，要千方百计骄纵他，使其丧失警惕；敌人安逸就设法骚扰他，搞得他疲劳不堪；内部团结的敌人，要设法离间他，让他分裂。在敌人没有准备时，突然发起进攻，在敌人意料不到的情况下采取行动。凡此种种，是军事家用兵取胜的奥妙，只能随机应变灵活运用，无法事先规定刻板传授的，这就是兵者诡道的秘籍。"吴奇侃侃而谈。

正当他俩协商次日如何调动"国军"运输车辆时，通讯员密报并建议："国第13军大部已抵达山海关，为安全起见，化装'国军'人员应速回部队归建。"回到部队后，经过清点，国军运送来的全是美式武器装备、服装类的物品，仅取暖用的燃煤火炉就达上万台，粮食问题还是没有解决。旅长彭明治听取两人汇报后大喜，要求吴奇继续想办法搞到粮食。

回到营区后吴奇十分苦恼，思前想后决定寻找当地的敌后武工队人员。在吕明仁的帮助下，吴奇找到了一个姓王的武工队长。王队长在当地群众中有一定的威信，他一方面配合吴奇发动群众募捐粮食、衣物；另一方面，动员当地壮年参军。为了不让战士们冻伤，不让武器失去战斗力，在吃的方面，保证以高粱米饭和豆制品为主，配以腌菜和肉食；住的方面，抢修被破坏的旧兵营、旧公房等，保证不漏风、有取暖设备；行的方面采取汽车、马匹、步行相结合的方式解决，参加战斗多以徒步进行。在吴奇的努力下，第7旅暂时摆脱了后勤供应不足问题。

据朱文清回忆：1946年2月，国民党军队分三路沿北宁线向沈阳推进，林彪被迫放弃"辽西走廊"，"退向腹地"，"辽西走廊"大门洞开。由于战场形势变化，新四军第3师从相对集中，开始相对分散。新四军第3师第7旅到康平、法库；第10旅、独立旅到彰武山地一带执行剿匪、发动群众任务。第8旅1个团和1个特务团，进入长春以西扶余、农安、德惠和三肇地区开展工作，并组织建立吉江省军区，刘震任司令员兼政委。

这时，上级要求吴奇在近期内再筹粮食10万斤，为截断"国军"第13军北进沈阳的阻击战做准备。吴奇召集敌后武工队王队长、朱文清等同志商量筹粮事宜，王队长说："老百姓家中的种子粮都贡献出来了，再从老百姓那里征粮已不现实，只能从土匪、地主那里想办法。"吴奇说："朱文清，你不是喜欢'打'吗，这次可能要打恶仗。这里的土匪有的是抗联的逃兵、有的是国民党的残余、有的是自治军的逃兵，我们到达土匪窝后必须全面部署，我请示旅长，你们这个营全都换上这次'国军'运来的美式装备。"

"吴奇，你不说喜欢用'谋'吗？能用'谋'解决的问题干吗用'打'呢？这一打，一定会暴露我军实力。"朱文清说。

"这次与上次不同，对土匪的办法只能是打，与虎谋皮的事几乎不可能。"吴奇说。

经过3人周密细致的商量，武工队队长说，就拿土匪"长江好"李显庭、地主李景和的粮仓开刀。

1947年2月8日深夜，朱文清率第1营3个连队的兵力，摸到了"长江好"（李显庭）所在的科左前旗卧牛石村老窝埋伏，吴奇则带1个连队的兵力化装成国军，抓了地主李景和并把他押解到"长江好"面前说："大当家的，眼下国军正收复辽西走廊，急需粮食，上峰要求筹措10万斤粮食，今天要拉走5万斤，后天你再送5万斤到康平海州窝堡乡，国军以4挺机关枪、10条中正式步枪、1万发子弹相赠。不过李景和我们得带走，据密报，他和共产党的军队走得很近，还给他们提供粮食。"

李景和大声说道："大当家的，我看他们不像国军，你看一个个站得整整齐齐，国军哪个不是吊儿郎当的，我看他们像共军。"

吴奇向站在一旁的战士使了个眼色，只见冲锋枪对着屋顶一阵连发，顿时屋顶打出10多个洞。趁土匪惊魂未定，吴奇说："共军有这样的先进武器吗？你们再出去看看，我10辆汽车上架的机关枪。"

听到枪声，"长江好"手下的几十个土匪纷纷赶来，见到国军一个个面无表情，虽拿清一色的Ｍ３冲锋枪，却一时不知所措。个别只能在老百姓面前嚣张的土匪双腿竟开始打哆嗦。吴奇见此说："兄弟们，我部今天不想与你们发生冲突，我们只是借粮食，还望大当家的协助，一个月后还粮食也行，补偿你们武器也可以。委任大当家为我国军第89师中校团长也行，授予你部为第89师暂编第15团番号也可以。"

吴奇的一番话在土匪中引起了一阵阵的议论,有的土匪说要枪械,有的则要归顺正规军。良久,"长江好"李显庭决定先给粮食5万斤,其他5万斤从地主李景和粮仓中提取。李景和见此,不得不同意开仓,但条件是第二天到国军驻地取武器。

吴奇打完借条后说,第二天不行,部队正在准备作战,口头答应2月13日上午可派人到秀水河子镇领取武器。

就这样,吴奇押着10万斤粮食回到部队,彭明治旅长问吴奇这10万斤有无虚数,吴奇说,只多不少。彭旅长让吴奇、朱文清与自己一起到黄克诚指挥部,在黄克诚指挥部,东北联军总司令林彪与黄克诚正在议事,黄克诚见彭明治说:"明治,你来得正好,把你部在秀水河子镇侦察的情况向总司令作一汇报。"

彭明治说:"师长,我先报告一个好消息,这两个人已征集到10万斤粮食,全是大米和面粉。"随即,他详细汇报了征集粮食的过程。林彪听完后兴奋地说:"这10万斤粮食可是给我们壮胆了,部队入关以来,我军一退再退,就是因为没有粮食。新进的粮食你们要好好安排,既要让战士吃饭,又要节约使用。有了粮食,能不能3天拿下秀水河子?"

彭明治说:"没有问题。"

林彪当即指示:第3师一级战备,第7旅彭明治仍作为主力。

"彭明治,你再把你们侦察到的秀水河子镇的情况说一下。"黄克诚说。

"据我旅第1营侦察情况显示,国军第13军以4个美械装备师,从北宁路(北平至沈阳)沟帮子至新民一线,向铁路南侧辽中、北侧法库方向发动急进,他们的目的是驱逐我民主联军,维持北宁路运输线,为进占沈阳创造条件。国军第13军第89师第266团及第265团第1营、师属山炮连,约于2月11日抵达秀水河子一带。"

林彪说:"地点就定在秀水河子,趁他们立足未稳搞。你们还有什么要补充的?"

秀水河子战役遗址

黄克诚说:"眼下气温零下30多摄氏度,我建议参加主攻的第7旅全部换上缴获的美式装备,中正式步枪、汉阳造在这种极低的气温中拉不开枪栓。"

"这个主意不错,就这么办。"林彪回答得特别有力。

1946年2月12日,正是东北严寒季节,我军在彰武、法库地区,发动了秀水河子战役。秀水河子是一个有100多户人家的小镇,国民党第13军第89师1个加强团、1个山炮连、1个运输连驻扎在这里。这个加强团远离蒋军主力,我军选择了敌人这个弱点,一举消灭了这个团,俘虏1600余人,缴获大量武器弹药。秀水河子战役打得非常惨烈,新四军第3师第7旅官兵,冒着连枪栓都拉不开的零下30多摄氏度严寒冲锋陷阵,鲜血染红了白雪覆盖的道路,从黄昏打到第二天上午,没有机动队,也没有预备队,战斗最艰难时,机关人员、炊事班等后勤人员都上战场了。13日黄昏,第7旅2个团从东南及西南、第1师2个团从北及西北方向发起攻击,首先夺取虎皮山、北山等外围阵地,而后攻入村内,展开激烈巷战。

按旅部指示,吴奇等机关人员随阻击部队进至王家窝棚地区阻援。鉴于援敌距秀水河子之敌甚近,在坚守阵地的前提下,彭明治决定集中两个营主动进攻，歼灭对面小荒地之敌1个营，以达到钳制和阻击的目的。吴奇于13日到达伏击地点，作战任务是阻击、歼灭国民党军第52军第2师1部，战斗异常惨烈。凌晨5时，我军发现6个国民党士兵仍在用机枪向我阵地扫射，扔了两颗手榴弹后机枪没有炸着。吴奇见此，就从一受伤战士手中拿起1支美式M3冲锋枪，趁着天还未亮迂回了过去。见吴奇冒着疯狂的敌机枪扫射，第19团第2营长大喊机关的同志回来，回来。国民党兵没料到我军会有人冒死绕到他们身后。说时迟，那时快，吴奇用冲锋枪朝敌背后一阵扫射，顿时，敌机枪哑巴了。突然，两个国民党士兵转身将枪口对着吴奇，吴奇大声喊道："想活命的举手投降，不想活命的比比谁的枪快。"6个国民党士兵以为我军已将其团团围住，对抗毫无意义，不得不举手投降。这次战斗，吴奇1个人抓了6个俘虏兵，这件事后被音乐话剧《迟来的红五星》说成吴奇生擒10个俘虏，有点夸大。事实上，他迂回敌后时身上除1支M3冲锋枪外还有1支手枪，并且我2营阵地加强火力压制，为他的迂回提供了强大的火力掩护。

此战，是共产党抢占东北后打的第一个歼灭战，至14日晨结束战斗。东北民主联军共歼国民党军1600余人，缴获各种炮30余门、轻重机枪100余挺、步枪800余支、汽车200余辆和其他军用物资。打破了用美械装备的国民党军队不可战胜的神话，大大振奋了军心，打击了国民党军队的嚣张气焰。在这次战斗中，吴奇荣立个人二等战功一次。

1946年4月18日，"四平保卫战"打响，杜聿明向四平增兵达到了10个师。敌主力进抵四平近郊，向我防御阵地展开猛烈进攻。第7旅奉命守备三道林子，这是四平侧后之主阵地与制高点，扼四平的咽喉，该阵地的得失，直接关系到市区的安危。

按第7旅首长指示，吴奇作为第二批突击队，配合第21团作战。据战友马益德回忆，他与吴奇到达前沿阵地时，东北民主联军第7师主力奉命由长春开到四平前线，与第7旅共同守备三道林子。25日这天，敌军以陆空配合的方式向我三道林子阵地猛攻，首先集中炮火摧毁我军工事，然后连续向我军发起5次冲锋；我第7旅第21团与第7师第20旅第59团联合反击，将敌击退。

27日，第7旅移至四平以东哈福车站一带布防，第7师全部接替了第7旅三道林子阵地。5月15日，敌军集结10个师，分左、中、右三个方向向我四平街发动全面进攻。16日，敌军以重兵向我第7旅阵地连续猛攻，战斗非常激烈。17日，哈福车站以南部分阵地被敌占领。18日，敌军在空军与强大炮火掩护下，猛攻我第7旅第19团坚守的四平以东"3315"高地和塔子山阵地。敌军以几十门炮向我军进行密集轰击，敌机擦着山头不断俯冲扫射。山头上没有可隐蔽的工事，战士们就利用石头缝和弹坑进行掩护，与敌人反复争夺，一次又一次击退敌人的进攻，有3个连队几乎全部与敌拼光。终因伤亡过大，我军被迫放弃了塔子山阵地。与此同时，敌军在四平北线集中兵力，在空军配合下，猛攻我第7师第20旅三道林子阵地，17日、18日两日战斗尤为激烈。我第58团和第59团阵地数次失而复得，杀伤敌数百人，主要阵地始终控制在我军手中。此时，敌军新6军主力进至赫尔苏，向我军侧后之公主岭急进，有完全封闭我四平守军退路之可能。鏖战到5月19日，敌军开始全线出击，攻陷了四平咽喉要地尖子山，我军腹背受敌，部队伤亡8000多人，第3师独立旅撤到"西满"通辽；第8旅撤回郑家屯；第10旅殿后撤向大赉集结；吴奇所在的第7旅随林彪沿中长线撤向长春、吉林、舒兰、五常。据旅部在战地医院的一个伤员回忆，他说是吴奇背他回来的。一次后勤部的同志传达总结大会精神时，宣读了立功受奖人员名单，吴奇荣立二等功。

第7师和第7旅在四平保卫战的一个多月作战中，都付出了重大代价。按上级要求，撤至松花江北以后，第7师一部留守江防，第7旅及第7师主力集结于双城、阿城一带进行整训。在东北局和东北民主联军的统一部署下，以三分之一到三分之二的兵力，在哈南、哈北协同地方部队剿匪，并派出干部协助地方组成工作团，开展群众运动，扩大新兵补充主力，从事创建根据地的工作。

1946年7月7日，东北局在哈尔滨召开了著名的"七七"会议并决定，以林彪亲自带领指挥的新四军第3师第7旅为基础，与山东进入东北的第10师、第20师、第21旅合编为东北民主联军第6纵队，陈光任司令员，后改为洪学智。洪学智上任后十分重视后勤保障工作，多次建议成立相应的后勤保障机构。1946年9月，根据作战需要，东北民主联军总后勤部决定在刚刚解放的哈尔滨市成立汽车团，这也是我军历史上正式成立的第一个汽车团。汽车团编制有团部和3个中队，除团长、参谋长、副官、会计等为正式军人外，其余均为雇佣人员，装备则是缴获的60余辆日产"福特"等破旧汽车。

随着战争的发展，我军由战略防御转入战略进攻，汽车兵的重要性日益凸显，仅有的3个中队已远远满足不了战斗保障需要。在这种情况下，民主联军总后勤部决定在汽车团基础上成立培养驾驶员的学校。根据实际情况，从民主联军总后机关、各纵队后勤机关抽调部分干部担任学校领导，分管训练、保障工作。吴奇与张国焕被调到驾驶员学校，朱文清仍留在第21团后勤处。后来，吴奇到达驾校后仍负责供需工作。

据战友张国焕回忆，他与吴奇只是在四平保卫战中有个短暂的分别，因那时，他仍在第7旅第19团负责医疗卫生工作。而吴奇则配合第21团作战，四平保卫战失利后，他俩被选入我军第一所汽车学校。该校于1947年1月在哈尔滨正式成立，这也是汽车团作为"孵化器"的开始，但附近的老百姓仍习惯称呼这支部队为"汽车团"。同年3月，汽车学校迁至佳木斯市。这时学校有700多人，汽车也达130多辆。经过6个月的政治学习和技术培训，第一批学员于1947年7月正式毕业。

送走第一批学员后，在校领导带领下，汽车学校有一部分人保留在原地，张国焕与吴奇留校，继续为培养汽车兵做贡献，另一部分迁至"东线"朝阳镇（即辉南），恢复"汽车团"称号。这时，留下来继续办学的同志也发展为团级单位，除团部机关外，下面还设有4个运输连和1个修理连、1个警通连，基本达到了正式团的架构。11月中旬，东北民主联军航空学校来该校招收飞行员，学校要求全体人员报名体检。张国焕与吴奇都报名体检了，结果吴奇体检合格，张国焕因左腿中弹后部分肌肉萎缩，外科体检的第一关未能过关。吴奇与其他体检合格的同志到航校报到时，学校派了一辆缴获的最新汽车将他们送到通辽，车子回来时在通辽买了一车萝卜。

与吴奇分别后，张国焕带着医务人员随汽车团进行战场救护，在"辽沈战役"中，因一辆吉斯150汽车在运输炮弹中被敌机轰炸，半轴断裂坏在半路，车上正副驾驶员受伤严重。张国焕冒死抢救这两名驾驶员时右腿被炸断，在医院经过截肢后复员回到上海。

> 一个人追求的目标越高，他的知识积累就越多，智力发展得越快，对社会的贡献也就越大。
>
> ——奶奶说

追求篇

莘莘学子在航校

1947年12月，冬季攻势结束后，东北人民解放军即开始"辽沈战役"的准备工作。在四平解放战、保卫战中多次立功的吴奇被师部作为优秀干部推荐到东北民主联军航空学校，经过校方政治审查、文化考试、体检后，他被录取为战斗机飞行员，正式就读于东北民主联军航空学校（以下简称"东北老航校"），属该校第三批学员。

东北老航校是在日本投降后丢弃的旧机场、旧营房、旧用具、旧飞机、旧器材等基础上建立的，像第一、第二批学员一样，第三批学员入校后一切都是白手起家。自部队北上后，起初，一直随部队转战南北的吴奇认为，新学校条件一定比原来的抗大5分校好得多。然而，走进学校后，他见到的全是破损的营房，缺门少窗的教室，没有桌椅用具，连床铺都没有，和原来所在的抗大5分校的条件差不多。在大队长方华、政委陈熙的带领下，第三批学员积极投入紧张的建校劳动中。吴奇和大家一起动手，收集旧桌椅、破木料、砖瓦、铁钉等。大队长方华、政委

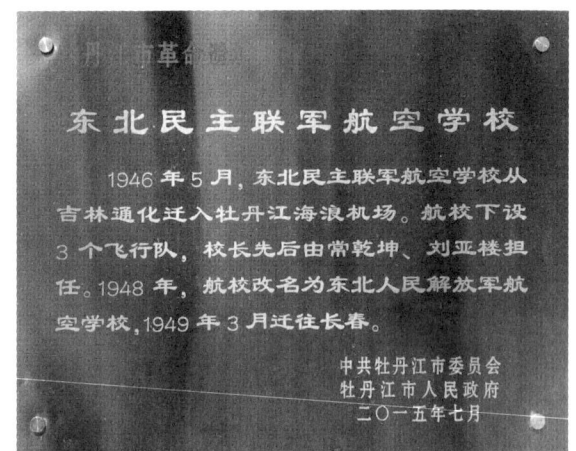

东北老航校旧址

陈熙还组织学员中的能工巧匠，日夜奋战。经过半个多月的紧张劳动，营房修好了，通铺搭起来了，桌椅也基本备齐了，生活和学习条件有了较大的改观。

1948年1月下旬，第三批学员开始预科学习。开课的第一天，学校政委王弼为大家进行了人民军队的宗旨教育，副校长白起为学员进行了光荣传统及校史教育。他说："1937年10月，时任我党驻新疆党代表陈云、邓发同志，根据当时国际国内以及新疆的政治形势，报毛主席、党中央批准，亲自在西路军余部和延安的红军干部中选调43名红军干部到新疆学习航空技术，其中飞行班25人、机械班18人。到1942年7月，飞行班学员均飞行1000个起落，300个小时。机械班人员经过一年半学习，取得优异成绩，全部按期毕业，转入保障维护。新疆红军航空队已成为空地配套、具备战斗力的航空技术队伍，这批骨干力量为我们的航校创办打下了坚实的基础。"

经过两位校领导动员教育后，大家随即进入文化课的学习和分班分组。如果说从战斗部队选拔出来的上两批学员均为战斗英雄，绝大多数为放牛娃出身，那么这届学员就不一样了。经过两年教学实践的航校已把文化程度提高到一个较高的水准。本次分到甲班的同学有部分高中毕业生，原本觉得能够松一口气的吴奇倍感压力之大。这是因为，空气动力学属大学课程，一个飞行员如不能学好这门功课，很难在今后的飞行中有所作为。除此之外，飞行员还要系统学习飞行原理、飞机操纵法、航空学、气象学、仪表学、飞行规则等课程。此时，学校已开设了空中领航、航空气象、仪表程序、飞行原理、航空发动机、航空医学、驾驶舱资源管理、飞行中人的因素、飞机系统、无线电英语通话等诸多课程。原本想只要会操作就能飞上天的个人想法在林林总总的课程面前变得十分幼稚。每当想到这，吴奇不免揪心起来。正当他一筹莫展之际，拿着一个仪表盘走了过来的张洪清说："想什么呢，吴奇？"

"我想，当一名飞行员太难了，要学习的东西太多，我们原有的高中文化要是在陆军部队也算是个小秀才了，可到了这里也就是一个小学生。"

"这事急不得，我们这一期学员，可比上两期的学员好多了，他们不是照样飞上蓝天了。对了，刚才分学习小组，你、我、王天保、朱学才、宋亚民一个小组，你年龄比我们大，我们推荐你为小组长如何？"

"不行，还是让王天保当吧，几个人当中他的年龄最大。还有，你、我、朱学才都是江苏同乡，这整天在一起不会有人说我们搞团团伙伙吧。"

"学习这么紧张，谁还有那份闲心，再说这组是林教育长分的。林教育长知道你会书法，朱学才会画画，说把你们两个人分到一个组，学累了还可以交流一下书画艺术。"

说到林教官，还有一段传奇故事。林教官，原名林弥一郎，是一名日本飞行员。1945年8月，日本宣布无条件投降后，林弥一郎的关东军第2航空团第4练精飞行队不愿向苏军和中国军队投降。9月9日，时任大队长的林弥一郎带领300余人，遗弃机场和40多架飞机，向南逃跑，于9月29日流窜到本溪以南凤凰城以北摩天岭山区。这时，八路军第16

军分区第21旅政委刘光涛，率领一支部队正在向凤凰城连山关一带追击敌人，他们在凤凰城西大约5公里的山中发现了林弥一郎的飞行大队，于是迅速将他们包围。刘光涛政委向曾克林和唐凯报告了这一情况，曾克林随即向东北民主联军总部作了报告。"东总"指示，21旅组织精干的谈判小组上山劝降。在八路军优待俘虏政策的感召下，林弥一郎及其部下觉得生命有了保证，人格也受到了尊重，深受感动，心悦诚服地回到了奉集堡机场。10月中旬，曾克林和唐凯将日本航空队受降的情况，向东北局书记彭真、东北民主联军参谋长伍修权报告后，林弥一郎和航空队的主要人员被召到沈阳。"东总"、彭真和伍修权接见并同他们谈话。为了表示诚意，伍修权还将长征以来一直随身佩带的勃朗宁手枪赠送给林弥一郎，希望林弥一郎少佐能够带领部属加入东北民主联军。这次受降，八路军共接收林弥一郎飞行大队各式飞机46架及各种器材和配件。此外，还有17名飞行员、24名机械师、27名机械员、180多名各类地面保障人员。这些飞机、人员和装备器材，为以后人民空军的建立和发展发挥了很大的作用。同年3月1日，中共东北局成立了东北民主联军航空学校，林弥一郎再次被任命为主任教官。林弥一郎的中国名字叫林保毅，对王天保、吴奇这个组的学员十分赏识。不知何故，林弥一郎在教了一段时间的理论知识后改教飞行训练，第三期学员的理论知识由苏联教官和国民党投诚人员施教。据张洪清将军回忆，这是一个奇特的组合，航校有从延安来的，有汪伪起义人员，有苏联专家，也有留用的日籍教官，教飞行理论的是苏联教官，教飞行训练的是日本教官。当时的航校从校长、参谋长到机务主任、教员都是中苏两套班子，最初由苏联校长带着中国校长制订计划、做指导，然后苏联教员上课，中国教员和学生一起听课，讲完课后，由翻译将讲义翻译出来，交给中方教员学习。中方教员再用翻译过来的讲义给学员讲一次课。

吴奇所在的第三期学员，其综合文化程度比第一期、第二期的学员来说稍好一些，但该班仍有不少学员文化水平较低，更别说更深奥的航空理论了。这可难为了日籍、苏联教官。对此，御前喜久三讲授飞行原理、飞机构造时仍采用第一、二期学员的教学方法：开课前首先领着学员们参观飞机，操纵传动各个舵面及活动翼面，进而说明它的功能，然后再用手势比画，伸张双臂比作机翼，翻转手掌比作飞机倾斜、转弯，推杆俯冲、拉杆上升。他还制作了许多教学用的模型，让学员一看就懂。为使学员在学习发动机内的油路系统时能够一目了然，他点燃了一支香烟，把烟吹进发动机内的油路，看烟从何处冒出，便知道哪条油路是什么走向。有一次他讲课讲到中间，突然向教室外走去，学员们以为他要找什么实物向他们讲解，便都跟着去了，谁知他走到室外厕所前面，发现学员们也跟着来了，便回头说："我要上厕所。"大家一愣，哄然大笑起来。

日本教官冢本好司讲授发动机原理也有绝招。学员们学习"八－13甲"发动机时，9个气缸的工作原理非常吃力。冢本好司教员让5名学员围成圈，依次编号，每人用右手各握一根木棒，按号次顺序，口念进气、压缩、工作、排气，手推木棒转磨圈，只转了几圈，学员就全都领会了。下课去食堂的路上，学员们还在比画着，口中念念有词。

理论课程的学习，就这样艰难地进行着，紧接着在飞行训练中，困难又像"拦路虎"一样出现了。当时，世界各国训练飞行员的常规都是三阶制——先飞初级教练机，再飞中级教练机，后飞高级教练机或战斗机。初级教练机航校倒是有几架，但都是木头做的。由于长期在机场上风吹日晒雨淋，框架都糟朽了，蒙布也扯光了，加上几次的长途转移，都已完全变形。经过左挑右选，选出了一架变形较轻的初级教练机，又经过仔细修理和多次检查之后，开始试飞。结果试飞失败，飞初级教练机的门被堵死了。中级教练机1架也没有，只有一些破烂的99式高级教练机和几架日式战斗机。航校不得不打破世界各国普遍采用的三级教练

首批参加抗美援朝的第10团28大队合影,左起:李宪刚、李汉、张洪清、吴奇、赵明、宋亚民、褚福田、孙悦琨

在飞机转场过程中用马拉飞机

法，采用"三步并成一步走"的办法，要求全体同志，特别是飞行人员、机务人员、修理人员要小心谨慎、认真负责、细致扎实，像姑娘绣花一样地做好一切工作，保证飞行训练少出事故或不出事故。经过全体同志的努力，1946年7月，第一批学员终于单独驾着99式高级教练机飞上了万里高空。

由于有第一批学员直飞99式高练机的成功经验，吴奇所在的第三期学习班也只能沿着这个"三步并成一步走"的办法强化飞行训练。据原空军副司令员常乾坤回忆，吴奇所在的第三期学员入学伊始，情况越来越困难，日子越来越不好过，器材已经用到山穷水尽的地步，几乎连飞行技术训练都有保不住的危险。在无可奈何的情况下，航校下决心减少飞行次数，压缩部分人员，按"保养技术，短小精干，持久延长"的方针渡过难关。

"屋漏偏逢连夜雨"，日子越是艰难，"国军"越打压航校，不断派飞机前来轰炸扫射。一次，蒋军集中了15架轰炸机轰炸机场，炸坏了航校6架飞机，炸伤6人。在牡丹江机场，国民党特务又纵火烧毁了航校的一个汽油库。

在敌机频繁的轰炸、扫射下，航校将早8点以前，下午3点以后的时间作为训练时间；也就是说，趁敌机骚扰的空隙进行训练。白天把一些能飞的飞机搬到临近的山沟里隐蔽起来，傍晚再拉回机场；为了对付暗藏的匪特，飞行员随身还得带着步枪和手榴弹保护飞机。因教练机上没有火力配置，学员们只好学会超低空飞行，以便在空中遇见敌机就可以与其周旋。超低空飞行，对学员来讲，是很吃力的；每天飞行归来，个个都累得两腿酸痛，疲劳不堪。当时东北解放战争，形势正处于敌强我弱、我军后勤补给十分困难的阶段，航校生活十分艰苦。不仅吃不到肉和油，连细粮和蔬菜也很少见。有时吃的是苞米窝窝头和苞米楂儿。学校开始组织飞行员、机务人员开荒种地，上山打柴烧木炭。冬季到草塘里，敲开冰层抓泥鳅；春、夏季挖野菜，捡雁蛋；秋季打猎，来改善生活。住的房子是因陋就简紧急赶修起来的，既无取暖设备，又窗户不严密，夜晚，西北风卷着雪片打得窗户哗哗响，大家只得戴着棉帽睡觉，冻醒了就裹着被子在屋里兜圈子。没有冬季飞行服、皮大衣和毡鞋，也没有保险伞和保险带，飞行员只好穿着棉袄和单布鞋，用麻绳捆起来飞行。地勤人员的工作服是补了又补的。就是在这样食不果腹、衣不暖体、屋不遮寒的情况下，大家仍然干劲很大，起五更睡半夜，在雪深没膝、北风刺骨的严冬腊月，忍受着严寒与劳累，顽强地苦练着、工作着、战斗着，其目的只有一个，那就是尽快掌握航空技术，早日飞上蓝天。

1948年4月，一、二大队的四个班同时开始训练，一大队的两个班进行日、美式战斗机、运输机的训练，而二大队的第二、三期学员进行99式高教机训练。吴奇在地面上反复熟悉起飞、上升等一系列数据，一有空就坐在练习器上反复练习一转弯、二转弯、三转弯、四转弯。为了使动作整齐，吴奇要么找到张洪清，要么找到宋亚民互相学习，待动作练习标准后，再在角色上互换。为了防止动作过大、过粗，能够达到轻握驾驶杆的目的，吴奇所在的互助小组常常练到深夜。

为了掌握更多的飞行技能，吴奇他们还利用休息时间爬到屋顶看地平线，目测高度，白天看飞鸟、夜晚看星星，其目的是增加眼力。即使外出坐汽车他也在用心体验着……

> 娘生儿连心肉，儿行千里母担忧。娘想儿，比路长；儿想娘，扁担长。
>
> ——奶奶说

思念篇

暗中常滴思儿泪

　　由于吴奇的刻苦学习，他的飞行技能进步很快，负责吴奇飞行教学的暮木正雄，认为他是一个很有发展前途的飞行员。一次，暮木正雄带领吴奇飞行后发现吴奇个别动作不规范，晚饭后就将吴奇约到机场的草坪上帮助纠正，教他练习推杆动作。暮木正雄拿着一个木棍比画着做动作，吴奇也跟着比画。暮木正雄用木棍示范推杆动作时，吴奇就一边跟着推，一边仔细观察，心里揣摩着应该用多大的力气，两人面对面，暮木正雄把头一歪就说明方向偏了，吴奇就赶紧蹬舵把方向纠正过来。每当练习一两个回合，暮木正雄就再从头示范一遍。

　　暮木正雄认真示范时，吴奇注意观察飞机高度是多少，怎么下滑，怎么转弯，飞机如何上升，然后，自己模仿练习。他自认为做得很是认真，但在暮木正雄看来还有不完美之处，有时暮木正雄急了也会大声喊道："吴先生！不好，不好，拉杆拉得多了。"有时也会心平气和地说："油门加粗了，上升仰角大了点，落地时动作做早了点，飞机接地时拉得少了点，要再拉一点点。"总之，在暮木正雄眼中总有那么"一点点"不完美，后来有的学员在背后干脆称暮木正雄为"一点点"。暮木正雄在教学上是一个非常严谨的教官，对吴奇如此，对别的学员亦是如此。

在暮木正雄带飞的日子里，为了使学员的基本功更加扎实，他要求吴奇每天必须熟背飞行数据，如转弯时该做什么动作，起飞时怎样加速、推杆、保持方向、蹬舵，当速度到了该要做什么，转弯时要不要看针球仪，转弯后平飞，转弯后用什么数据等。有些细小的动作做错了他都要求重做，如果他看到转弯时速度太大或太小，360度要是掉了高度、减了速度就马上让吴奇纠正。

当暮木正雄把吴奇当作优秀学员推荐给林保毅时，林保毅说他再带飞一次看看。这天，天气有些异常，原本没有飞行训练课，中队长杜国光、指导员孟力安排吴奇出公差。谁知没等吴奇与另两个学员出发，中队长杜国光就通知吴奇说，速做飞行准备，林保毅要单独考验你的单飞成绩。吴奇按要求前往机场，早早等候在机场的林保毅一脸阴沉，劈头盖脸地问道："怎么来晚了？你要知道，对一个飞行员来说时间就是生命，晚一分钟拉起机头就意味着被动挨打，有可能机毁人亡。"吴奇没有解释，忙红着脸检查飞机轮胎气压，以缓和一下这不愉快的局面。令吴奇没有想到的是，林保毅在这次单独带飞过程中，故意制造一些突发或小意外的情况让吴奇处置，第一次起飞到第三个转弯时林保毅要求把油门放到最小，命令吴奇紧急迫降。当吴奇按迫降的要求将飞机降到机场时，林保毅又说，机翼故障，速处理。吴奇立即修正目测下滑距离，当距离位置正准备对准T字侧方准备着地时，林保毅又说场地故障，拉起重飞。就这样吴奇一连飞了几个来回……

当两人走下飞机后，林保毅说："吴先生，你知道我为什么反复让你飞吗？"吴奇摇了摇头："教官先生，我不知道，但我知道你是在考验我，看看我的成绩是否达到单飞水平。"

"是这样的，吴先生，筒井君是不是让你给学员讲解过1米平飞的体会，我是要看看你1米平飞是不是像筒井君说的那样'动作柔和、完美，达到我们日本教官的程度'。今天看后说明筒井君说得对，你的1米平飞做得很好，都赶上我了。你们这期学员都很优秀，但最大的问题都出在1米平飞上，有的是心理素质不好，没有自信，有的则是动作太粗，有的找不到地平线，有的只注意看机头，这为他们单飞带来了很多麻烦。你向我讲讲你在1米平飞时有哪些体会，用你们中国人的话说就是经验，你有哪些经验。"

吴奇这才笑笑说："教育长先生，我觉得你们在讲课时没有讲到平飞时的风向，我也是在实际操作感觉到的。我们都知道在静风条件下，1米平飘时油门已经收光，这时飞机动能转换为势能，阻力逐渐增大，后轮由于阻力原因会率先着地，此时慢慢放下前轮，逐渐后拉操纵杆并踩刹车才行。您在第二次让我复飞时，我想你是要考我对高度的判断，要不，您也不会突然让我降落。我注意到了这一点，故此，我在做1米带出接地姿态（两点式），没有再拉飘，也没有急于顶杆。这时，我注意到您特意看了一下我的杆稳不稳。我知道此时飞机高度比较低，顶杆容易造成螺旋桨触地，我采取的方法是带住杆，这时飞机会随着仰角产生的阻力逐渐下沉，两轮接地之后，柔和放下前轮。您第三次让我复飞时是要考我的视线，我的视线没有看机头，看的是七八米左右的地方，用的是余光观察对正。继而对正跑道，这次我是在拉飘开始的时候逐渐蹬舵完成对正的。"

"总之，1米平飘看似简单，其动作实在太复杂，这就要创造好着陆条件，左边的下滑线要把握好高度、速度和剩余距离的匹配。如有偏差越早修正越主动，尽量在1米拉平的时候保持速度和位置正常。飞机下沉时有一种坐空的感觉，当这种感觉来临时，正是顺势柔和带杆之际，以均匀的速度带仰角下降，主轮接地后一定保持住状态稳住杆，缓慢向前松,一旦前轮缓慢接地时,将杆向前顶、踏住舵,修正不要过于频繁,减速之后刹车转滑行。"

"吴奇,不仅飞得好,总结得也很到位,你考试合格了,优秀!你去飞滑翔机吧。"说着,林保毅与吴奇握了握手,高兴地坐着吉普车离开了机场。

东北老航校东安修理厂制造的滑翔机

为了解决训练飞机不足的困难,1948年6月,东北老航校党委确定在航校航空机械研究委员会的领导下组织试制滑翔机。这一命令下达后,驻哈尔滨马家沟机场的人员报告,在该机场发现了一架破烂不堪的德式初级教练机,其模样与滑翔机有些相似。听到这一消息后,学校随即派人前往进行验收检查工作。检查人员发现,这架德式滑翔机是在山坡上利用大气气流,用橡皮筋弹射起飞的滑翔机。经过学校教员集体研究后,根据中国人的特点,重新设计了操纵系统、座椅、脚蹬以及拖曳机构,加强了结构,改装了所有的金属机械零件,并将起落橇改为活动轮子式,以便在跑道上由吉普车牵引起飞。

当时的滑翔机采用木质结构,木头是东北产的红松,蒙布用五福布、黏合剂自行试验成功的猪血胶,金属零件是送图样到东安航校机械厂制造的,完全是立足于当时东北可能采购到的代用材料,而没有一味追求美国白松、丝质式亚麻蒙布、乳酪胶等外国材料;飞机制造就在马家沟机场的破旧机库进行。1948年7月27日,我军第一架101号滑翔机试制成功并设计了商标"东安修理厂制造",后经多次试飞证明性能良好。东北军区首长闻讯后大喜,当即批准再制造10架。后制成3架,另7架为半成品。10月13日,罗荣桓、李富春、刘亚楼、伍修权等领导人观看滑翔机飞行表演,并批准老航校开办滑翔训练班。

就在教育长林保毅推荐吴奇去试飞滑翔机的第三天晚上,中队指导员孟力找吴奇谈话说，经学校教育、训练，大队党委联合决定，吴奇和全校的8名同志即将奔赴哈尔滨的滑翔机训练场。这8名同志主要是从二大队挑选的，报到后的主要任务是掌握滑翔机的驾驶技术，为下一期的学员摸索经验。同时还要有不怕牺牲的精神，这是航校自行试制的滑翔机。虽说试飞成功，但就其质量来说还有待改进和提高，加之材料一时难以达到相应水准，发生机械故障的情况不能排除，学校不允许在教学、训练中发生飞行意外，也就是说，每一次飞行一定要在科学组织、精心实施的情况下进行，不可盲目。另外，校党委今天开了一个会，确认了家乡已解放的学员名单，吴奇的家乡还没有解放。学校党委提出，家乡已解放的学员可以给家里写信，但要劝阻亲友来队探亲，在信中只报平安，不得告知目前所从事的飞行训练事项，更不能暴露机场所在的位置。国民党特务是时刻盯着的，就在昨天，一个油库被国民党特务放火烧了，要求全校师生在做好保密的前条下必须提高警惕。吴奇到哈尔滨机场后可以给家里写封信，从哈尔滨市发出，不留地址就是了，书信内容是报个平安，让家人知道人还活着即可。在信中要严格执行学校党委关于保密工作的相关指示精神，不得透露自己是飞行员，更不能泄露哈尔滨机场的具体位置，防止国民党特务蓄意破坏。

按照指导员孟力的要求，在机械处蒋天然、顾光旭的率领下，褚福田、耀先、刘鹤翘、李维义、吴奇、王金台、郑各举、周勇进等8名优秀学员来到位于哈尔滨南岗区和香坊区交界处的马家沟跑马场机场。这是日本人建的一个小型飞机场，"九一八"后，日本

1950年，抗美援朝战争时期，吴奇（左）与战友褚福田（右）合影

侵略者出于侵华的需要，将此地辟为简易军用飞机场。1932年6月16日开始扩建，面积由原来的50万平方米增为70万平方米，机场隶属于伪满洲国航空株式会社管理，用于运送日伪军政要员和军用物资，日本投降后由东北老航校接管使用。

与吴奇等8名学员一块儿报到的还有日籍飞行教员鲍武生和1名苏联侨民，加上保障人员等，这个小小的团队也有10多人。战友李文模任指导员。参训的第一天，飞行教员鲍武生说，这架命名为"八一式101"型滑翔机，经他3次试飞质量没有问题，大家不必为它的安全性担心，用汽车牵引起飞与用橡皮筋弹射起飞的原理一样，重点要掌握的是"八一式101"型滑翔机技术参数。

首先讲它的高度，这是一架按初级教练机设计的滑翔机，它的高度是80—100米，滑翔距离为1000—1300米，留空时间为2分钟，能作左、右180度转弯，其操纵性和安全性均很正常。这架"八一式101"型滑翔机集合了德式滑翔机与日式"文部省武1"型初级滑翔机的优点，便于操作。

据励志园展示资料《马家沟的滑翔机训练》中记载：

> 由于我们的滑翔机只有一人座椅，不能带飞。所以，当教员讲完飞什么内容之后，还要驾驶滑翔机飞给我们看，教员在天上飞，我们在地上跑，边跑、边模仿、边体会，而后我们8个人分成两组训练，先练滑行，再逐步操纵，先是升到1—2米，再升到2—3米的高度滑翔。鲍武生教员始终看着我们操作，发现不对的地方就及时纠正。一次，耀先在练习离地1米平飞时，用于牵引的吉普车拉着飞机还没有到规定的速度，他一拉杆，滑翔机一下子离地蹿起来有四五米高，鲍武生高喊"再高的不要，再高的不要"。结果滑翔机在地上摔成了两截，万幸的是人没有受伤。另一架也被李文模在着

吴奇家书

地时碰坏了机翼……虽然训练中遇到了这样和那样的问题，但在教员鲍武生的精心教学下，8名学员很快掌握了飞行技巧，用他们自己的话说就是滑翔机好学习、易飞。

1948年10月29日，吴奇所在的滑翔机试飞班、滑翔机研制机组接到校党委命令：前往沈阳接收国民党遗留下来的航空器材。这时吴奇想到指导员孟力曾指示他要给家里写一封信报个平安，于是他在临行前写下参军后的第一封书信。正当吴奇将写好的信折叠起来准备第二天带到沈阳去发时，同为滑翔机试飞学员的褚福田来到宿舍。见到褚福田，吴奇说："我给家里写了封信，明天带到沈阳去发，你也写一封吧！"褚福田接过吴奇写的信看后说："吴奇，我建议你把这封信做一个小小的改动，信的内容主要是按上级要求报个平安，家人收到你的信后知道你还没有'光荣'，说明你还活着即可，我前几天给家里写的信是托付到

上编　听奶奶说父亲的故事

长春采购器材的同志带到长春去发的。我在信中说，我到长春出差要一个多月才回到河间，你们不要回信。再问一下老家土改了没有，解放区有的地方土改了，你们家肯定还没有土改，但写这句话的目的是要让别人知道你压根儿不知道家里发生了什么事，也就是说多年没有和家里联系了，实际说的都是一些虚话。这样即使我的这封信落到国民党特务手中，他们以为我还在河间，从信封上看，信是从长春发的，而长春、盐城都在敌占区，老家人知道我参军了，但不知道我们参加的是国军还是新四军、解放军。这样，一来可以保住航校的秘密，二来也可以保护家人，你不妨按我这个思路试一下。"

褚福田讲的一番话，吴奇觉得很有道理，于是将信的内容做了更改：

妈妈：

  我近来工作很忙，最近两天还要出去有事。约一两个礼拜，才能回到上海，所以你们在半月之内不要来信，现在家乡快要土改了，你们应该听政府的决定。政府决不会饿死你们，请放心。有事可问吴计同志。

  此致
敬礼
  请暂不要来信

儿
奇于十月廿九日

到达沈阳后，路过邮局的吴奇将此信投入邮箱，继而与同事们一道前往由中共地下党安排的秘密联络站。此时的沈阳城已被我军围得像铁桶一般，3天后沈阳解放。吴奇他们所在的滑翔机小队的人员被分成若干个小组分赴各地接收国民党航天器材。但他不知道这封信能否寄到老家……

正当沈阳市人民欢声笑语迎接东北人民解放军进城之际，远在江苏扬州里下河吴家牌坊的吴奇家则并不平静，3个国民党保安团成员正在吴奇家里循循善诱地问："吴老太婆，你确定你们的儿子吴奇参加的是国军吗？他现在的部队在哪里？有没有过给家里来个信？能不能把信给我们看一看，上面要求我们登记造册。"知书达理的吴奇妈妈心里十分清楚，这伙人是要灭掉解放军的家属，就在前几天，邻村的新四军十多个不能行动的致残人员一夜被害，就连照顾这些新四军的村民也不知去向，看他们的来头是要下黑手了……

吴奇妈妈笑了笑说："吴奇参加什么队伍我不知道，也没有给家里来过信。这些，大家都知道。他是不是还活着我们都不知道。吴奇的爷爷死了，他的爸爸也死了，家里就我们两个妇道人家，我们把一切都看得无所谓了。"

见吴奇妈妈态度很硬，一个保安团人员站起来说："你这老太婆嘴还很硬，告诉你，你儿子要是解放军你俩也活不了。"

正争吵着，一个中年妇女走了进来，拿着一封信说，吴阿姨，吴奇来信了。三个保安团成员争着站了起来，其中一个头目一把将信件接了过来说："是不是共产党，我拆开信一看就知道。"说着他小心翼翼地把信拆开，一看，皱了皱眉头对着另两个保安团人员说："吴奇在上海？怎么会在上海呢？你们看，这信上说约两周才回上海，这说明吴奇是国军。"另一个保安团拿着信封说，这封信是从沈阳发出来的，可沈阳已沦陷，还不能证明他不是共产党的人。还有一个保安团人员说，写信是10月29日，说明这信是在沈阳写的，在沈阳发的。10月29日沈阳还未沦陷，说两周后回到上海，证明他是国军的人，因为上海只有共产党的地下党在活动，吴奇参加的是正规的大部队，目前上海还在国军手中。

一番争论后，保安团头目说："信中提到一个叫吴计的人，吴计是谁？"

吴计是我们隔壁村的，与吴奇是中学的同学，吴奇当兵后他常来我们家帮助做些农活，但要是了解吴奇参加的是什么部队，可以去森泰油坊，找他们的家人，吴奇与他们家的徐朴夫在一起。同村一个邻居补充说。

保安团的人听说吴奇与徐朴夫是一个部队，站起来就走，连声说：对不起、对不起。

送走保安团后，吴奇妈妈关上大门，抱着婆婆号啕大哭，儿呀！你还活着，你还活着。

吴奇奶奶一边擦着眼泪一边说："吴奇妈，自吴奇走后，这么多年了，我知道你的枕头哭烂了好几个，我何尝不是如此，你想儿子，我想孙子，今天我们娘俩应该高兴才是，吴奇还活着，活着，我们终于有他的消息了。"

现在的我能想象得到父亲吴奇不在家时，奶奶和祖奶奶相依为命的日子有多艰难，在那个没有男丁的岁月，日子是怎么过的。我想，每当夜深人静的时候，奶奶一定是凝视窗前的月光，牵挂着远方的儿子。奶奶就是天边的那颗星星，夜夜在爸爸的头顶上守望……

奶奶常说，娘想儿，比路长；儿想娘，扁担长。小时候我想得不太明白，颇不服气，觉得儿女对父母的思念，肯定堪比天上的星星，只是星星不说话，父母听不到罢了，怎么可能只有"扁担"那么丁点儿长呢？

等到我做了父亲时，才明白：原来，不是儿女的思念短，实在是父母的思念太深太长，长到融入儿女生生世世的血脉中，渗透到星际宇宙。

责任篇

> 我所期望的不是他天天来信报平安,而是他能全身心地忠于他的飞行事业。他不是为自己而生,国家赋予了他应尽的责任、义务。
>
> ——奶奶说

有事无事报平安

1949年11月7日,吴奇以优秀的学业从中国人民解放军航空学校毕业后,根据学校党委安排,转入中国人民解放军第一驱逐机学校学习。该校1949年12月1日组建于辽西省锦州市(辽西省现已并入辽宁省)。同年12月20日改名为中国人民解放军第三航空学校。早在10月6日,经中央军委批准,成立了6所航空学校。在哈尔滨、长春各组建1所轰炸机学校,在锦州、沈阳、济南、北京南苑各组建1所驱逐机学校。11月18日,中央军委再次批准,在牡丹江组建1所运输机学校。吴奇所在的锦州第三航空学校就是根据中央军委这一决定成立的。

伴随着新中国成立的隆隆礼炮声,毛泽东同志在开国大典上宣布:"凡愿遵守平等、互利及互相尊重领土主权等项原则的任何外国政府,本政府均愿与之建立外交关系。"刚刚成立的新中国百废待举,此时的国际形势是,全世界已进入第二次世界大战后的冷战初期,形成了社会主义和资本主义两大阵营的对立。随着这种对立和冲突愈演愈烈，美国政府对新中国的敌视程度也越来越深，不仅不肯承认新中国政权，还竭力阻挠其他西方国家承认新中国。在这种错综复杂的国际形势下，1949年10月2日，苏维埃社会主义共和国联盟（苏联）决定与中华人民共和国建立外交关系。苏联外交部副部长葛罗米柯受苏联政府委托，照会中华人民共和国中央人民政府外交部部长周恩来：苏维埃社会主义共和国联盟政府已收到中国中央人民政府本年10月1日之公告，其中建议中华人民共和国与苏联建立外交关系，苏联政府在研究了中国中央人民政府的建议之后，由于力求与中国人民建立真正友好关系的始终不渝的意愿，并确信中国中央人民政府是绝大多数中国人民意志的代表者，故特通知阁下：苏联政府决定建立苏联与中华人民共和国之间的外交关系，并互派大使。

与此同时，苏联宣布与广州国民党政府断绝外交关系。葛罗米柯代表本国政府发表声明：由于在中国发生的事件已造成中国的军事、政治与社会生活的变化的结果，中华人民共和国业已成立，中国中央政府已经组成。位于广州的阎锡山（时任国民党残余政权"行政院"院长）先生的政府已停止在中国行使权力，并已变成广州省政府而失去了代表中国与外国保持外交关系的可能性。这一情况造成了中国与外国间外交关系的断绝。苏联政府考虑到所有这些情况，认为与广州的外交关系已经断绝，并已决定自广州召回其驻外代表。

中苏建交后，苏联政府对新中国在政治、经济、军事领域给予了扶植和帮助。1949年底，苏联政府为我国空军运来各种型号飞机数百架，派出航空专家870名，分配到中国人民解放军的各个航校，帮助组织教学，开展飞行训练。为新中国建立现代化空军做出了贡献。为协助苏联专家加快第一驱逐机航校（锦州）的建设，东北老航校也派出3名带队干部、9名飞行人员、18名机务人员。

1950年锦州第三航校飞行员学员，前排左起：孙景华、申炳煜、俞敦兰、段祥录、李宪刚；中排左一：赵明，右一：李国治；后排左起：吴奇、宋亚民、刘鹤翘、孟力、孙悦琨、张洪清、王寿武、林基贵

在第一驱逐机航校的主要任务是尽快完成由螺旋桨式到喷气式飞机的飞行过渡。为满足喷气式飞机的训练需求，此时，我国从苏联进口的各种喷气式歼击机、轰炸机的同型教练机、歼击机已运抵航校，第一驱逐机航校已开始使用苏制米格－15教练机，轰炸航校和部队开始使用苏制乌伊尔－28教练机。飞行训练体制由"初、中、高"三级改为"初、高"两级。对于飞行员来说意味着：一方面，必须完成从螺旋桨式到喷气式飞机的飞行技术跨越；另一方面，必须完成从学员到战斗机战斗员的思想嬗变。这是保卫新中国领空的迫切需要，也是党和人民的热切期待。尽管新中国成立后，学校的基础设施、教学、教具、所使用的飞机大都焕然一新，但在学习中仍存在不少困难。在教学上苏联与老航校日本教官相比，苏联教官的"哥气"十足，无论是理论教学还是实践操作，他们只讲一遍；讲完后的教官要么拿着一个小酒壶来上一小口，要么点一支雪茄烟站在一边悠哉悠哉。无论你怎么虚心向苏联教官请教，他们

大都不再说话。更大的困难还在于过去上日式99高级教练机时，因为飞机时速慢、学员成分新、文化程度低、用于训练的飞机少等多种因素，导致每次训练时为了减少飞行事故，都选择在静风状态下进行。即使在静风条件下都没有完全掌握好的1米平飞技术，现在要在顺风、逆风、侧风、暴风条件下完成1米平飞训练，其难度可想而知。

入夜，吴奇翻来覆去睡不着觉，他想起来有一位苏联教官对他说的一句："如果你在战斗中飞机没有被敌人打下，在返航着陆时因1米平飞技术不过关而导致机毁人亡的话，那则是笨猪式自杀。"

怎么办？必须攻克这一难关。飞行训练完毕后，吴奇找到张洪清、宋亚民，三个人交流了自己在飞行过程中遇到的这一难题，对吴奇提出的问题，张洪清、宋亚民都有同感。于是三人就各自在不同风向1米平飞所做的操作动作、应对心得做了全面交流。

张洪清说："只探讨着陆还不行，这个问题还得与起飞、着陆一并来谈，我个人的体会是：顺风起飞，滑跑方向不易保持；抬前轮或抬机尾和离地的时机应晚些，这样起飞滑跑距离和整个起飞距离都在增长，这时应根据跑道长度和机场净空条件确定飞机能否起飞。顺风着陆，下滑和平飘时如有距离增长，若不修正，会造成目测高。为修正目测高，应根据风速的大小，适当减小下滑速度和后移下滑点。地速大，平飘距离增长。空速小，舵面效用差，着陆滑跑方向不易保持。当着陆滑跑距离显著增长的情况下，须了解跑道长度，做好目测，防止冲出跑道。"

宋亚民也根据自己的实践经验说："在大逆风中起飞，飞机在滑跑前已得到相当于风速的空速，所以在滑跑中方向舵的效用增强，用舵容易保持滑跑方向，飞机达到抬前轮或抬机尾和离地的空速所需要的时间较短，所以抬前轮或抬机尾和离地的时机应提前，注意动作要柔和，以防前轮或机尾抬得过高。离地和上升的地速小，起飞滑跑距离和整个起飞距离明显缩短。大风会引起临近地面的空气涡动，为了增强飞机在涡动气流中的安定性和操纵性，离地速度应比正常稍大一些。 逆风中着陆，下滑和接地的地速小，下滑距离和平飘距离明显缩短，会造成目测低。为修正目测，下滑点应前移，下滑速度应大一些，由于下滑速度比较大，拉平时，舵面效应较强，拉杆动作要柔和，以防止拉高。平飘前段，速度快、迎角小，拉杆增大迎角时，升阻比变化较小，即在保持升力等于飞机重力的情况下，飞机阻力变化小，故飞机速度消失慢，飞机下沉慢。所以，平飘前段，拉杆要柔和，防止拉飘。"

听到两位同学各自在顺风和逆风条件下的起飞降落经验，吴奇深感两位战友说得很对，自己在这两种风向方面的体会中也发现这些原理和规律。于是就侧风起飞降落谈了自己的看法："我在侧风时采用的是侧滑法，修正风的方法不知对不对，你们俩听后帮我分析一下，在侧风飞行时，必须向侧风方向压盘，向侧风方向蹬舵，侧风速或角度越大侧滑角就越大。这时我就加大压盘蹬舵力度，当侧风达到一定程度时，我就蹬满舵修正，这时的侧滑角为最大允许侧滑角，一旦超过这个角时即使蹬满舵也无法修正。"

起飞、降落，是每一个飞行员的基本功课，学员训练科目也都是从起落航线开始，有的学员被淘汰，其原因是降落动作掌握不好，把握不住风向，而风向每时每刻都在变化，落地又不是根据仪表操作，全凭目测判断，操作起来误差较大，如不能准确控制飞机在离地面1米的高度平飞减速，不能控制飞机以两主轮在规定地点平稳接地就可能摔人、摔飞机。

降落，一个极为平常的字眼，在这个字眼面前，许多学员挥泪告别了自己钟爱的飞行事业。有的学员因操作不当，或是因风向判断有误，沿下滑线迅速下降时，飞机瞬间变成一枚攻击地面目标的炮弹，直接射进与之长眠的土地。

就这样，三人你一言我一语地讨论着，每一次讨论都是对三人飞行技术的一次突破和提高。自从走进航校，他们三人几乎形影不离，这或许是他们三人飞行成绩显著，每次训练都要受到教官表扬的原因。

就在三人讨论正欢时，通讯员拿着几份报纸和苏联教官的信从他们身旁走过。张洪清问通讯员，这些都是谁的信，通讯员说，这些信都是从苏联寄过来的，都是教官的和专家的。望着通讯员远走的背影，宋亚民说："吴奇！你是不是也好长时间没有给家人写信了？"吴奇点了点头说："20多天前给家里写了一封，不知收到没有，反正家里没有来信。眼下学习训练太紧张了，下周又要考试，没有时间写信。"

"我看你是责任心太强了，再忙、再累、再苦也要给家人报个平安不是。不过，家里再不回信有可能收不到了，听说下周我们要驻上海虹桥，也可能考试完后我们就是作战部队的战斗员了，直接担任保卫祖国领空的神圣使命，到那时我们的责任就大了。"张洪清说。

"别说那时的责任，我觉得现在的责任就很重，党和人民在经济这么困难的情况下给我们买飞机，给我们增加伙食费，把津贴费也发下来了，还给我们请苏联教官、专家。这要是飞不好，我觉得挺对不起党和人民的。"吴奇说。

结束例行的三人小组业务讨论后，回到宿舍的吴奇觉得还是要给家人写封信：

祖母和妈妈：

前些日子从锦州寄去的信已有二十天之久，但未见回音，不知何故，甚念。我们要去上海虹桥驻防，现各方面都很好，请放心。

至于家中生活困难问题，我尽量设法帮助解决，这一点我时时放在心中没有忘记，待将来情况安定后我能回去看一下你们，希望你们不要到这儿来看我，因为要很多路费加上你们前往外地很困难。

祖母和妈妈的身体都很好吗？这是我最挂念的事情，今年的秋收情形怎么样呀？望来信告知，陈文波姑父他们在上海吗？若知他们的住址，请来信告诉，我有机会可以去看看他们，不多写。

　　此致
敬礼！

孙　吴奇

八月三十一日

　　写完信后，吴奇漫步在学校停机坪前，双目向南方的天际望去，向远在南方的家乡江苏扬州望去……

　　6年前，也是在这样一个月光皎洁的夜晚，在中共地下党的掩护下，自己突破日伪的封锁线辗转江苏兴化，才到达位于盐城的抗大5分校。临行前的那天晚上，妈妈将他送至村头，交给他一个菜篮子说："孩子！带着它，遇有路上巡查的，你就说是去兴化医院看望病人。"吴奇接过菜篮子拉着妈妈的手说："妈妈，小日本的尾巴长不了，我很快就会回来……"到达兴化中共地下党交通站后，吴奇掀开菜篮子上的油菜一看，里边足足有3斤糕点和两斤馒头，还有象征他岁数的17个饭团。

　　自从到达抗大5分校、参加新四军的那天起，先后经历了抗日、解放两次大的战争，直到现在也没有回去看看两位老人，不知两位老人现在过得如何，爷爷病故时自己才8岁，接着在10岁那年爸爸也因青霉素过敏去世了。奶奶全靠妈妈照顾，要是自己在家里还能是个劳动力。有自己在家，两位老人心里也踏实。可这战争都结束了，自己还是不能回去探亲，要不是被挑到航校当飞行员，仍在野战部队的话，说不定还可以松一口气，可以回家去看望妈妈和奶奶。可航校不行，训练课目一个接着一个，好好学、好好练都难以达到教官的要求，稍有不慎就会被淘汰。与自己一块儿来到航校的战友不少，淘汰的学员更多，他们也都有一个蓝天飞行梦，但这个梦没有强烈的责任感和事业心是做不成的。

　　自航校创办以来，培养了126名飞行员，可相对1260万平方公里的我国领空来说,平均每一个飞行员要承担10万平方公里领空的保卫任务。亡我之心不死的美帝国主义随时随地都有可能向年轻的共和国挑战。因此,我们每一个飞行员肩上的责任都如同泰山般沉重。虽然说我6年没有回家看过妈妈、奶奶,但在我们这个飞行员队伍中,有从延安来的同志,他们10多年都没有回去过,更谈不上看望他们的家人,有的飞行员的妈妈因思儿过度仙逝,有的母亲因思儿心切哭瞎了双眼……但他们都挺过来了。唉!人生最大的不幸莫过于骨肉分离,但新中国必须要有我们这些"不幸"的飞行员来换得全国人民的万幸。在祖国人民心目中我们是宝贝,在战友们眼中我们是"人精",在胆敢来犯的敌人面前我们是长空利剑,是一个特殊的群体。当我们与战机结缘时,生命中就注定我们已经不属于自己,不只属于一个母亲、一个家庭,而更应属于人民空军这个伟大的军队、属于伟大的国家和伟大的民族。也因此,我们的名字变成了由数字和字母组成的代号。这些代号代表着一种使命、一种责任、一种品格、一种精神、一种无怨无悔的担当。

妈妈上次来信说,只有知道负责任的苦处,才能明白尽责任的乐趣。我知道妈妈的心境,她是想说,只有认真地履行社会职责并在社会活动过程中忠实履行责任的人,才能把责任转化到行动中去,才能构成责任的心理特征,才能养成责任的自觉意识。妈妈的观点是朴素的,用妈妈过去教育我的话说就是:责任是一种传统美德。中华民族自古就是一个勇于担当的民族。"天下兴亡,匹夫有责",强调的是热爱祖国的责任;"择邻而居"讲述的是孟母历尽艰辛、勇于承担教育子女的责任;"卧冰求鱼"是对晋代王祥恪尽孝道为人子的责任传颂……

风吹树动"哗哗"声响,那是家乡父老的殷殷叮咛。浩瀚宇宙繁星闪烁,那是全国人民关切的眼睛。虽然我们远离家乡、远离父母,但我们的心与祖国人民的心更近。我这样想,战友们也这样想……

> 鱼儿离不开水，鸟儿离不开林，儿女离开父母难成人，一心装着国，一手擎起家，家是最小的国，国是千万家。奇儿从小就爱国，奇儿从小就爱家。
>
> ——奶奶说

体谅篇

国之土地　家的足迹

1950年4月11日和5月3日，空军向中央军委报告，建议组建第一支航空兵部队——空军第4混成旅。该旅下辖两个歼击机团、1个轰炸机团、1个强击机团。这样编组的目的，是为了更好地取得各类航空兵部队训练和作战指挥的经验，为日后部队扩编和发展创造条件。5月9日，中央军委批复同意，并正式命名为"中国人民解放军空军第4混成旅"。为什么空军的第一支部队不称第1混成旅，而称第4混成旅？这是仿效毛泽东早年建军的做法。毛泽东在井冈山创建红军时，一开始建立的就是红四军。空军把第一支部队称第4混成旅，其用意是要继承和发扬红四军的光荣传统，把人民空军建设好。

1950年6月19日，空军第4混成旅在南京正式成立。8月8日移驻上海。空军决定配备较强的干部来担任第4混成旅的主要领导。8月1日报请中央军委批准,任命华东军区空军司令员聂凤智兼任旅长,调第2航校政治委员李世安任旅政治委员,王志增、刘善本任副旅长,王香雄任参谋长,谢锡玉任政治部主任。旅部机关由第三野战军第9兵团第30军第90师师部改编组成,下设司令部、政治部、航空工程处和供应处共308人。

第4混成旅所属4个团,其中第10团于1950年6月9日在徐州成立,夏伯勋任团长,王学武任政治委员。据团长夏伯勋回忆:第10团,是我军最早成立的航空兵团,也是我军第一个喷气机航空兵团。它最早参加抗美援朝战争,是人民志愿军空军第一个击落美国空军飞机的英雄团队。夏伯勋在回忆录中还写道:

> 团部以步兵第116师第348团为基础组成。政委王学武,副团长朱鉴,副政委许乐夫,参谋长霍冰沉。团下辖空军第28、29、30等3个飞行大队和一个直属飞行中队。领航主任阮济舟,射击主任邹炎。28大队大队长孟进,副大队长陈亮。1中队中队长李宪刚,2中队中队长刘玉堤。29大队大队长李国治、副大队长李汉,4中队中队长金山,后为王海,5中队中队长华龙毅。30大队大队长赵大海、副大队长吉世堂,7中队中队长牟敦康,8中队中队长李文模。其他飞行员是:张积慧、孙景华、宋亚民、孙悦琨、赵明、朱学才、吴奇、胡树和、刘鹤翘、褚福田、王子祥、侯书军、林基贵、吴光裕、宋文洲、耀先、王保均、张洪清等,含我在内,共38名飞行员。

上述飞行员是第3、6航校日式飞机改装苏式飞机速成班毕业的学员。我当时是第6航校副校长兼飞行大队大队长,负责并参加了在天津张贵庄机场进行的这次速成班训练。第10团宣告成立时,还没有飞行员,要待我们速成班毕业后进行调配。我们经过两个多月的艰苦训练,于1950

年5月21日结束。6月11日在北京南苑机场举行了毕业典礼，并接受了朱德总司令、刘亚楼空军司令员、王秉璋空军参谋长的检阅。7月2日，我率调配到第10团的38名飞行员抵达徐州基地，接着组织部队克服重重困难，做好了飞行训练的一切准备工作，只待飞机到来就开训。

当时，朝鲜战局越发严重。我们还未开训，便接到空军关于第10团立即开赴东北抗美援朝的命令。我们发扬在陆军时的那种雷厉风行的作风，进行了紧急动员，夜以继日地准备。其间，苏式飞机抵达徐州，于是，我和全体飞行员带上3架未开封的乌拉–9教练机，于7月15日随即乘列车北上。至天津火车站时，列车被军委空军派来的同志截住，并传达了上级命令：部队停止前进，夏伯勋团长火速上京接受任务。情况紧急，我无心猜测任务的内容，改乘快车疾速进京。在东交民巷空军司令部，受到刘亚楼司令员和王秉璋参谋长的接见。

首长简要地介绍了当时的形势和党中央的意图，交给我赴上海接收苏联空军近卫团米格–15喷气式驱逐机的任务，并将我团正式命名为中国人民解放军空军航空兵第10团。刘司令员满怀期望地说："伯勋同志，你是我军第一批飞行员，相信你能将我军第一支喷气机航空兵团建设好！"

"首长放心，我一定完成任务！"我满怀信心地答道。临行前，司令部交给我5000元开办费，并配给我团一部电台。因第4混成旅正在筹建中。首长嘱托我直接与空司通报联系。

领受任务后，停留天津的列车即调头南下直开上海。次日，我到南京。在向华东军区空军政委王集成作了汇报后，便马不停蹄直奔上海龙华机场。7月25日，飞行人员及装备全部抵沪。不久，我与援华驻沪的苏联巴基斯基部队的巴什格维奇近卫中校接上头，商量改装米格–15飞机训练。因龙华机场跑道不能使用米格–15，39架米格–15又早于3月27日进入大场机场，经报空军批准，我团于7月29日也转驻大场机场。从8月初开始，一场轰轰烈烈的练兵热潮展开了。从旅首长到团领导，从机关到部队，按各自所担负的战斗任务，日以继夜地刻苦学习。教学组织分为飞行、机械、供应大队、团司令部和团指挥所5大部分。第一阶段主要学习专业理论知识、工作职责和工作制度；第二阶段进行实际操作。参训人员，除飞行员外，大部分来自陆军部队，不懂航空兵业务，文化程度低。还有的是文盲，学习困难可想而知。

时值盛夏，赤日炎炎。学习场地缺乏，部队把教学组分别安排在飞机库里上大课。机库像蒸笼般闷热，人人汗流浃背，但个个静心地听着，认真地记着。为了弄清问题，掌握一个要领，熟记一些数据，同志们不知熬了多少个不眠之夜，洒下了多少辛勤的汗水。

全旅统一从8月2日至8月15日，进行两周的航空理论学习，主要内容为飞机的性能、结构和使用方法。在理论学习结束后，进行了座舱实习和米格－15驾驶术的学习，并组织了1周的飞行训练。9月1日，由我团部分飞行员和苏军部分飞行员驾机转场至刚整修的虹桥机场继续改装机训练。

东北老航校的第一至第三期学员由于训练时所用飞机破旧，直接导致许多难度高的飞行战术动作训练课目难以实施，而此次训练不同的是，一穷二白的新中国志气不穷，早在1949年初，毛主席访苏时商定用第一笔苏联贷款购买了340架飞机装备航校。到1950年初，已进口各型飞机434架，各型发动机176台。吴奇全队人员训练用的都是进口的崭新的"米格－15"型飞机，故可以训练实战中的高难度动作，苏联教官认为，建立一支现代化的空军必然要培养一批合格、优秀的歼击机飞行员。

歼击机，"二战"时期称驱逐机，又称战斗机，是军用飞机的一种，相对于轰炸机。战斗机是指空军战术的机种。歼击机早期分为制空和截击两种主力机型，后来不再有专用截击机，制空截击机通常中低空机动性好，装备中近程空对空导弹，通过中距空中格斗，近距离缠斗击落敌

1950年5月15日于锦州第三航校第一班毕业合影。一排左起：孟力、孙景华、李汉、队长、副队长、李宪刚、俞敦兰；二排左起：赵明、刘鹤翘、李国治、孟进、段祥录、吴奇、林基贵、申炳煜；三排左起：田指导员、宋亚民、金山、王寿武、张洪清、孙悦琨

机以获得空中优势，或为己方军用飞机护航，要求高空高速性能，主要用于空中格斗，争制空权，拦截敌方轰炸机群。

　　进入上海虹桥机场后，吴奇和所有的飞行员压力更大，这是因为过去那些凑合着用的教练机已全部淘汰，新整修的虹桥机场跑道起飞降落的都是苏式米格－15机型。这是苏联米高扬设计局研制的一种高亚音速喷气式战斗机，该机1946年开始设计时，受到苏军缴获的纳粹德国Ta183（代号：乌鸦）型喷气式飞机的影响，在总体设计上进行部分改进，改进后的米格－15其性能已超过纳粹德国Ta183型喷气式飞机。是第二次世界大战后第一代喷气式战机中的"佼佼者"。苏联专家吸收了德国技术，完善了后掠翼设计，并应用在米格－15上。它采用了半硬壳式结构，为全金属（铝合金）机身，机翼为后掠中单翼，尾翼很大，带后掠角向后倾斜，水平尾翼高高装在垂尾上，成为米格-15的显著标志。该机1948年6月投入生产，成为苏联空军的主力战机。早期批产型采用英国罗·罗公司的RD-45型"Nene"喷气发动机，中后期批次则采用苏联仿制改进的克里莫夫VK-1型发动机。

与日式99高级教练机不同的是，此次进行的是米格-15实战练习，也就是说使用的是真枪实弹。尽管有的学员飞过喷气式飞机，有的飞过美式P-51野马单座单发战斗机，但在这个被称为新式、最先进的米格-15机型面前仍然非常吃力。而对那些只飞过教练机的学员来说，只能说是又一次起步，他们当中大都没有学过战斗机作战的战术动作。

训练的第一天，他们的教学内容为"急速盘转"，虽然说这是最常用、最实用的机动动作，但也是一个"高过载机动"动作，一旦完成一个急转弯，应该马上做出其他动作。否则，长时间的急转会导致飞行速度迅速降低，机动性也降低，容易成为被击中的活靶子。采用这种机动，自然也需要一个条件：那就是自己所驾飞机的盘旋性能高过敌机，在当时被称为引领战斗机风潮的米格-15，在盘旋性上没有问题。

当苏联教官第一个示范动作做下来后，吴奇心想，这老大哥，真是哥，够狠、够专业。过去只认为日本飞行技术真棒的学员们，不得将心中的偶像改为苏联教官。

当苏联教官进行第二次示范时，吴奇看明白了，这个动作的实质就是要求飞行员手快，可轮到吴奇单飞时则没有那么简单，接到塔台急速转弯命令时，他一时不知怎样操作才好，停顿片刻后稍收油门，向左一个急转后感觉到飞机已开始在空中盘旋起来，此时的吴奇十分冷静，接着按操作要领一步一步修正后，飞机很快恢复正常飞行。出了一身冷汗的他，心想这降落后战友们会不会笑话我，谁知当他平稳着陆走出机舱时，迎面传来了一阵阵热烈的掌声。苏联教官半信半疑地问他过去是否飞过这个动作，吴奇笑着说："没有。"苏联教官又问他是怎么掌握这个动作的，吴奇又笑了笑说："当我觉得要急转时在保持高速平飞瞬间时略收油门，瞬间急转，但把握这两个瞬间除了胆量外还需要眼疾手快，心到、手到，还有一点就是你们的飞机性能好，否则就非常危险。"尽管"老大哥"对这一略收油门的做法不持赞同意见，但考虑到保持油门或加大油门状态下"急速盘转"危险性太多，故认为吴奇这一方法有可取之处，于是作为飞行案例写进了教案。

突破"急速盘转"训练难度后，苏联教官开始讲授"英麦曼机动"。这是德国飞行员英麦曼的一个创新机动动作。该动作将惯用的左右盘旋水平机动改为俯冲，当俯冲到一定位置时及时拉起机头，此时飞机开始翻筋斗式翻滚，当飞机翻到顶部时接着横滚半圈，在倒飞状态下再恢复到平飞。这是一套全新的战术机动动作，因它是在垂直面完成的，故世界各国空军公认。

在苏联专家看来，学习练习这个战术动作至少需要飞行员具备200小时的飞行训练时间，而训练部门提供的飞行员飞行训练纪录表明，没有一个能达到这一标准，苏联教官本着试试看的想法硬着头皮开始实施。

由于"英麦曼机动"难度太大，也由于包括吴奇在内的38名飞行员，实际飞行小时有限等多种因素，苏联教官第一天理论课上完后，飞行员仍然一知半解。要想尽快掌握好这一动作，必须先在头脑中厘清该动作的战术要领。是夜，吴奇、张洪清、宋亚民、朱学才等4人学习小组来到操场，又一次开始了他们的业务研究。对吴奇来说，他记不清这是第多少次一块儿学习讨论，但他能记清的是自来到航校后，他们这个互助学习小组的业务讨论一直延续，从东安到牡丹江又从牡丹江到长春、到哈尔滨再到锦州、徐州、上海的大场、虹桥等机场，可以说哪儿有飞机，哪儿就有他们刻苦钻研理论知识、探讨训练问题的身影。这种互助式的学习小组是一种集体智慧的体现，也是提高理论知识、操作技巧的有效方法之一。用他们的话说，就是在洋教官面前，要"土"出我们的志气，要让他们感觉到我们这些土学员有灵气、不笨。用林弥一郎的话说就是："共产党把最不可能完成的任务给了我，而学员则完成了世界上最不可能完成的任务。"

　　整修一新的上海虹桥跑道，为起降米格－15创造了良好的基础条件，望着跑道面面相觑的吴奇4人，谁都没有说话，他们不知道此时要说些什么，但可以肯定的是，在这个所谓的"英麦曼机动"动作面前，谁的心里都没有底。良久，吴奇说，综合教官所讲，我个人的理解是"英麦曼机动"实际就是一个高推力、转弯的垂直反转。你们看，吴奇边说边画图：一架低推力的战机抬高机首，做180度的滚转，上升到一个极高的高度后再做一次反转，最后飞向相反的方向。高推力可以通过垂直爬升扩大机动范围，在垂直爬升中进行副翼滚，然后完成一个180度的滚转。英麦曼回旋，使飞机在水平方向产生一个90度的转弯。同时，在垂直方向上产生位移……吴奇说完，大家也都认为是这个道理。略加思索后，宋亚民说："我明白了，通俗地讲，就是把高速换成高度，把动能换成势能，通过爬升，结合滚转，可以控制最后改出动作的行进方向，为下一步做打算。"张洪清则认为，这种动作要根据场合而宜，在没有明显的防御、攻击之分的情况下，这种动作只是好看，更适合展示战机动力、特性的飞行表演。朱学才则说："苏联教官之所以教我们这个动作，一定是有它的实际意义，因空战毕竟是千变万化的，如果我们学好了这个动作，在日后攻击敌机时有一定的主动性。"

　　学习讨论结束后，吴奇觉得，训练的课目是一个接着一个，按课程表设置还有"桶滚机动""眼镜蛇机动""剪式飞行""半滚倒转"等需要学习和训练，没有终结，于是决定先给家里去一封信：

　　祖母和妈妈：
　　前寄一信恐已收到了吧，关于田上的事情如何解决的，另请转吴计兄的信是否转了，盼告。

我现在把自己两个月的津贴（拾贰万元人民币）（注：20世纪50年代万元等于现在的一元）节省了没有用，今寄给你们零用，钱虽然很少，但表示了我的心情。我虽在外，但并没有忘记你们。待今后发津贴我还会不断地寄给你们，请放心。至于上级发救济粮的问题，现在还没有批下来，你们要知道现在的国家经济是很困难，比我们家更困难的也有，不过这种现象再过一两年就会好了，你们也同样会过得好的。

至于我最近是否可以回来看一趟，我上次已告诉了你们不可能的原因，所以今天也不谈了，但是我也希望你们千万不要来看我，因为来要花钱，到这里也不能很好招待你们，其最重要的就是你们花了路费过来，可能找不到我，因为我们这里站岗的很多，外人是不允许进来的，请你们千万记住一定不要来，来了没有好处，在今年过阴历年时我回去给你们拜年。

祝身体健康！

来信寄上海虹桥泰山部队五中队即可

孙　吴奇

说到"田上的事"，吴奇家中有祖辈传下来的49亩上好的水田，在吴奇爷爷、父亲去世后，这49亩良田是他们家唯一的经济来源，吴奇1944年参加新四军时，这49亩水田包给了佃户，靠收取粮食解决吴奇母亲和奶奶的生存。1945年8月25日，日本投降后，处于新四军根据地的里下河开始了土地革命运动，那49亩田与家中的那个有着北方四合院样式的南方庭院也从中分开，一半房子和庭院分给了穷人。因土地按人口分配，吴奇参军后家里只有母亲和奶奶，按当时的规定也只能按两口人分田地，吴奇参军也算一份，就这样49亩水田只留下了4.5亩，

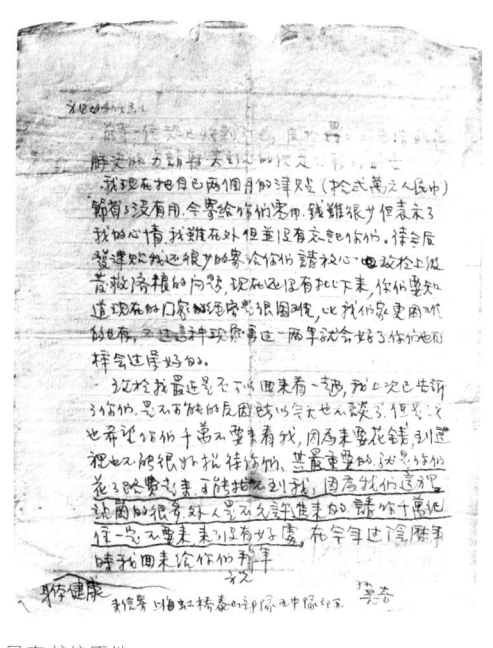

吴奇书信原件

所打粮食足够两人的口粮。问题是吴奇参军后,家中没有劳动力,出身于大户人家的吴奇妈妈,从来就没有下过地。吴奇奶奶年迈,分到田地的农民每人都有自家的田间活计,一到农忙时两位老人就发愁。

新中国成立后,有人建议吴奇妈妈说,你儿子现在是空军的飞行员了。现在是新中国了,你应该找找县政府。对此,吴奇妈妈有着她自己的说法:国家刚成立困难也很多,我们只有两个人生活,困难也好解决,就不麻烦政府了。在吴奇妈妈的心目中,家是最小的国,国是千万家。

对于家中困难,吴奇心里十分清楚,好在新中国成立后,自己每月能够按时拿到规定的津贴费,因部队当时所采用的是供给制,张洪清军长回忆说,在上海,中国飞行员与苏联飞行员一样,伙食很好,每天发一包香烟,晚上也有一杯酒,每月的津贴还可以节省一部分补贴家用。每当想到家庭困难时,吴奇总是想起小时候妈妈给自己编的儿歌:"鱼儿离不开水,鸟儿离不开林,儿行千里母担忧。父母在家儿不愁。家是最小的国,国是千万家。奇儿从小就爱国,奇儿从小就爱家。"

有道是:"咫尺有咫尺的无形远,天涯有天涯的无形近。"

——奶奶说

亲情篇

近在咫尺,远在天涯

对于在炮火硝烟中组建的第4混成旅广大指战员来说,自诞生之际就面临着两大挑战、三重考验。第一个大的挑战是1950年6月,朝鲜战争爆发后迫切需要人民空军掩护我军十分脆弱的后勤补给线。另一大挑战是,退守台湾的国民党反动派不甘心失败,利用我军尚无守护领空的能力,对上海等重要城市疯狂轰炸。第一重考验是,我军还没有真正意义上能与敌抗衡的飞机;第二重考验是,我军刚刚从摇篮走出的飞行员,能否掌握进口于苏联的飞机的性能并立即形成战斗力;第三重考验是,首个诞生的第4混成旅能否达到首战用我、用我必胜的制胜把握。

吴奇所在的第4混成旅第10团,作为第一个成立的中国空军劲旅,在两大挑战、三重考验的巨大压力之下,于8月8日进驻上海虹桥机场,在苏联顾问的帮助下,进行改装米格-15喷气式歼击机的全方位强化训练。

米格-15歼击机,具有较好的飞行性能,最大时速1050公里,最大飞行高度1.52万米，机上装有1门37毫米、2门23毫米机关炮，备有200发炮弹，是当时比较先进的喷气式歼击机。

虽说党和人民、苏联政府对我新组建的人民空军，在装备配套等方面给予了较大保障，但在飞行训练中，仍然面临着没有米格–15歼击机同型的教练机，一部分学员只能用雅克–17喷气式教练机代替，另一部分学员则使用米格–15改装机进行训练，尽管学员分组、分批训练，但还是面临教练机数量少等多种困难。于是，夏伯勋批示：一部分学员加强座舱实习，在地面反复练习开车、关车和空中飞行动作，以便熟记操纵程序。另一部分学员由苏联顾问直接带飞。在带飞过程中，苏联顾问一切从实践出发，直接传授战术动作。负责带飞吴奇的苏联教官，给吴奇上的第一个动作课是"桶滚机动"。

"桶滚机动"看起来像是飞机贴着一个桶壁的外面，螺旋形地往前飞。这个机动过程中，飞机的飞行状态变化不大，但飞行路线变成了螺旋形的陀螺状，表面上飞行距离多，实际前进的距离少，属原地打转转类。桶滚，一般是先向上方爬升，然后朝转弯方向相反的方向横滚，待滚转到敌机外侧时再改方向飞行。这样，能把自己的速度优势转化为高度优势。在追击中，进攻一方采用这个机动可以防止自己因速度过快而超越敌机，从而继续留在敌机的后半球。防御一方采用这个机动，则能让追击者冲到前方，改为后方追击。

按照苏联教官讲授的方法和平时理论课的积累，吴奇第一个"桶滚机动"完成后，苏联教官习惯性地往机舱前伸了伸手，吴奇用余光一看，这教官张开着五个指头。吴奇心想，莫不是让我将"桶滚机动"重复5次吧？于是不自觉地歪头看了看教官，教官微笑着点了点头，吴奇知道苏联教官的严厉，只好不厌其烦地将"桶滚机动"一个又一个地重复着。当做完第6个"桶滚机动"返航后，饭也无心吃的吴奇往床上一躺，开始恶心呕吐，似乎整个房子连同床铺也在桶滚。宋亚民见此，忙请来航医，航医看了看说，不用开药，休息两天自然会好，这是因为高难度技巧动作操作过多，超强训练所致。

听说吴奇呕吐，王香雄带领华龙毅、张洪清、宋亚民等前来看望，王香雄关切地说，多休息两天，等养好身体再飞。华龙毅问了问情况后笑着说，苏联教官伸出5个指头是他的习惯性动作，是示意你返航，你是不是把它理解为重复5次？吴奇点了点头。可不，像这样高强度的动作哪能连续做5次，一般做2次都会恶心呕吐。华龙毅说完后，忽然觉得这个问题得向全中队人员讲一讲，在这个关键时刻，必须减少因病减员，于是找到教官说："你的这个习惯性动作能不能改一下，要不所有的学员都认为是你要求他们重复5次。"

"不，不，华龙毅先生，学员多做几次不好吗？在身体允许的情况下就要多做、多做。"

这位教官边摇头边说着，那个劲头似乎表示这很正常。

"可是，学员的体力受不了，你看吴奇都呕吐了。"

"那是你们的伙食差，飞行员摄入食物的热量达不到，与我没有关系。"

华龙毅心想，与这个教官有讲不清的道理，因他太不了解我们的国情，无论是哪种情况，都得保证学员身体，否则别说超强度训练，就是普通训练也完不成。于是，在中队例行晚点名时，华龙毅对中队所有飞行员说，苏联教官伸出5个指头，是他的习惯性动作，意思是返航，不得理解为他要让我们再重复5次。

热量，是飞行员身体的基本保障。为适应高空环境、执行高空作战任务，要求飞行员有良好的身体，对歼击机飞行员的身体素质要求更高。因为唯有歼击机是一人单独驾机出航，一旦出现特殊情况，谁也帮不了你。你驾驶的这架飞机，你既是驾驶员又是领航员、通讯员、射击员。歼击机执行的任务是与敌机空战，要想方设法击落敌机，也要设法不被敌机击落，因而就不会像运输机那样四平八稳。在与敌机格斗中，需要操纵飞机做横向、纵向的激烈翻滚、急速跃升、大角度俯冲、倒扣疾降、急转弯等高难动作，出现恶心呕吐是常有的事。有时人会悬空，全身血液聚集于头部，有时血液会流向下半身，上身失血，以致眼前发黑、短时失去知觉，这都是正常现象。如果没有好的伙食为飞行员提供足够的热量，飞行员很难适应高空环境。

深夜，吴奇暗暗流泪，思绪万千，小时候身体有不适，总是妈妈守候在自己的身边，这一转眼离开妈妈也有6年多了，有眼睛却看不到妈妈劳累的身影，有耳朵却听不到妈妈思儿的哭声。虽说从吴家牌坊到上海虹桥还不到300公里，妈妈来一次也只有一天的路程。原来想现在新中国成立了，日子太平了，到达虹桥后接妈妈来一趟，可是北边的抗美援朝战争刚刚开始，东边的上海时时受到国民党反动派飞机的轰炸，驻地虹桥、大场、汤原等机场多次被敌机轰炸，早在读中学时，日本飞机如入无人之境，在苏北地区疯狂轰炸，多少房屋、多少同胞惨死在敌人的飞机下，在八路军、新四军的正面战场，又有多少战友牺牲在敌人的轰炸中，又有多少战役、战场因我军无飞机、无制空权不得不退守阵地。人民空军！您是共和国的长空利剑，您是党和人民不屈的脊梁。人民空军，共和国需要您！党和人民需要您！

吴奇！你是东北老航校毕业的126名飞行员中的一员，党和人民赋予你守卫祖国蓝天的神圣使命，你的一举一动，魂系着人民生命财产的安全。为了让我们早日飞上蓝天，全国人民勒紧裤腰带节衣缩食，省出钱来为我们买飞机，为了让我们较早形成战斗力，国家为我们请专家、教官、顾问。尽管在党中央的亲切关怀下，人民空军从无到有，纵向发展很快。时下，全国各族人民在各行各业内开展了比、学、赶、帮、超，掀起了建设社会主义的新高潮，各条战线也都捷报频传。我团也开展了针对国民党飞机轰炸的强化训练。在这个紧张的关口，我作为一名在火线入党的共产党员怎能因个人、家庭、亲情问题影响训练。写信劝

吴奇家书（1）　　　　　吴奇家书（2）

妈妈暂且不要到驻地看望，因训练任务太重，没有时间分心，只能一心扑在训练上。想着、想着，他决定给妈妈写封信说一下理由：

祖母和妈妈：

前天的来信收到。来信说祖母病了，使我也很不安，但是我最近亦不能返家看望，很为抱歉。并非是我忘了祖母的抚养之恩，而是蒋介石这个反动派不让我们返家看望，因为如果我们要离开上海，那么上海的老百姓就要遭受到很大的损失，就要死无数的老百姓，倘若有我们在这里保卫他们的话，上海的人民就可以安居乐业。为了这个原因所以就不能回家看望你们了，你们说这样做对吗？我说是完全正确。

今天上级发给咱的救济粮十万元人民币亦给寄去，请查收为要。这个钱虽然很少，但是表达了上级的心情，表示了人民对我伟大的支援和友好，所以说这个意思是很重大的，请你们不要忘了这片好心。待将来我发了津贴费还可以把继续节省的钱寄给你们零用,帮助你们解决一部分困难。前次三舅来信说天气已寒冷,他没有衣服,我在上海给他买了一套卫生衣,已给他寄去,大概已经收到了。樊川的四位外祖父母他们精神很好吧,妈还时常到那儿去吗?念念。

妈妈我还得告诉你一件事情,就是希望你们无论如何不要到上海来看我,因为:(1)现在家中困难,您来不是要花钱吗?(2)这里没有房子住,我亦没有时间招待您。(3)到上海以后不容易找到我,因为我不是天天住在上海,说不定今天在上海明天就到南京去有事。根据以上理由,所以说请你们一定不要来上海。

孙 吴奇

第二天上午,吴奇将写好的信交给通讯员后,把医务室开的一张写着休息两天的病假条往枕头下一压,又投入"眼镜蛇机动"动作的训练中。

"眼镜蛇机动"最早由苏联飞行员普加乔夫驾驶苏-27完成。这是苏联近卫军空军一个保留动作,可以说苏军飞行员人人都会做。按苏联教官的教学理念,"眼镜蛇机动"需要战斗机本身具备非常好的过失速操纵能力,这样才能在大迎角的情况下不至于失控。发动机还得强劲,在机头重新落下后能迅速加速,米格-15歼击机具有这种性能。由于"眼镜蛇机动"会导致战斗机的速度急剧下降,因此,很容易让追击的敌机冲到前面,方便自己在随后用红外制导格斗导弹攻击。但教官同时指出,此动作只能在有掩护的机群下进行。因为,战斗机完成这个动作后就成了一个低速运动的目标,高度没有增加,有可能成为另一架敌机和导弹的活靶子。由于"眼镜蛇机动"没有实践战例,更多地应用于飞行表演,加之需要在另一架战机的掩护下,才能达到攻击敌机的目的,故苏联教官要求学员熟悉后,转入"剪式飞行"动作的训练中。

"剪式飞行"是空战中双方战机都转向对方,交叉穿插而过,然后双方急速反向急转，如此重复下去。双方好像两条蛇一样，交叉前进，也可以说是在编辫子。这对攻防双方来说，都是一个危险动作，因为反复的盘旋急转会消耗大量能量，使双方的速度、高度不断降低。最后的结果，要么是一方摆脱、分离，重新去加速；要么就是一方最终进入失速状态。另一方也不会好多少，未必能留下足够的速度和高度来继续进攻对方。还有两种结果：一是两机在交叉过程中撞到一起，同归于尽；二是某一方在交叉瞬间开火，凭运气命中对方。

  与吴奇做配手（假想敌）训练的是苏军飞行教官。在吴奇做飞行准备期间，大队长李汉对吴奇说，飞行教官的飞行纪录已超过3000小时，这在业内是一个极其可怕的数字，你不要有任何心理压力，攻下他的可能性不大，即使攻下他，也是他故意让着你，你在空中的主要作战思想是摆脱他，只要能摆脱他，你就胜利了。按照大队长李汉的要求，吴奇先行起飞。果真吴奇起飞后发现对方的起飞、拉升、平飞、半翻转等动作都十分完美。或许是飞行教官故作悬念，刻意要在学员中展示他的飞行特技，或许是着实想让吴奇多长长见识，飞完特定动作后，开始与吴奇进行蛇状、编辫子式飞行。起初吴奇在保持高度、时速的情况下与其在交叉穿插时还算顺利。当两个回合完后，飞行教官急速反向，吴奇接着反转，眼看自己的飞机就要撞到飞行教官的飞机时，吴奇立即爬升，见吴奇拉升后飞行教官也开始拉升，当接近吴奇飞机时，吴奇突然一个滚转，飞行教官连续两个滚转后直逼吴奇，吴奇不得不先来一个俯冲动作，让飞机下降以避其锋芒。飞行教官见吴奇下降后知道吴奇必须马上拉升，否则高度不够，于是自己也急剧拉升让飞机始终处于压制吴奇飞机的高度。吴奇见此，立即拉升到略与飞行教官飞机的高度平飞，继而连续两个翻滚跃升在飞行教官之上。正当飞行教官爬升时，吴奇再度俯冲……

  地面上，通过雷达观看的所有人都为吴奇捏了一把汗，不知何故，这本来是一次非常正常的训练，怎么演变成动真格的较量了？见此，团长夏伯勋命令两人立即返航。

当吴奇返航后，飞行教官追到机库门口生气地说："你这一时高飞、一时低飞是要干什么？我们练的是'剪式飞行'，这一动作大都是在平飞的基础上进行的，在平飞时完成交叉穿插，继而像剪刀一样回转，你这高悠悠、低悠悠的飞行状况不符合'剪式飞行'的基本规则。"

接受批评后的吴奇，心里琢磨着怎样才能在交叉穿插中不至于两机相撞。他想，如果在盘旋横滚中，突然完成一个180度的横滚，让机腹朝上，然后再拉杆，使机头迅速转向下方俯冲，这样，一来可以增加自己的速度，二来可以弥补在剪式飞行中的损失。一旦达到合适的高度再改平飞，完全可以脱离敌机的攻击，把翻身加上朝下的筋斗加进来，可以增加"剪式飞行"应用范围。

正当吴奇准备把自己的想法说与飞行教官听时，团长夏伯勋带着阮济舟、邹炎、孟进、陈亮、李宪刚、刘玉堤、李国治、李汉、金山、王海、华龙毅、赵大海、吉世堂、牟敦康、李文模等人来到机库，夏伯勋说，今天从雷达显示的两机飞行航迹来看，吴奇运用了转弯、爬升、滚转、俯冲等连续性动作，既有水平机动也有垂直机动。在水平面上，它相当于减少了盘旋半径。因此，能更好地切向敌机前方，获得有利的攻击态势。机动过程中的过载也不大，能量损失小，各中队回去研究一下，水平机动与垂直机动在实战中的作用，再看看此动作有无继续训练的必要。总之，训练强度会越来越大，各中队飞行员要有心理准备，在这次大规模实战训练期间，暂停全团人员的探亲、休假、家属来队等行动，把强化实战训练提高到一个新的高度，以一流的飞行姿态、高超的飞行技术迎接首长陈毅同志的检阅……

忠孝篇

> 自古成大事者,都难免要经受忠孝两全的考验。其实对父母的"孝"和对祖国的"忠"并不矛盾,这种"忠"是更大程度上的"孝"。但"孝"有多种表达方式,并不是一定要守在父母身边才算是"孝"。
>
> ——奶奶说

忠孝哪能两全

经过3个月的高难度强化训练、陆续单飞后,学员们基本掌握了米格-15喷气式飞机的驾驶技术和所有战术动作。1950年10月11日,吴奇所在的第10团在上海虹桥机场接受了华东军区陈毅司令员的检阅。陈毅司令员在军委空军副司令兼训练部长常乾坤、华东军区空军司令员兼第4混成旅旅长聂凤智等领导的陪同下,与苏联专家顾问一起在机场指挥室房顶的平台上,观看了我人民空军第一支喷气式驱逐机部队的飞行表演。

飞行表演结束后,第10团4个中队英姿飒爽地接受首长的检阅,陈毅司令员和其他首长走下指挥台,健步来到队列前和飞行员一一握手祝贺。据时任团长的夏伯勋回忆:那天,陈老总脸上挂着笑容,操着四川口音连连称赞:"同志们飞得很好嘛,在这么短的时间里掌握当今世界上最先进的战斗机的飞行，很了不起嘞！"飞行员们使劲地鼓掌，感谢首长的鞭策和鼓励。检阅部队后，按中苏两国政府的协议，由华东军区司令员陈毅、空军副司令员常乾坤、华东军区空军司令员聂凤智等人组织的交接委员会决定于10月13日至17日正式开始对巴基斯基部队的武器装备交接接收工作。

米格－15战机及其装备的交接仪式在虹桥路苏军顾问住处的一个小礼堂隆重举行，夏伯勋和苏联近卫团长巴什格维奇分别代表中苏双方在完成训练任务的交接书上签了字。交接工作顺利完成后，巴基斯基部队陆续离沪返苏。奉中央军委命令我团于10月19日零时起，开始单独担负保卫上海及华东地区的防空任务，与驻江湾机场的第11团同时担任战斗值班。

历史不会忘记这具有划时代意义的一天，它拉开了我军空军史上第一次实战的序幕，它标志着新中国的空军业已担负起祖国蓝天的保卫任务。第10团成为人民空军第一个装备喷气式歼击机的战斗团，代号泰山部队。

1950年10月20日，也就是部队到达驻地驻防的第二天的上午，第10团隆重举行了保卫上海、守护华东地区领空的战前动员大会。会上副团长朱鉴通报了国民党空军对上海市及周边地区的轰炸情况。朱鉴说，国民党反动派在美帝国主义的支持下，亡我之心不死，利用舟山群岛的定海机场作中间加油站，仅在1950年1月至2月间，就对上海连续轰炸了8次，而且轰炸规模不断升级。其中1月25日中午，国民党空军出动B－24轰炸机12架及其他战斗机，先后侵入市区上空。以江南造船厂为主要目标，同时沿黄浦江对十六铺、高昌庙、杨树浦、杨家渡等处狂轰滥炸，投放重磅炸弹52枚，致使江南造船厂损失各种舰船18艘，被毁码头1000米，沿江地区400余间民房被毁，死伤市民370余人，造船厂一度被迫停产。更大规模的一次轰炸是在1950年2月6日12时15分至13时25分；国民党空军从台湾、定海、岱山出动包括B－24、B－25

1950年上海二六轰炸殃难同胞纪念碑

等14架轰炸机在内的混合机群20余架，以上海电力公司、沪南及闸北水电公司为主要目标，进行轮番轰炸。投弹共计84枚，各发电厂遭到严重破坏。发电量由15万千瓦骤降至4000千瓦，职工、群众伤亡400余人，毁坏厂房、民房2500余间，致使市区大范围停电，许多工厂企业几乎全部停工。3月14日，国民党空军混合机群26架飞机，突然轰炸了江湾和大场机场的施工现场，投弹194枚，其中还有定时炸弹，致使伤亡17人。上海一度市场萧条、物价波动。加之潜伏的国民党特务趁机破坏，引起人民群众严重不安……

团长夏伯勋在动员会上说，党中央、中央军委对上海等城市屡遭轰炸和台湾国民党空军的动向高度重视，早在2月8日，就紧急调高射炮第17、18团加强上海防空，并立即建立指挥机构，展开了调整兵力部署、建立空情情报、沟通指挥通信、空中设防等各项组织指挥工作。为获取空情情报，我军雷达部队已在提篮桥附近安国路的一幢6层楼上成立了一个雷达小队，后在苏联专家的指导下又分别在南汇、启东、苏州、海盐等处部署了苏式各类型号的雷达。为了加强对超低空飞行目标的探测，在上海苏州河北岸百老汇大厦（后称上海大厦）20层平台上架设了一部Π-3А雷达。该雷达的部署，完善了以上海为中心，对飞行目标的探测距离，较好地形成高空为250千米、中空为150千米、低空为50千米的探测网络。此外，在浦东和市区还建立了七八个目力对空观察哨，用以观察来袭的敌机。市区警卫部队还在辖区内高层楼房上架设有高射机枪，以对付俯冲轰炸、扫射的敌机；探照灯团也投入战备执勤中。在上海警备司令部、华东军区航空处的统一协调下，我旅已与高射炮团、对空监视部队建立了协同作战机制，相互制订了机、炮、灯协同作战计划。现在上海的防空力量是：两个驱逐机团、两个高射炮团、一个探照灯团、一个对空情报组织。至此，我们完全可以说，我军在上海市已建立了严密的对空防御体系。上级指示我团、第11团担任战备执勤，与所有上海防空力量的友军部队全部进入一级战备状况，确保上海人民的生命财产安全。

从这个意义上来说，我们不是孤立的，我们有党和人民的支持，有苏联空军留下的先进设备，有从东北老航校毕业又在苏联专家精心指导下成长起来的第一批飞行员，一定能不辱使命、一定能圆满完成党和人民交给我们的光荣而神圣的战斗任务。

在一片热烈的掌声中，政委王学武展开了"革命英雄主义"教育课题。政委王学武说，"同志们，今天革命英雄主义教育课我主讲的是苏联空军在上海防空的战例"：

> 由于国民党反动派欺负新中国无空军，故把上海作为他们的轰炸乐园，1950年2月，上海防空形势严峻。苏联应中国政府商请，

派空军巴基斯基中将率混成航空兵集团来华助战。苏联混成航空兵集团，是由苏联防空军第106师为主组成的部队，参加过第二次世界大战，立有战功，战斗力很强。这支部队的编成共3500多人，即一个由38架米格-15喷气式飞机组成的驱逐机团，一个由38架拉-11飞机组成的驱逐机团，一个由25架伊尔-10强击机的两个大队和10架图-2轻轰炸机大队组成的突击团，一个探照灯团，并且装备72部探照灯，一个雷达营，装备16部雷达。这些部队自2月26日起，分别由地面和空中进入中国国境，两个驱逐机团于3月27日至30日飞抵华东，米格-15驻虹桥机场和徐州机场，拉-11驻江湾机场，图-2轰炸机大队和伊尔-10强击机大队分别于5月至8月飞抵南京机场。巴基斯基中将率指挥班子已于3月9日抵上海，向华东军区陈毅司令员报到后立即进入临战状态。

3月13日，当第一梯队米格-15飞机转场途经徐州时，突然遇到国民党两架P-51飞机空袭，巴部立即起飞截击，当即击落1架。次日，国民党空军又派B-25飞机进行侦察，巴部又起飞双机截击，将B-25击伤，并迫使其迫降于徐州东大湖车站附近，机上除1名射击员在空中被击毙外，其余6名空勤人员全部被俘。

3月20日，巴部两个驱逐机团先遣队飞抵上海，当即接受了作战任务。3月23日，国民党P-51飞机飞临上海郊区扫射，巴部驱逐机团迅即出动，在空战中击落1架敌机，引起台湾国民党空军震惊。

4月2日，国民党空军又派出两架P-51飞机试探性进袭上海，巴部驱逐机起飞追击，将其1架击落于杭州湾中，并重伤了另1架，该机在逃窜中坠毁于浙江四明山区。

4月28日，国民党空军派出两架P-38侦察机，从上海以东海上空进入我领空，企图侦察上海区域机场，其中1架被巴部驱逐机击落于横沙岛，僚机亦被击成重伤，飞机起火，残骸坠落于岱山机场海边。以上三次空战，连续击落5架敌机，沉重地打击了国民党空军的嚣张气焰，迫使敌机改变了以白天为主的空袭方式转而采用夜间偷袭。

5月21日夜21时，国民党空军B-24重轰炸机2批2架，携带重磅炸弹偷袭上海。顷刻之间，上海防空部队全部进入一级战备严阵以待。当第一架敌机刚进入探照灯照射区域，即被几十部探照灯先后照中，并不间断地跟踪。巴部夜航驱逐机和我地面高射炮紧密协同，交替轮番射击。瞬间，1架敌机被击中起火，坠落于浦东唐桥，机上第8大队大队长和作战科长等被击毙。另1架敌机未来得及飞抵上海近郊即仓促丢掉炸弹，掉头向台湾方向狼狈逃窜了。

上海市空中设防短短42天，四战四捷，沉重打击了国民党空军的嚣张气焰，迫使其全面退守。但我们应该看到的是，我团接防后形势十分严峻，国民党反攻大陆的叫嚣声不断升级，气焰十分嚣张。党中央给我们的任务是，不仅要做好上海的防空工作，还要配合我地面部队、海军部队解放舟山群岛、解放台湾……

从动员大会会场回到宿舍的吴奇，正拿起杯子喝水，忽然一封书信呈现在眼前。吴奇一眼就看出这是妈妈的来信。在这个人人都使钢笔的年代，妈妈还是习惯用毛笔写信，每当吴奇接到妈妈的来信时，先要看一眼信封上妈妈的字迹，这是作为一个书法爱好者的艺术感觉。妈妈在信中写道：

亲爱的奇儿：

　　近来学习工作都好吧，祖母已于农历八月二十九日病逝，考虑到南方仍有战事，也考虑到部队铁的纪律，没有给你发电报，本想此事不告诉你了，原因是怕你分心，后来想了想，在办理完丧事后还是要与你说一下为好。

祖母走的时候没有病痛。八月二十九日那天中午,一架飞机从我家上空经过,祖母又让我和她一起看飞机。与以往不同的是,过去我们看飞机时,祖母往天上看,祖母说,她要看看你是怎样开飞机的。我往地上看,是想着有一天你降落在我们家的打谷场上,从飞机中走出来说,祖母我回来了,妈妈我回来了。可这天,祖母执意要往地上看,让我往天上看,祖母说,你要是回来,第一声喊的是祖母,说着、说着,她就跟着飞机跑了没几步,就摔一个跟头。当我赶过去扶她时,她已不省人事了。怪我不好,不应该让她跑,我很后悔很痛苦,更遗憾的是一句话也没能留下。不过这些日子都是晴天,在亲戚的帮助下,昨天才给她下葬。

奇儿!你现在是一个空军飞行员了,是有能力处理好"忠"与"孝"的关系的,妈妈想说的是,自古成大事者,都难免要经受"忠孝"难以两全的考验。孝有多种表达方式,并不是说你长期守在祖母、妈妈身边就是孝,当你对祖国尽忠了,也就是对奶奶和妈妈最大的孝。你现在是党和国家的人,不仅是祖母的孙子,妈妈的儿子,也是全国人民的儿子。

我的儿子是飞行员了,妈妈为你骄傲,遗憾的是娘俩已六年未见面了。对于祖母的去世你不要过度的悲伤,对于老年人来说,生老病死也属正常。你要注意身体,补充热量,部队发的巧克力、饼干之类的食品不用给家里寄,记着多喝水,多休息,不要担心家里,我一个人生活也能自理,你就放心工作吧。

妈妈
8月30日

看完信后,吴奇欠了欠身,站在窗前。窗外,雨打梧桐像是声声催问:"吴家大侄子你回家一趟吧,你祖母是念着你的名字才慢慢合上眼的，你妈妈想你不知道哭了多少场，你妈妈不好意思说，我们这些做婶娘的可好意思说，你咋就这么忙呢……"屋内，吴奇心乱如麻，此时此刻他不知应该说点什么，但他知道眼下部队可是担负战备执勤呀！妈妈是一个明大事理的人，信中关于"忠"与"孝"的理解，那种超然态度也完全超出自己的意料和想象。那种坚毅的语气，似乎填满了时空，可这坚毅背后又有妈妈多少内心的隐痛……想着想着，他拿起笔，在携带着妈妈体温的信封背面上写道：

这是个雨后的黄昏，
全世界充满了疑问。
祖母呀祖母，
您再也听不到我发自心底的声音，
留在您身后的是再也无法开启的大门。
孙儿想您在梦中，
您的那份寂寞，
是我正在追逐天边的流云。

我不知道，
这是不是梦里情怀。
更不知道该有多少印痕，
我抚不平的是：
祖母给我留下的烙印。
时光的源头，
不都是为了离别，
蓦然回首，
我明白了：

什么是大孝，
什么是忠诚。

　　放下笔呆了半晌，竟发现不知何时，泪水已将信封浸湿。战友们见他神色悲戚，纷纷关切地围了过来，后来首长也来了，大家说了些什么，他竟好像听清了又好像没有听清。脑子里尽是祖母慈爱的招手和妈妈孤单的背影。祖母过世带来的悲伤再加上连日高强度的训练，他便昏沉沉地睡了。几天后远在吴家牌坊的妈妈收到了儿子的回信：

亲爱的妈妈：
　　我昨天刚从别处回到上海，接到来信，拆开一看，得悉祖母不幸于八月二十九日病逝。当时我心中一怔，眼睛发黑，呆呆地想了一会儿。想我很小时，祖母那样地爱我、教育与抚养我，家中困难时，仍然让我上学等，恩情我一直是没有忘记的。妈妈，祖母在寿终前没能看到我，这是一件很对不起她老人家的憾事，但现已无法挽回，我只能在远远的上海怀着悲痛的心情悼念她老人家了。照理是应该回来料理一下丧事，可是万恶的蒋介石反动派不允许我这样做了，因为敌人时刻还想来偷袭上海，我负有保卫上海人民安全之责，故不能回来，请原谅，不要骂我是不孝之子，或生气或者是说共产党不讲情理等。那就错了，今天共产党是讲情理的，并不是不叫我回来，而是我觉得保卫上海几百万人民的安全更为重要，不应该回来。今天同志们都来问我，首长们也很关心这件事，上级尽了最大的力量帮助我们，您说这还对不起我们吗？我看是尽情尽理的了。
　　我现将救济费叁拾贰万元寄回（内有自己的柒万元）以作料理丧事之用。此外我部还给县政府寄了封信，请他们帮助解决某些困难，您有什么问题可找他们帮您想办法解决。

最后望您在处理丧事中尽量少做些迷信事情，应顾及您今后的生活问题，最重要的是望您保重自己的身体，不要因祖母病逝而过度难受。我想人生总有寿终之时，祖母今年近八十岁也该是寿终的时候了，望不要过分伤心而使自己病了，那就很不合算，要想得开一点。

　　妈妈您把丧事处理完了，有时间可到这里来玩一趟，但事前请来信告知，这样我好去接您。不多写，望您千万要保重身体，要紧，要紧。

　　敬祝

健康

儿　奇于上海

来信寄　上海虹桥泰山部队五中队

　　人来到世间，总有些许遗憾，总有一方土地让你翘首眺望、眷恋，总有一处镜像让你魂牵梦萦。那里不别致却生动，不繁荣却亲切，就那么几个普普通通的人，几间泥土建造的土屋，几棵老树，几片落叶，让你割舍不下，永远牵挂。她白天拉长你的思绪，夜晚浸润你的眼泪。不管走多远，你都能感受到她的目光，她都能牵动你的脚步。也许，这一点遗憾，这一丝忧伤，会让这份答卷更加隽永，更加永远……

　　忠孝所指的是不同的人和事，"忠"指的是对国家，而"孝"指的是对父母。一个人如果全身心地去做一件事，另一件事就可能做得不周到，所以就造成了不能两全。如何选择，有一个时间段的问题，在国家和民族危亡之际，要选择忠于国家，与国家和民族同存亡，只有国家平安了，我们的家园才能够存在。之所以称"国家"，是因为先有国后有家，有国才会有家。

　　人，只有先尽到对祖国的"忠"才能再谈对父母的"孝"，这就是忠与孝的顺序，两者皆有才是好子女。但事实上，对保家卫国的军人来说，长期处于"忠"与"孝"的两难境地。在对父母的孝心与对祖国的忠诚相矛盾的时候，军人们都义无反顾地选择了"忠"，这种"忠"，我们应该理解为"大孝"，一种穿越人间世俗的大忠大孝。

自古以来，忠孝实在难以两全。《孝经·广扬名》中就有"君子之事亲孝，故忠可移于君"一说，即所谓以孝为忠，把孝顺父母之心转为效忠国家、人民。岳母为儿子刺字"精忠报国"，实际上就是要求儿子以国家为重，能够报国就是最大的孝。老母在家无依无靠，儿子又要保家卫国，这就使岳飞体会出"忠孝难以两全"，甚至"忠孝不能两全"的痛苦。有这种体会的何止是岳飞，何止是吴奇，不管是战斗在战争年代还是和平时期，所有保家卫国的军人都是如此。

征战篇

> 秦时明月汉时关,万里长征人未还。但使龙城飞将在,不教胡马度阴山。看来,奇儿,是要入朝作战了,乘长风者,破万里碧浪,扬国威者,威震于四方。
>
> ——奶奶说

父亲最后的家书

1950年6月25日,朝鲜内战爆发,美国采取武装干涉政策。6月27日,美国总统杜鲁门声明,宣布出兵朝鲜,并命令美国海军第7舰队侵入台湾海峡。同日,联合国安理会通过决议,联合国会员国要派兵随从美国军队入朝。6月28日,毛泽东主席发表讲话,号召"全国和全世界的人民团结起来,进行充分的准备,打败美帝国主义的任何挑衅"。同日,周恩来总理代表中国政府发表声明,强烈谴责美国侵略朝鲜、台湾地区及干涉亚洲事务的罪行。号召"全世界一切爱好和平正义和自由的人类,尤其是东方各被压迫民族和人民,一致奋起,制止美国帝国主义在东方的新侵略"。 9月15日,以美国为首的"联合国军"75000人在朝鲜西海岸的仁川港登陆。此后,朝鲜人民军腹背受敌,损失严重,转入战略退却。10月1日,美伪军越过"三八"线,随后侵占平壤,并继续向中朝边境的鸭绿江进犯。

1950年8月27日起，美国飞机多次侵入中国领空进行侦察、轰炸、扫射。面对这种形势，中共中央根据朝鲜党和政府的请求，做出了抗美援朝、保家卫国的决策。1950年10月8日，毛泽东代表中央军委命令中国人民志愿军赴朝参战。10月19日，以彭德怀为司令员兼政治委员的中国人民志愿军开始分别从安东（今丹东）、长甸河口、辑安等渡过鸭绿江，进入朝鲜参战。就在中国人民志愿军跨出国门刚20天，我志愿军的1300部汽车就被美军飞机毁掉了一半。同时，美侦察机一再发现我军兵力部署、调动、火力配备等军情，在敌空中优势造成我军巨大伤亡面前，时任志愿军总指挥彭德怀要求空军速派飞机支援。

为此，中央军委命令中国空军第4混成旅吴奇所在的第10驱逐机团由上海驻防紧急调往东北辽阳地区，并将原属于空第3旅的驱逐第7团划归空军第4混成旅建制。1950年10月31日，与原空军第4混成旅旅部和第10团合编为驱逐第4旅，同时调任原空第3旅旅长方子翼任旅长（后任广空副司令员），李世安任政委（后任民航总局政委），原混第4旅参谋长王香雄任旅参谋长（后任济空副司令员），原混第4旅政治部主任谢锡玉任旅政治部主任（后任福空副政委）。驱逐第4旅下辖驱逐第10团、第12团（原第3旅第7团）。

1950年10月28日，空军首长下达调整组编命令，空军第4混成旅于当日在辽阳改编为空军歼击第4旅。同日，空军领导向军委报告，建议空军部队现行的番号前面不冠机种名称。10月30日，空军领导又建议将空军旅改为师。毛泽东主席10月31日批准以上建议。11月2日，空军首长下达命令，规定将空军旅改为师；今后空军部队的新番号只称空军第几师、空军第几团。部队番号前不冠机种名称。新番号于11月10日启用。

空军第4师首任师长为方子翼、政委李世安、副师长袁彬（后任南

1951年初,10团28大队安东浪头机场合影。一排左起:李汉、吴奇、李宪刚、赵大海,二排左起:孙悦琨、宋亚民,三排左起:张洪清、魏梦云、赵明

空司令员)、师参谋长王香雄、政治部主任谢锡玉。下辖空第10、12两个团,2个供应大队、1个警卫营,全师共1983人。

在辽阳集结待命期间,11月5日至24日,第4师接收了苏联空军驻辽阳的第151空军师(又称别洛夫师)装备并进行改装训练和作战准备。装备米格–15喷气式驱逐机60架、雅克–12通信飞机2架。第10团团长为阮济舟(后任空第6军副军长)、政委许乐夫(后任空军副政委),第12团团长赵大海、政委白惠民。

1950年12月4日,空军正式向空第4师下达参加抗美援朝的作战命令,命令空第4师以大队为单位轮番进驻安东(丹东)参加实战。1950年12月26日至1951年1月2日,吴奇所在的第10团第28大队由辽阳进驻安东浪头机场进行实战。

据时任第10团第28大队队长李汉回忆:

空军领导机关遵循毛主席"慎重初战"的思想,本着"以采取稳当的办法为好"的方针缜密拟制空军首战的作战方案。决定先派出小部队,从小仗打起,力争打好第一仗,揭开空战之谜,从而为组织大批空军部队参战总结出经验来。这个光荣而神圣的任务交给了空军81041部队第28大队。这个大队的大队长就是我。

1951年，首批参加抗美援朝空战的英雄团队空4师第10团28大队合影，前排左起：李汉、吴奇、赵明、褚福田、宋亚民、李宪刚，后排左起：魏梦云、张洪清、孙悦琨

"我这个大队的实力是：飞机8架、飞行员8人，平均每人的总飞行时间是200小时左右。改装为喷气式歼击机的飞行时间以我为最多，也只有12小时。就训练水平来说，刚刚完成4机高中编队、导机攻击照相等课目。8机编队还很不成熟，动作一大就要散队。我记得在辽阳飞过一次8机编队，空中做了个180度急转弯，队就散了。为此我还掉过眼泪哩。战嘛，他们都是大姑娘上轿——头一回。什么滋味？还有待轿中去体会。天下事都是这样：一切事物的发生发展都要从零开始，从第一起步。不管怎么说，他们对于接受首战的任务还是非常兴奋、信心百倍的。"

我想不到的是，朱总司令来到了我们即将出发的训练机场，亲自给我们送行来了。我和副大队长，年仅18岁的李宪刚还给朱总飞了个空中攻击表演哩。落地后朱老总握着我们的手说："初战必胜！""初战必胜！"

1951年1月21日，我们第一次空中迎敌，打响了我们的空中第一炮，击伤敌机1架，仅仅是1架且是击伤。不行！我们要的不是击伤，也不是1架。

1月28日，我们和往常一样，一清早就来到了机场，坐进了机舱，专心致志地等待起飞的命令。北方的腊月，天气真冷，在机舱里坐着，脚冻麻了、手冻僵了，更辛苦的是机械师们，不畏冷、不怕冻，用嘴里哈出的热气去融化座舱罩上的冰霜，用手掌擦了又擦、拭了再拭，保持着座舱玻璃罩的明净。大家心里只想着一件事：把敌机揍下来！

"砰！"一颗绿色讯号弹从指挥所腾起，这是指挥所发出的起飞命令！

我军8架飞机立即开动，滑进跑道、加大油门、飞向蓝天！飞向战斗空域！我一边带队爬高，一边回头观看我的编队：一对、两对、三对，8个战友、8架飞机，都跟上来了，编成了整齐的战斗队形。我心里怎么不美，怎么不笑！小伙子们的编队技术几天来真是长进了。是他们——忠诚的战友们，不断地增强着我的信心。我继续加油提速，以1100公里的时速疾飞战斗空域。

"101注意！目标120度，高度6000—7000米、距离80公里！"这是指挥员、师长方子翼给我的引导口令！

"101明白！"我一边回答一边琢磨着接敌方法、航向和角度。

我想着前几次的情况：我们最差的是空中搜索能力不强，不能尽早地发现目标，捉不住战机，让敌机泥鳅似的溜掉。

不入虎穴焉得虎子！我想：先打对头，从精神上压倒敌人，再冲进去贴身近战，得打就打，不行就撞！反正不能让他轻松。敌机高度7000米，我以6500米高度迎敌。战友们似乎深知我的用意，各个紧跟。整齐的编队摆出了一个与敌打对头的阵势。

"你们和敌机在一起了！注意搜索！"又是方师长的指令。

"左前方发现敌机！"接着我4号机孙悦琨的报告。

我屏气瞪眼，极力搜索。

黑点出现在我视觉中：4个！6个！8个……16个！黑点迅速扩大。十字形、F–84、油挑子！目标渐近渐大。我立即发令："投副油箱！2中队掩护！1中队攻击！"

飞行员要有猴子一样的灵敏，也要有熊一样的沉着。此时必须沉着！直向敌人硬顶直冲！敌人的弱点即刻出现，顶不住了，开始右转摆脱了。我立即左转切半径，开始咬尾。我先攻的是敌领队长机，因角速度太大，前质量提不出来，立刻改打敌3号长机。不错，瞄准，300米开炮，3束曳光弹射向敌机，第3号机中弹、冒烟、向地面坠去！"打掉一个！打掉一个！"耳机里是我8号机魏梦云的喝彩！一架不行！我有点贪了，接着攻敌4号机，不想冲速太大，一下子钻进了敌尾部涡流中，没来得及开炮，就被敌机尾喷管的强大喷气涡流把我的飞机打了个大翻转。

我立即改平，这才顾上向后观察，敌人几架飞机正在向我攻击。李宪刚等向敌机迎头开炮，进行火力拦截。敌人的胆小又显出来了，跑了！竟有一个不怕死的敌人对我穷追不舍。此时因为我攻击动作过猛，我的僚机没有跟上，我成了落荒的单机，且完全处于被动挨打的地位。我唯一的办法就是利用飞机上升性能好的优势，以最大的马力、最有利的迎角直线上升，摆脱了敌人。不管怎么说，这种情况我心里还真有点发毛呢。

敌机渐渐拖后，距离逐渐拉大，我也一阵轻松。敌人追不上了，转弯走了，我立即急转180度，给敌人来了个回马枪，追了上去。敌人似乎没有想到我有这一招，竟没做任何摆脱动作，使我稳稳地开了一炮。或许是因为机会太好、高兴太过，还是被追得慌神了，还没有稳定下来，这一炮竟没有把敌机打掉下去。后经胶卷判读，定为击伤。为此我老是觉得遗憾。

经过初战，28大队以击落击伤敌机3架，我方无一伤亡的战绩揭开了这个空战之谜。这之中，有进攻、有被攻，也有变主动为被动、变被动为主动，有精神战也有技术战，内容可谓丰富呢。

第一次空中迎敌，打响了中国空军史上的第一炮的8名飞行员是：赵大海副团长，任机场塔台指挥，李汉1号机、吴奇2号机、宋亚民3号机、孙悦琨4号机、李宪刚5号机、张洪清6号机、赵明7号机、魏梦云8号机，据空军副司令林虎回忆：中国人民志愿军陆军入朝作战时，人

经典战例 I

一号机：李 汉　二号机：吴 奇
三号机：宋亚民　四号机：孙悦琨

首创空战胜利

1951年1月29日13时34分，在定州以西发现敌机，10团28大队大队长李汉奉命率8架米格-15飞机起飞，向敌机发起攻击。李汉咬住敌3号机，距离400米时开炮，将敌F-84击落。随后，在编队分散，各自寻敌作战时，李汉又发现2架敌机，从左后方对敌僚机猛烈开火，将敌机击伤。取得了击落击伤敌机各1架的战绩。我方飞机无损伤，8架飞机安全返回机场。此次空战是年轻的人民空军在抗美援朝作战中首次击落敌机，揭开了空战之"谜"，打破了"美国空军不可战胜"的神话，证明了"从实战中锻炼，在战斗中成长"方针的正确性，为参战的后续部队提供了宝贵的作战经验。

1951年1月29日，李汉率领的第28大队取得了首创空战胜利，吴奇当时驾驶2号机（2017年清明拍摄于空一师荣誉馆）

民空军成立才刚满周岁，打响第一炮的第4师第10团第28大队长李汉和他的7个战友都是来自陆军年轻的优秀干部，他们都是共产党员，都经历过抗日战争或解放战争的锻炼。接到命令，他们欢呼雀跃，壮怀激烈。在机场上、飞机前，他们庄严宣誓：坚决打好第一仗，以战斗的胜利回答祖国的信任和人民的期望！1951年1月21日，李汉率队升空，在朝鲜清川江上空，他迅速巧妙地抓住战机，采用奇袭战术，一举击伤敌机1架。初战告捷，全军欢腾。相隔8天后，李汉率7架飞机与16架敌机展开空战。他一马当先，冲到1架敌机尾后，3炮齐射，当即把它击落；接着，他在战友的掩护下，又击伤1架逃窜的敌机。9天内，两战两捷，重创强敌，自己无一损伤，这是中国人创造的空战史上又一光辉战例。

两次空战胜利的政治意义远远超过军事意义，它极大地鼓舞了全国人民和全军指战员的胜利信心，极大地震惊了敌人。李汉和他的战友们的战斗实践证明，美国的空军同其陆军一样，是可以被打败的；年幼的人民空军是能够打仗的，是有战斗力的。初战胜利是取得更大胜利的开端。美国空军惊呼："一夜之间，在朝鲜上空出现了强悍的中国空军，美国空军面临严重的挑战。"在严酷的战场上，在骄横的强敌面前，第28大队的8名飞行员经受住了考验，他们英勇无畏，机智灵活，不愧为中国空军英雄，不愧为优秀的指挥员。

2月2日，第10团完成实战练习任务后撤回辽阳。1951年6月10日，遵照空军指示，全师更换各大队番号，第10团第28、29、30大队依次改番号为第1、2、3大队，第12团第34、35、36大队依次改番号为第1、2、3大队。其大队、中队干部也略有调整。

为了迎接更大规模的作战，吴奇所在的第1大队被安排到青岛去休养20天，于8月10日返回辽阳，8月12日再度进驻安东。这是该师第3次进驻安东浪头机场。9月12日，为支援陆军作战，掩护我陆上交通运输线，根据空联司命令，在友空军罗波夫军长统一指挥下再次准备作战。9月22日下午，吴奇和所有即将再次参战的战友出席由苏联空军召集的战备联席会，会上罗波夫军长说，我军接下来的主要任务是死守北纬39.5度左右、北至鸭绿江边，东至东经126度、西至鸭绿江这一区域（米格走廊）。在这一区域外的攻击任务由中国空军负责。在死守这一区域过程中，用你们中国人的话说就是，"不教胡马度阴山"。只有这样才能掩护陆上交通运输线。

"不教胡马度阴山"，这不是唐代诗人王昌龄的《出塞》吗？"秦时明月汉时关，万里长征人未还。但使龙城飞将在，不教胡马度阴山。"早在6岁时，妈妈就教吴奇背诵过。当时对"胡马"一词不懂，问妈妈，妈妈考虑到他还年幼，想了想说，"胡马"，就是坏蛋。后来长大了语文老师讲"胡马""阴山"等概念才清楚。谁能想到这个苏联军长还挺了解中国文化。想到苏联指挥官、想到妈妈、想到老师、想到家乡，吴奇不免有些伤感：

妈妈：

　　有很长时间不给您写信了，想您一定很挂念了吧。

　　我在七月底到八月十号这一段时间因为身体不太好，所以到青岛去休养了二十天的时间，在那里各方面都很好，尤其在生活方面很舒服，于八月十号左右身体已恢复健康。另一方面因工作需要所以又回部队工作了，现在一切都很好，请放心，也长得胖了一些，待下次寄张照片你们看一下吧？近来家中生活好些吗？今年的秋收如何呀？据你们上次来信说田里的收入还不够田里用的，那么你们这个田又何必种它呢？

　　我们已在八月十二日搬到安东住，现已不在辽阳，下次来信寄安东市八一○四一部队一小队我收即可。这里工作比较忙，故不多写。

　　此致

　　敬祝

儿　奇
1951年9月22日

　　9月25日，也就在吴奇写信后的第3天，一场大规模的空战开始。这天，该师出动4个战斗机团100余架次，与友空军共同前往安州地区上空作战。由于我空军缺乏打敌大机群的思想准备和作战经验，在当日下午的空战中，第12团副团长李文模（后任海军东海舰队副司令员）率米格–15歼击机16架，与敌百余架飞机混战。飞行员刘涌新在与敌6机搏斗中英勇顽强，击落敌F–86型1架，自己也被敌击落，壮烈牺牲。他是人民空军第1个击落F–86型的飞行员。大队长李永泰（后任空军副司令员）被敌4机围攻，飞机中弹30多发、负伤56处，凭着超人的毅力和精湛的技术驾机安全返航，被誉为"空中坦克"。此战，我空军共损失飞机2架，受伤1架。由于我空军作战经验尚不成熟，在"9·25安州空战"中仅击落敌F-86型1架，但战斗精神和顽强作风，确实值得褒奖。军委空军和空联司对此次大规模空战给予了高度肯定，9月26日，空军党委在电报中指出：空4师的飞行员虽然都是新手，胆敢参加双方200多架飞机的激烈空战，必须承认是个胜利。10月2日，毛泽东主席在审阅完空军党委呈送的关于空4师的战报后，欣然命笔嘉勉："刘亚楼同志，此件已阅。空4师奋勇作战，甚好甚慰。你们予以鼓励是正确的，对壮烈牺牲者的家属予以安慰。"

牺牲篇

> 我的儿子吴奇是一个有志向的人,是一个勇敢的人,有志的人不怕弃尸山沟,勇敢的人不怕丢掉脑袋。奇儿,牺牲在保家卫国的战场,是有志向有节操。
>
> ——奶奶说

鲜血染红的战机

自1951年9月25日伊始,中国空军第4师在师长方子翼的领导下展开了中国空军史上大规模作战。9月26日、27日,空4师协同苏联空军,与美空军连续进行了两次激烈的大规模空战。据美空军第5航空队战史记载:"这三天的战斗是历史上最长的喷气机战役……志愿军空军严重地阻碍着联合国军的空中封锁铁路线活动。"因此美方被迫决定:"战斗轰炸机以后不在'米格走廊'内进行封锁交通线活动,此后只能对清川江与平壤之间地区的铁路线实施攻击。"敌变我变,在10月的前半个月中,为抗击敌对我清川江以北铁路和机场邪恶的轰炸,空4师共出动20个师编队,在新安州东北区域与敌展开大规模空战8次……

这是一场继第二次世界大战后,人类历史上最长的现代化空战;这是志愿军空军第一次以师的规模出动作战。10月2日,空4师全师出动

40架，空战中郑刚、吉世堂各击落F-80型飞机1架，申炳煜击伤1架敌机，该师被击落2架。

这是一场正义与邪恶、尊严与屈辱之战。10月5日，吴奇所在空4师先后出动战机42架次，协同友空军在清川江地区上空，为掩护地面部队渡江与敌格斗。10时11分，该师第10团团长阮济舟率吴奇等20架米格-15战机，在友空军98架歼击机协同下，与敌20余架F-80型战机，在清川江桥东南上空展开了空中激战。第2大队副大队长李宪刚、中队长褚福田和第3大队副大队长侯书军（后任"成空"司令员）各击落敌机1架，中队长赵明、飞行员吴奇各击伤敌机1架，我军被敌击落1架，飞行员孙悦琨跳伞生还。

这是一场捍卫祖国领空、维护世界和平之战。10月10日，空4师10团18架米格-15在安州上空与敌空战，第2大队副大队长李宪刚击落敌机1架，飞行员胡树和（后任11航校副校长）击落击伤敌机各1架。随后起飞的第12团20架战机编队在清川江上空掩护第10团撤退，与敌继续空战，该团第2大队大队长华龙毅（后任民航广州管理局副局长）击落敌机两架，当天我空4师共击落敌4架，击伤1架，我方无损失。

10月16日，共和国一个极为平常的早晨，一轮红日从东方喷薄而出，万道霞光挥洒在中朝边境的千沟万壑，挥洒在鸭绿江畔的野战机场，也挥洒在中国空军一架架即将鏖战的银色战鹰上……

8时29分，随着三颗红色信号弹在天空冉冉升起，第4驱逐师第10团、第12团所有飞行大队战鹰如长空利剑直刺蓝天。按作战计划，苏军324全师起飞70架战机，主攻敌F-86战机，第4驱逐师负责攻击敌B-29轰炸机。第12团起飞18架攻击敌机，第10团起飞18架战机为第12团提供掩护。早在8时5分至9时，我地面雷达部队报告，先后发现敌战斗机114架，正向定州、宣川、大东江等地上空驶来。

在地面塔台的精确指挥下，苏军迅即在宣川上空与敌机展开空战，这时我空军第4驱逐师第10团、第12团的36架战机已进入新义州东南，在6500米高度以"品"字队形准备截击B-29轰炸机。但出乎意料的是，此次出现在第4驱逐师第10团、第12团面前的并非完全是轰炸机群，却是由十余架F-86打头阵、B-29轰炸机尾随的混合机群，对第4驱逐师的所有战斗员来说，敌机的这一编队无非就是战斗机掩护轰炸机的简单组合。李汉见此立即命令：第1大队全体机组爬升500米，保持高度，正面迎敌，见机开炮。正当李汉下达命令之际，敌战机群已在高于我机群500米左右的位置，分路向我战机群迎面冲刺。说时迟那时快，也就在这一瞬间，敌我双方战机混作一团。

"岳明昌，岳明昌，立即拉升，你已被三架敌机包围。"耳机里传来吴奇的声音。岳明昌拉升到7000米高度后，两架敌F-86立即尾随，吴奇见此，急忙开炮，意在火力阻隔，只见一架敌机拖着浓烟急速下滑……

岳明昌脱险了，可吴奇再度陷入3架敌机包围中。吴奇明白，F-86战机是第二次世界大战后美国设计的第一代喷气式战斗机，用于空战，拦截与轰炸。该机于1947年10月1日首飞，1949年服役，是美国早期设计最为成功的喷气式战斗机。该机除大量的改型与军援之外，也衍生出海军型的FJ怒火系列战机。该机是世界上第一架在俯冲时达到超音速的飞机，以及第一架可以携带空对空导弹的战机。我空军之所以称它为"佩刀式"战斗机，是因为它的速度快，转弯半径小，飞行非常灵敏，在战斗过程中总是用最大速度，气动性能的优长对抗米格-15。吴奇回头看了看岳明昌，见岳明昌成功脱险后，自己连续两个"眼镜蛇机动"动作后也摆脱了敌机的包围。正准备调转方向追击敌机时，狡猾的敌机在我英勇的战机面前逃之夭夭。经过我机群展毯式搜索和地面雷达判断，确认无误后，全体编队返航。但每一个战斗员心里十分清楚的是：在上午的作战中没有捞到什么便宜的美空军，决不甘心自己的失败，一场更大规模的战斗即将来临。

吴奇返航后,前来提取射击胶卷的地面人员已来到自己的战机面前,还未回过神来的吴奇,再次接到指挥部起飞命令。此时,苏军第324师两个团已起飞96架。在稍后的14点55分,吴奇所在的第4驱逐师第10团第一梯队起飞18架。按指挥部命令,吴奇所在中队飞抵清川江上空迎敌。当吴奇到达清川江上空时,美军156架F-86"佩刀式"战斗机与8架B-29轰炸机已开始在清川江附近轰炸扫射,又一场异常激烈的战斗在清川江上空展开……

进入战斗队形后,吴奇按大队长李汉要求搜索前进。谁知李汉话音未落,敌机已窜至我机群上空,李汉见敌情突变,忙令编队转向东南方向前进,调整飞行方向和射击角度后正面进攻。

"吴奇注意,正前方有敌机!"吴奇从耳机里听到大队长李汉的声音。吴奇定眼一看:约6公里外有10余架F-86战斗机正向自己正面扑来,高度在4000—6000米之间,分上下两层推进。吴奇目测再有3秒钟的时间就可能发生两机对撞,于是先敌开炮,三炮齐发时,其他战友也陆续开炮……在我机群的强大火力阻隔下,敌机纷纷急转,向西北逃窜。李汉命令各机投下副油箱,加大速度爬高向敌机冲去。毫不示弱的美战斗机群急转后再次向我机群扑来。面对这个由156架F-86战斗机编队,李汉下令:"第1中队攻击!第2中队掩护。"并率先冲向敌机,吴奇紧跟李汉扑了上去。敌机被我第4驱逐师第10团、第12团战机打了个措手不及,一下子四散逃离。

此时吴奇因急速俯冲太猛,掉进了20多架敌机的中间。几架敌机马上围拢过来,纷纷把机头对准了他的飞机。吴奇毫不迟疑,猛地一拉操纵杆,飞机像离弦之箭,向斜上方冲去,只见机身旁闪进道道弹光。拉升后的吴奇再度急转,4架敌机似乎明白了什么,也慌忙左转,吴奇见敌机露出一个空当,于是一个"S"形半滚冲了过去,顺势咬住一架敌机紧追不放。敌机左转,吴奇左转,敌机右转,吴奇就右转,双方在几千米的高空展开了追逐战。终于，吴奇把敌机慢慢地套入瞄准器的光环。此时，又有4架敌机从尾后向吴奇包抄过来，机头也对准了吴奇的飞机。机警的吴奇再次先敌开炮，三炮齐发后一个跃升；此时，敌机的机枪已开始疯狂扫射，子弹紧擦着吴奇战机的机尾飞过。吴奇见此，忙加大飞行速度，不料飞机失速进入螺旋，旋转着快速坠向地面。此时的吴奇异常镇静，终于在800米高度时改出螺旋，吴奇再次将战机向高空拉升。此时，敌机在同伴的攻击下，掉头向东南方向飞去。"想逃，没那么容易！"吴奇盯住一架敌机跟了上去，500米、400米、300米，他稳稳地将敌机套住，按下炮钮："咚！咚！咚！"炮弹从敌机机翼两侧飞速而过……

"吴奇！拉升、拉升……"耳机内再次传来岳明昌的声音。吴奇看了看高度表，的确处于800米的高度，急忙拉升后再看岳明昌时，只见三架敌机将3号机逯松亭团团围住。吴奇随即左转，下意识地去咬住围攻逯松亭的敌机。正当他再次俯冲时，岳明昌战机从头顶上呼啸而过，吴奇在空中紧急刹车后落到了岳明昌的后边，只见岳明昌加大油门向围攻逯松亭的敌机左翼冲去。"岳明昌注意，你头顶上有敌机。"吴奇话音未落，从云层高处再次蹿出两架敌机直逼岳明昌的战机。吴奇见此，急忙右转迎敌，两机对视，敌先开炮，中弹后再度拉升时，从云层高处接连蹿出两架敌机。吴奇射出三发炮弹后又一次被敌机子弹击中，胸部中弹，吴奇一手捂着流血的胸部，一手紧握操纵杆，强忍剧痛向敌机冲去……包围逯松亭的敌机被这突如其来的撞击吓得慌忙逃窜。正当吴奇拉动上升操纵杆时，被打掉机尾的战机已无升力……

"回国、回国，我要回国。"无线电声波里传来了吴奇微弱的声音，在塔台担任指挥的师长方子翼在大声喊道："吴奇，吴奇！蹬左舵，左舵，向西南方向，西南方向是祖国、是祖国，东经116度、北纬41度是首都、是北京……"

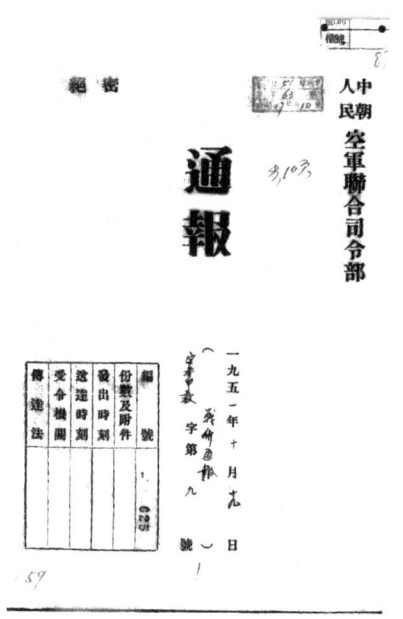
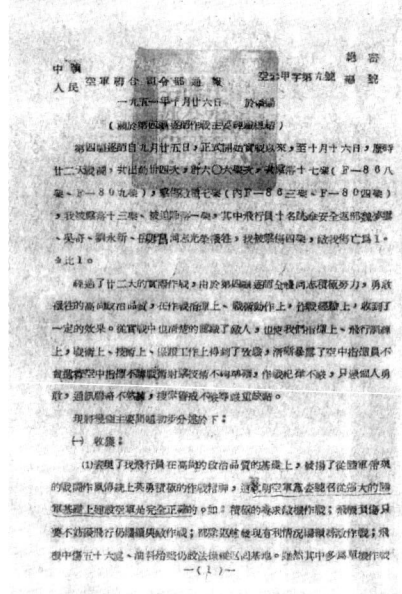

1951年10月19日,中朝人民空军联合司令部通报封面

1951年9月25日至10月16日关于第4驱逐师的作战主要经验总结(图片来源于中朝人民联合空军司令部文件,于2017年清明拍摄于空一师荣誉馆)

  经丹东市浪头镇基干民兵昼夜搜索,第三天中午在兴开岭东北方向约5公里的山坡上找到了被击落的战机和吴奇的遗体。战机水平翼脱落,尾翼被打掉,机身已完全被打烂,鲜血凝固在机舱,染红了周边的土地。民兵撬开人机界面,座舱内吴奇头部半倚着操纵杆边延,右手大拇指仍按着机关炮的按钮,左脚蹬在舵上似乎有着一往无穷的战斗力量,有着压倒一切敌机的英雄气概。人民崇敬英雄,3个民兵将外衣脱下包裹住烈士的头部、身躯……

  1951年10月16日,一个值得共和国铭记的日子,一个值得人民空军铭记的日子,这天,虽不是人类历史上最大的一场空战,却是继第二次世界大战后人类历史上最惨烈的一场空战。2000年,美国空军历史博物

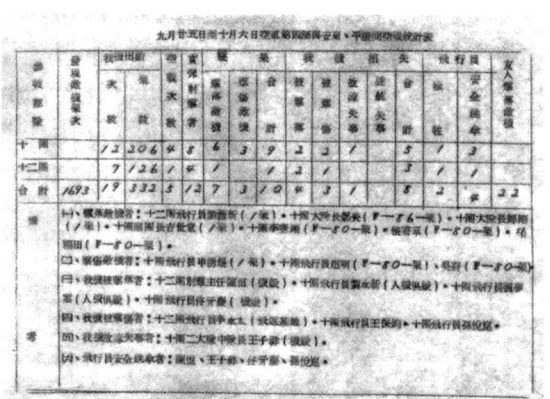

1951年9月25日至10月16日，空军第4师安东、平壤间空战统计表（图片来源于中朝人民联合空军司令部，文件记载：吴奇击伤F-86战机一架。于2017年清明拍摄于空一师荣誉馆）

馆战略研究公开信息显示：1951年10月16日是当年最大的一场空战。

时任第4驱逐师第12团第2大队大队长华龙毅留有《空战廿二天》的一段笔录："继第10团第1大队为第一梯队14点55分起飞18架战机后，15时58分我们第12团作为第二梯队紧急起飞16架，当时我们保持高度在3000—6000米范围搜索，行至安州上空发现敌小机群在低空飞行，使得我们第2大队8架战机就有1、2、3、4号机身陷敌群。在我们下降高度的过程中，才意识到后续敌机以双机或四机编队，形成多层次立体交叉的阵势，在前方黑压压的一片向我们扑来，布满从3000—9000米空域，将我机群层层合围。只剩1号机我本人、2号机齐连壁、3号机逯松亭、4号机陈书兰；而我们面对的却是成几倍、十几倍的美军战斗机，清一色的F-86，朝鲜空战中第一次直面克星。"

据该师师史记载：10月16日，空4师一天两次空战，上午空4师出动36架，击落F-86飞机1架，被敌击落1架，下午空4师出动34架飞机，击落F-86飞机6架、米特尔飞机1架。由于情况判断错误，空中缺乏统一指挥，编队不好等原因，我空军被击落7架。第12团第3大队飞行员刘春生击落1架F-86后被击落，跳伞生还，华龙毅、赵一鸣、

空軍戰例選集

第 一 集

目 錄

第一部份　空軍一九五一年安東實戰鍛鍊概述

第二部份　空軍第四驅逐師戰例特選：

（一）十月五日空戰戰況概要。

（二）十月十日空戰戰況概要。

（三）十月十六日空戰戰況概要。

第三部份　空軍第三驅逐師戰例特選：

一大隊與敵 F-86 空戰

| 1號機 | 李憲剛 | 2號機 | 宋亞民 | 3號機 | 趙　明 |
| 4號機 | 張洪清 | 5號機 | 褚福田 | 6號機 | 吳　奇 |

一九五一年九月十二日至十月廿一日，一個多月的作戰中，我驅逐第四師，先後與敵作戰八次。擊落敵F—86 九架、F—84 兩架F—80十一架、FMK—8（米古爾）一架；擊傷敵F—86 六架、F—84一架 F—80 四架。十二團二大隊長華龍毅，擊落、擊傷敵機四架，為該師戰績最大的一個。同時，與美帝技術較好的所謂「空中優勢」作戰中，由於我戰術思想積極、勇敢，取得了很大勝利，使敵胆怯心驚，有力的保證了志願軍冬衣和三個月的糧食輸運前線；且初步的取得了作戰經驗，給了後繼的參戰部隊的學習、研究戰術以很大的幫助。

这是抗美援朝战争时期，中国空军迎战美国空军以弱胜强以少胜多的经典战例，对我国空军实战有很高的研究价值（2017年清明拍摄于空一师荣誉馆）

权万太被击落跳伞生还,吴奇、岳明昌被击落牺牲。

另据华龙毅儿子华山在"纪念东北老航校成立70周年"大会所作主题报告《战斗机飞行员就是要当英雄》一文记述:10月16日下午的那场空战中,华龙毅击落、击伤F-86各一架;2号机齐连壁击落一架F-86。中国人民空军打响了米格空中走廊,从此平壤上空频密出现中国战斗机飞行员米格-15的身影。因苏联近卫军空军被严格限定在清川江空域作战,而在他们无法涉及的空域中,中国人民空军大显神威,让米格-15战机200公里作战半径得到有效延伸,美军在"三八"线以北大肆进行的"战略轰炸行动"受到阻隔,F-86的天下不复存在!我志愿军战略物资源源不断地跨过鸭绿江、清川江运抵"三八"线,我们夺回了"制空权"! 美国人永远无法接受一个事实,65年前的那场"战略轰炸行动",竟被98位苏联近卫军空军勇士,56位中国空军第4师初上战场的飞行员所阻止!中国空军以单一战术战斗机进行拦截空战,阻止了迄今为止世界上最庞大的综合战略轰炸行动,彻底改变了空地一体现代化战争的走向,使得这场空战成为世界战争史上的先例和经典之作,为中国人民空军矗立起一座历史丰碑!

丰碑!是血染的。翻阅世界空战史,除20世纪30年代西班牙内战中,革命军的空军外,恐怕也只有中国空军在如此弱小、稚嫩时就把自己推上血与火的战场,推到世界空中霸主面前。英雄牺牲了,但空战还在继续。为保障朝鲜西部清川江和鸭绿江之间面积约6500平方公里的地区安全,飞行员吴奇、刘涌新、王德玉等6名空军烈士的追悼会在沈阳市隆重举行,空军首长、机关人员、沈阳市党政领导参加了追悼会。

继沈阳市为牺牲的空中烈士举办追悼会后,崇敬英雄的吴奇家乡江苏省高邮县在河南广场再次隆重举行了吴奇烈士的追悼会。会上,江苏省民政厅、省军分区、扬州市政府及高邮县的相关领导出席,马奇同志代表空军政治部宣读了《关于为吴奇同志追记二等功的决定》《关于批准吴奇同志为革命烈士的决定》，介绍了吴奇同志牺牲时的英勇事迹。最后宣读了中国人民解放军空军政治部《烈士家属致唁书》：

吴襄哉老先生暨转吴老太太：

吴奇同志在我人民空军一零四部队工作，为了完成保卫祖国领空的神圣任务，坚决抗击美帝国主义空中强盗，在与美帝国主义的飞机作战中，英勇顽强，给予敌机以沉重打击，取得了辉煌的战果，以实际行动驳斥了敌人叫嚣的空军优势的谬论，增强了我伟大祖国的声威。吴奇同志不幸于十月十六日在空战中为国捐躯，光荣牺牲，为人民为祖国立下了永垂不朽的功劳，这是全国人民的光荣。也是贵家属的光荣，我们除将烈士进行很好安葬和追悼外，特向贵家属致唁，希引荣节哀，并望积极响应政府号召，参加爱国增产运动，以便群策群力，争取抗美援朝早日胜利，为烈士复仇。

此致，

敬礼！

中国人民解放军空军政治部
11月4日

《烈士家属致唁书》宣读完后，江苏省民政厅领导、高邮县县长吴越及扬州市政府部门领导分别讲话。当大会主持人请英雄的母亲徐惟英前辈讲话时，吴奇的母亲徐惟英已是泣不成声，良久，颤颤巍巍地说："我的儿子吴奇是一个有志向的人，是一个勇敢的人，吴奇从17岁参加革命也没有回家过，这7年间，我们想去看看他，他都没有答应，我最大的遗憾是，从参军到牺牲我们都没有见过一次面，没有面对面地说过一句话。吴奇用他的生命挽回了无数人的生命，他牺牲在保家卫国的战场。我深信他还活着，永远活着，活在我们的精神世界里，活在祖国和人民

抗美援朝期间，空4师为吴奇等六位空军烈士举行追悼会的现场（左二吴奇）

国家民政部颁发的"革命烈士证明书"

中编　奶奶的家风光耀后人

的心目中……"

随后县长吴越、县委办公室主任召建农会同吴氏家族10位代表，经过半天和一个晚上的讨论、协商，宣布吴中直是吴奇烈士法定继承人，享受烈士子女待遇和称号，高邮县县长吴越，空军政治部马奇同志在继承书上签字，该继承书由高邮县政府存档。

中编 | 奶奶的家风光耀后人

勤学篇

> 少年不知勤学早,白首方悔读书迟,如果你要想做个有学问的人,就要下功夫,勤是补拙良方,一分辛苦一分才。
>
> ——奶奶说

做品学兼优的孩子

我出生在上海法国租界愚园路一幢二层小楼里,以前并没有见过我这位小脚奶奶,是上帝安排我回到奶奶的身边。说来也怪,我见了奶奶就特别黏着她,喜欢她小脚走路一晃一晃的样子。她也非常喜欢我。刚从上海回到农村环境的落差很大,奶奶为了安慰我,每天晚上总要给我讲故事,唱儿歌,准备了许多好吃的东西放到我的床边。在奶奶的关心下,我慢慢地习惯了用煤油灯,习惯了用井水或是河水,也学会走泥巴路了。父亲牺牲后,家里只有我与奶奶相依为命。时年还小,对牺牲没有太多的概念,也很难理解奶奶的痛苦,因奶奶是一个把所有悲伤装在心里,把微笑留给别人的人。对于奶奶来说,父亲并没有牺牲,而是活在她的精神世界里。

高邮县政府为父亲举行隆重追悼会,奶奶清理了父亲的遗物,记得军用帆布包里有1块手表,1支钢笔,1个书包里装有很多书刊、杂志、学习笔记和一些日用品，1幅好友宋照生赠给父亲的国画，还有他的参军证明书、立功的奖状和几套新四军军装。回家后奶奶没有再当着我的面流泪，而是到厢房炒了4个菜，对我说："中直快去叫你爸吃饭。"

"叫爸爸吃饭？"我真的不知道怎么叫，想了半天，也不知道该怎么个叫法，奶奶转了转身看了看我说："乖乖！你站在院子中，面朝东北方向大声喊：'爸爸！吃饭了，奶奶叫您吃饭啦！'就这么喊。"

我按奶奶的要求，真的站在院子里喊道："爸爸！吃饭了，奶奶叫您吃饭啦！"喊完后，我回到屋内，奶奶已将八仙饭桌擦拭干净，饭菜端上桌子后，倒了一杯酒，摆上三副碗筷。奶奶说，以后你就在正南的这一方，爸爸坐在正东的这一方，奶奶我坐在正北的这一方。奶奶说完，仍不动筷子，也没有叫我吃饭，似乎还有什么心思，还想说什么，想到嘴边还是没有说出来。一时我不知道怎样做才好，也不知道此时我要说点什么，想了想，我竟站了起来，用筷子夹了菜放在爸爸的碗中说："爸爸您吃饭。"

我的筷子一落，奶奶一把将我搂在怀中放声大哭，边哭边说："好孩子，你真懂事，你真懂事。"记得她哭了好长时间也没有吃饭。后来，她突然不哭了。当时农村点的煤油灯只有黄豆大的火苗，她怕把我吓到了，连声说不要怕，乖乖，奶奶不哭了。这时候我不知不觉地大哭起来了，奶奶给我讲故事让我不哭。

奶奶住的是四间两厢的四合院。从这一天开始，每到吃饭时，我总要到院子里喊声："爸爸吃饭啦！"奶奶总是在吃饭的桌子上摆上3个人的碗筷，这一规矩延续了好多年，到三年困难时期才结束。有一天中午，奶奶做好饭菜后，只放了我们两个人的碗筷，我在院子里叫完爸爸吃饭后，奶奶说："从今天开始你不要再叫爸爸吃饭了，你爸爸是飞行员，他在天国也是开飞机的，天国比人间富裕，开飞机的人吃得好，今后我们到逢年过节摆上你爸爸的碗筷让他回家吃饭。"从父亲牺牲至今

60多年来，我们家里逢年过节，如清明节、冬至、春节，我的夫人都要做4个菜，摆上香烛敬我父亲，我和在家的孩子都要叩上几个头，烧些纸钱，还要和父亲说几句话，打个招呼，预约他下一次什么时候、什么节日再回家吃饭，从来没有间断过，这时我们总会有止不住的泪水。

这是一个失去儿子的普通母亲的心境，这是白发人送黑发人的理性表达。我唯一要做的是听奶奶的话，好好学习，报答奶奶的养育之恩。

转眼间，我已5岁多，奶奶给我找了一个私塾先生，姓葛，也是我的启蒙老师，教了两个月。可这个先生觉得教我一个人挣得少，他自己在当地开了一家私塾，于是我就背着书包走到他创办的学堂。在这个由他一手创办的私塾里，含我有16个学生。别看他是个私塾先生，他可是国文、算术、珠算样样都会教，我们也就按照私塾先生教的课程有条不紊地学习。令我想不到的是，一天，一个年龄较大的学生看到私塾先生每天按照挂在墙上的大钟时间上课，分分秒秒的时间都抓得很紧，认为学习太苦了，不好玩。不想上学吧，家长又不同意，于是把先生的闹钟发条弄坏了。私塾先生问是谁干的时，年龄较大的学生都异口同声地说是我干的，因在这个私塾我年龄最小，且他们都是同一个地方的，只有我不是。我对先生说，先生我没有动过您的大钟，不是我弄坏的，但先生不由分说用小木尺打了我的手心，我哭着回家了。奶奶听说我被打后，特别疼我，安慰我说："他们从小就说谎，从小就会栽赃，从小定八十，书家还是书家子，放牛的还生放牛郎，好了，不理他们了。"奶奶决定不再在这个私塾上学了。此时也快接近年底，江苏全省已开始全面兴办公立小学，私塾学生可按成绩转入公立学校，于是开年后的1955年，奶奶送我上了公立富南小学。当学校知道

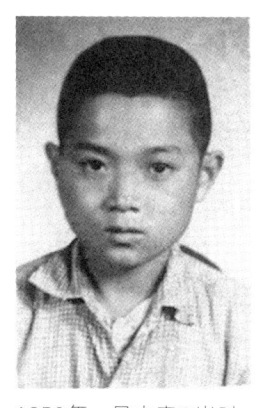

1956年，吴中直8岁时照片

我是烈士的孩子后,很快给办理了相关手续,书本费、学杂费全部免除了,小学到初中我是免费读书的。

与私塾不同的是,公立学校所开的课程较多,从一年级到六年级全日制。因我幼童时奶奶和私塾学堂已经教过我《百家姓》《三字经》《增广贤文》和部分唐诗、宋词、书法等,故我在插班二年级学习时,语文课、算术与珠算我也都学习过,感觉到学习很轻松,还有体育和音乐课。老师见我学习成绩好,又是烈士子女,让我很快加入少年儿童先锋队,并担任少先队大队长。大队长衣袖上挂一个白底三道红杠的标志,给我挂红杠的老师是我们的班主任吴永楷,他说,吴奇小时候是他同学,学习非常优秀,字写得也特工整,并要我好好向父亲学习。那几句话对我影响很深,记得读小学时我的各科成绩都是很好的。

有一位音乐老师不但教唱歌,还会拉手风琴、吹笛子、拉二胡。我对乐器特别感兴趣,很想和他学。可是不知道怎么和老师说,回家后我告诉奶奶,奶奶很支持,她说,我们家离学校很近,可以请老师晚上教你,一寸光阴一寸金,寸金难买寸光阴,多学一点知识将来用得上,明天我就让人给你买二胡和笛子。这位唐老师是扬州人,还没有结婚,奶奶请他晚上教我,就在我们家吃住,他高兴地答应了。我对乐器的灵感让老师难以置信。我每晚坚持练习,从不间断,冬天吹笛子的口水流出来挂成冰铃铛也没有停下。原来乐器原理是相通的,两三年间学会了二胡、笛子、唢呐。因为我会乐器,不管在学校,还是参加工作都给我带来了意想不到的收获。

进入初中后上学要住读,虽说三年困难时期已基本结束,但家里的日子却开始艰辛起来。每周六下午放学回家,周日下午返校,返校时奶奶总是为我准备咸菜、炒面和一套干净衣裳。好在1961年下半年,政府已恢复对烈士家属粮食照顾的供应,我们靠的是政府每月26斤的定量照顾粮,和每人每月8元钱的生活补贴费,8元钱的生活补贴买完粮食后还能买一些猪肉、菜和日用品。

三年困难时期的阴影过去后,我已14岁了,家里没有劳动力。我就说服奶奶,拿着小铲子到自留地里锄草,南方雨水多,菜地里的杂草一周不锄,就长到半人多高。好在我业余时间学习中医救急百方、针灸入门等书籍,平日里给别人进行针灸。乡亲们谁家有关节痛、胃痛、牙痛,或是同学们有个小毛病我就给他们进行针灸,有时也采一些中草药给他们治一治小的毛病,谁拉肚子我给他弄点猪耳朵草(车前子),有人发烧上火我就给他弄点马齿苋、四叶草。所以他们也顺便到我家自留地帮帮忙。

在校期间,学校组织我们参观新四军姚费村指挥所。有"苏中小延安"之称的苏中指挥部曾设于此地。据高邮史料记载,汉留地区于1940年夏沦陷,侵华日军在当地推行"以华制华"的政策,伪军在周边的樊川、三垛、永安等地建立据点并纠集地方丧失民族气节的汉奸、地主、恶霸等委以乡保长,奴役百姓,意图伪化当地民众。正当汉留地区的百姓处在水深火热之中的时候,中国共产党领导的新四军于1941年5月来到汉留开辟根据地。广泛发动群众,秘密发展党员,进行了一系列的反伪化斗争,逐步建立抗日民主政权。在当地抗战历史记载中,汉留民众参加新四军在抗日战争中牺牲的战士就有40人之多。

新中国成立后曾任江苏省省长的惠浴宇同志在《我在苏中抗日根据地的经历》中曾这样写道:1941年6月间,少奇同志和陈毅同志来电,指示我进入江、高、宝地区,恢复那里的地方党工作,开辟这一地区。我随即把泰

1945年,新四军在姚费庄合影

县的工作做了移交。为了配合我们的工作，叶飞同志调给我一个精干的主力连，随我同去的还有一旅主力一部，后改名为江高独立团。10月间，江渭清、温玉成率第18旅第54团从江南东路地区移兵北上，进入高邮三垛以南汉留地区，与地方党组织密切配合，使这一地区很快发展为敌后斗争的根据地。至此，南至长江，北至东台、兴化，西至运河，东至黄海，两万余平方公里，510万人口的苏中地区形成了由我党领导的抗日民主根据地。

据解说员介绍说，当年在汉留镇姚费庄的新四军大约有3000人，我想父亲那时一定接受了新四军的政治理念，从而走进了新四军抗大5分校。不知是因父亲参加新四军的原因还是我在学校担任宣传委员的职责所致，参观新四军姚费庄指挥所后，我让每一个参观的同学都要写一篇心得体会，还在学校做了一个宣传栏，将写得较好的心得体会张贴在宣传栏中。我自己除写心得体会外还编了一个反映新四军在姚费庄投弹训练的快板书。

我除了在学校出墙报、办橱窗、写标语、编写一些小节目、组织一些小的演唱会之外，也负责一些校外宣传活动。宣传员都是和我玩得好的同学，如叶纪福、吴有美、蒋庆生、李红英等，宣传队都是利用上晚自习的时间排练节目，周六、日晚上到学校附近的农村为农民演出，并不影响学习。

又是一个周六的晚上，按学校、县里指示我们宣传队来到汤庄人民公社演出。队员们都十分高兴，原因是汤庄人民公社是高邮较为富裕的公社，到汤庄演出说不定有肉吃。果真，当队员们布置好简易舞台后，我就闻到了一股肉香，或许是好长时间没有吃肉的缘故，鼻子对肉香特别敏感。当我走进公社食堂一看，满满一大锅炖着白萝卜的猪肉在锅里打滚，虽然嘴馋，但我还是转身走向门外。做饭的大师傅问："你是宣传队的？""是！""今晚你们可得好好演出哟，听说你们来演出，公社专门杀了一头猪,你瞧,这一大锅肉都是为你们准备的。"

我说完客气话后,回到简易舞台,心想要是奶奶也在就好了。奶奶至少两三个月没有吃上猪肉了。正想着,公社宣传干事请我们宣传队全体人员去吃晚饭。我对叶纪福说:"你们去吃吧,我留下来看道具,你们吃完后给我带一碗就行了。"叶纪福说:"道具公社已安排人看,你不去吃,我们没办法给你带。"我说:"那我就不吃了。"叶纪福想了想说:"那好吧,你留下来看,我们去吃饭了。"大家也知道每次演出时因周边小孩顽皮,往往把我们的道具藏起来故意让我们找不到。一次演出前,两个顽皮的小孩把我们鼓师的鼓槌藏起来了,害得鼓师只好找了两根木棍打鼓,不料木棍一打就断,全场闹出很大的笑话。

队员吃饭回来后,给我带了一小碗肉、一碗米饭,我挑了很少的萝卜用汤浇着米饭吃完,把肉留在碗里放进了书包,生怕别人看见,我又把书包放进装大鼓的箱子里藏着,盖上箱子盖。带队老师对我说,你在下半场除了笛子独奏外,再给你加一个二胡独奏,今天场面太大了,汤庄人民公社的革命群众热情很高。

演出终于结束了,我对带队老师说,肚子有些不舒服,就不和队员们一块儿回学校了。老师抬头望了望天色,见还有一丝月色,又看了看我说,那好吧,路上注意安全。

我挎着书包急忙向家中奔去,从汤庄公社到我家足有6里多的路程。头天刚下过雨的泥泞路上我深一脚、浅一脚地走着,因一心想让奶奶早一点吃到肉,什么天黑呀、路滑呀,我全都不怕,鬼呀我也不怕。奶奶说过近处怕鬼,远处怕水,倒是每路过一个村子,全村的狗都跑出来了,有的尾随在我的身后,有的早早地在道路前边等着,一路狂叫,心想狗是不是闻到肉香才跟着我。奶奶也常说,狗是百步光棍,雄鸡才有千里威风,自我壮胆,这一路上有狗护送,我跑得飞快。

就在快到家门口时,邻居家的狗叫得更厉害了,奶奶猜到可能是我回来了，开门一看，果真是我站在门外。我走进屋后，急忙打开书包，拿出一碗肉来说："奶奶你吃肉，我给你带回来的！"可是，明明是一小碗，怎么就变成半碗了呢？原来，一路颠簸，有的肉散落到书包里了，书包也被油腻了。

奶奶望着一碗肉，脸上没有笑容："中直你给我说实话，我问你，这肉是哪里来的？"我不敢说谎，把我怎样设计看道具，又怎样向老师请假回家一五一十地说了一遍。

奶奶把我从头到脚打量了一番，目光停留在我的左脚上："你的鞋呢？怎么就穿着一只鞋？"

我低头看了看左脚，确实只有一只鞋，这才意识到因一路上只顾着赶路，鞋陷在泥坑里竟全然不知。奶奶心疼了，忙拿来热水瓶给我兑了一盆水说："孩子，你先洗脚，我去给你拿双新鞋。"

入夜，我躺在床上睡不着觉，左脚还一阵、一阵钻心地痛。于是我穿着衣服坐了起来，想看看脚板上是不是哪儿破皮了。正要点灯时，院子里的灯光却亮了起来。我急忙俯身窗下想看个究竟。原来，奶奶把厢房那张小桌子搬到了院子中间，桌上摆上了我拿回来的那一碗肉，筷子、酒杯也摆得满满的，桌子边上还特意摆上了香炉。奶奶点完香后，坐在一旁喃喃地说："奇儿啊！今天妈妈请你和你的战友吃个便餐。这肉你得吃，这可是你儿子从嘴边省下来，专门孝敬你的。他光着一只脚，走了几里泥路才送回来。你如果在天有灵的话，你就拿着酒杯，敬敬你的战友，告诉他们，我们吴家有后了，你儿子吴中直，长大了，懂事了，会孝敬人了，你也体会一下有儿子的幸福，享受一下你儿子的孝心吧……"

这就是母亲，人类最伟大的女性，但凡有一点好吃的，首先想到的是给儿女吃，自己却不吃。准确地说，拿回这一碗肉的初衷我是想给奶奶吃的，然而，奶奶在第一时间想到是她的儿子。

认识篇

> 人不知己过,牛不知力大。人往往不知道自己的过错,有的时候故意犯错,有时是不知觉中犯错。牛常常不知道自己的力气大;牛如果知道自己的力气大就不会听从人类的使用。古人说君王福大、宰相量大、小人心大、穷人气大、恶人胆大,其实他们都不一定认识到自己是谁,到底有多大。
>
> ——奶奶说

刚入门　初出道

进入1965年后,江苏教育界开展了学习毛主席著作活动,各学校为了争当学习毛主席著作先进单位和学习毛主席著作积极分子,正常的数、理、化教学课程受到冲击。这时的学校已变了模样,那些在讲台上辛勤耕耘的老师已无人敬仰,有些调皮的学生却被学校视为"学习积极分子"。学校发一张毕业证,学生就可以离校。

有一天,高邮民政局优抚科的薛科长、戴同志来到我们家,对奶奶说,您的孙子毕业了,现有两个去向供你们选择。一是去当兵,我们上报省军区协调兵种;二是直接参加工作,今后有机会转为国家干部。这两项都是按国家优抚政策落实的。早在我上初中时，中国空军锦州学院招生，他们就推荐了我，后来考虑到奶奶的身体及家庭情况，并征求家族吴襄哉先生的意见，吴老先生的意思是，还是留在家乡工作照顾奶奶为好。不过，现在我们还可以再做一次决定，只要告诉民政局，他们就会做好安排。

是夜，奶奶把我叫到跟前，对我说："孩子你已长大了，有思想了。三年困难时期你跟着奶奶没少吃苦，也没少挨饿，现在一切都好了，挨饿的情况不会再发生了，你把你的真实想法说给奶奶听，无论是哪种想法，奶奶都支持你。奶奶的意思是你去当兵吧，祖国总是要有人保卫的……"

其实，在民政局的同志走后，我就想，当兵固然是好事，可我这一走奶奶怎么办，特别是奶奶有病谁来照顾，这些年奶奶吃的苦、受的罪够多了，我实在不忍心奶奶一个人在家过着孤苦伶仃的生活。我想都没有想就回答说："奶奶，我不去当兵，等待分配工作。眼下，社会主义建设同样需要人啊！"

奶奶似乎看出了我的心思，笑了笑说："孩子！你不用管奶奶，我知道你牵挂奶奶，奶奶现在生活能自理，你明天就去县民政局把名报了，等体检通知吧。"

第二天一早，我来到县民政局对分管优抚的薛科长说："我与奶奶说好了，我先参加工作。"薛科长是个十分爽快的人，问我被子带来了没有，我说生活用品都带好了。他看了看说："我这就送你去社教工作团报到。"

在薛科长的引领下，我来到扬州社教工作总团报到。该工作团据说是毛主席亲自派来的工作团。团分三级组织建制：团、分团、工作队，队为基层单位。一个队编制七到十人，根据需要建临时专门工作组，队长一般是处级干部，我的职务是文书（在团里也算是秘书）。团部设在扬州中学。

我去扬州"四清"工作团报到的前一天,因为是我的第一份工作,奶奶专门为我做了一套新衣服,买了两件蓝色汗衫(套头式的),还将一件我爸爸穿过的铜扣子黄军装给我带上。奶奶对我说,人不知己过,牛不知力大。人往往不知道自己的过错,有的时候是故意犯错,有时是不知觉中犯错。牛常常不知道自己的力气大,牛如果知道自己的力气大就不会听从人类的使用。古人说君王福大、宰相量大、小人心大、穷人气大、恶人胆大。你这次工作是整顿"四不清"干部,那些犯了"四不清"错误的干部,其实他们都不一定认识到自己有多大,凡事你要多请示汇报,实事求是地做好工作,不能冤枉好人,也不能放过坏人。奶奶的这番话对我印象深刻,至今记忆犹新。

我体检完后就去报到。本以为我根正苗红,去后可以直接投入工作,可谁知,第二天工作团就开始了对我的政审工作,先是三报四查。三报:报家庭出身,报个人的思想状况,报有没有"四不清"行为。四查:查三代直系亲属历史,查学校学习、参加工作时的表现,查是否有重要的海外关系,查平时有无反党反社会主义言论。我是烈士子弟,也是首次参加工作,三报四查的政审工作是合格的。可是吴氏家族在中华民国期间,国民党党员数量比共产党还多,吴家女婿叶秀峰就是国民党中常委中统局局长,吴家也有人在陈果夫、陈立夫身边工作。我也必须自报自查说明清楚,并且请高邮政协主席吴襄哉先生为我写了证明书。证明书送达分团的领导那里后,领导认为我为人诚实,对自己成长过程、家族历史写得很清楚,派专人调查后确认,我在校期间各项表现也都不错,同意我参加"四清"工作团。

扬州中学是省立高中,以规模大、教学质量好、名人辈出而扬名,文豪朱自清、党和国家领导人江泽民都曾就读于这所中学。扬州中学给我们腾出一幢独立小楼办公,对先期到团工作的同志,组织进行6个月的半军事化培训,经考核合格后方可以进入社会主义教育工作团("四清"工作队）工作。接下来开设的课程有：会计学原理、审计学、政治经济学、哲学社会主义、党的基层组织建设，重点学习毛主席著作《矛盾论》《实践论》等五篇哲学著作。经过军事训练，理论课的学习、考核，领导谈话（面试）等一系列环节，我被分配到邗江社教工作团，团长是张爱萍将军。这个团成员由中国人民解放军总政治部、中央歌舞团、地方的"四清"干部、知识青年组成，我属知青类。记得我们到邗江县驻地的那一天，每一个镇都派代表队来迎接我们，还敲锣打鼓的，横幅上写着："热烈欢迎毛主席派来的工作队""坚决拥护中央23条"等。

到达邗江，我的具体工作是给队长当文书。队长是泰县来的一名副县长，叫单端青，是南下的部队转业干部，身上有多处枪伤，腿上还有一颗子弹没有取出来，在部队时是个团长。吸烟、喝酒、骂人样样都会，就是识字不多、不会看文件，人心眼好。因是农民出身，对农村生产样样在行。见我是为数不多的知青，又是烈士子女，根正苗红，自然喜出望外。

我们工作队进村后的主要任务：一是发动群众，宣讲并贯彻落实中央"双十条"文件精神和王光美的"桃园经验"，阐明"四清"的目的、意义和部署，表明代表贫下中农的利益，依靠贫下中农的决心，给广大农民一颗定心丸。二是扎根串联，访贫问苦，寻找挑选依靠对象，挑选培养积极分子。三是和贫下中农实行"三同"，即同吃、同住、同劳动，与广大贫下中农打成一片，取得他们的信任和支持。四是搞好"四清"，即清思想、清政治、清组织、清经济。生产队长以上干部大多靠边站，接受组织审查，对有政治经济问题的干部组织批判和帮助。在查账的基础上，对干部多吃多占、贪污钱物的责令退赔。五是组织建设阶段，构建新的领导班子，掀起生产建设高潮，巩固"四清"成果。

除此之外，对我们工作队员要求也是很高的，具体要求为：三同，四不准，五学习。三同：与群众同吃、同住、同劳动。四不准：不准到群众家里吃喝借东西；不准和"四不清"干部个别联系；不准对地富反坏右分子心慈手软；不准与驻地民女或在工作队内部谈恋爱。五学习：学习毛主席著作；学习中央23条；学习做好群众工作，达到团结两个95％的目的；学习组织生产劳动；学习清理财务账目。

　　队长的脾气特急，是一个雷厉风行的人，无论多大事总是当天解决，用他自己的话说就是凡事不过夜。到达农村后，我们的第一个任务就是发动群众，但当时群众基础薄弱，主要原因是他们有思想顾虑，怕得罪人，有的群众怕工作队走了被打击报复，怕把自己卷进去。正是基于此，群众还是不太配合我们的工作。为了打开工作局面。我充分发挥自己会编会演的长处，先是教大伙唱革命歌曲，把好人好事编成小快板、小节目，拉近和群众的距离，很快就打开了局面。对于教唱革命歌曲，我工作团里有中央歌舞团的成员，他们从歌词创作到作曲可以说是两个小时搞定，且现场发现什么他们灵机一动立马就能创作一首歌。我实在佩服这些专业人员。

　　自从与单队长同住一室后，我从他身上学到了很多可贵的东西。他这个人做事完全是部队作风，每天做什么特别有计划、有条理。于是，我每天晚上睡觉前，都要把当天所做的几件事做一个小的总结，第二天要做的事想一想，做一个计划，加之我腿勤，他所嘱咐我的事往往一个上午我就做完了，下午就会被安排去查账。查账是社教工作中最重要的一环。从清账目、清仓库、清财务、清工分转至解决政治、经济、思想和组织上的"四不清"，由此将社会矛盾提升至阶级斗争的新高度，这就是后来人们所说的社教运动，也称"四清运动"。这段时间，我经常到县财政局指定的培训班学习会计知识。

　　我和单队长住在一间平房里，他没有事时也与我拉一下家常。一天晚上单队长喝了点酒，拉着我下象棋，并吹牛说，他的象棋在原部队所在团是最好的，没有人能赢过他。我说，我只知道象棋怎么走，但下得不好。谁知，几盘棋下来，他都输了。我心想，他之所以说在部队总是赢，莫不是部队人见他是团长才故意让着他，我是不是也应该让着他呢？在接下来的日子，尽管我让着他，可他还是赢不了。他终于憋不住了，问我有什么诀窍。我把我小时候学棋，并读过《梦入神机》等棋谱向他一一作了介绍。还告诉他我有一个堂哥哥吴中玉是上海大世界青年象棋友谊赛冠军。谁知，他瞪着大大的眼睛看着我，像听天书一样。良久，从牙缝中吐出两句话："古人真是闲的，下棋也著书。看来还是要读书。"

接下来的日子，他晚上不再找我下棋，见我有空了，就让我给他念报纸，每念一段都要给他做个解释。为了给他念好报纸，我也做了不少功课，特别是给他准备了中国地图和世界地图。当报纸说到苏联的事时，我就把地图展开告诉他苏联在什么位置，当他讲他长征走过什么地方时，我就在地图上用铅笔给他标出来。那个时候人们还没有把知识上升到能改变命运的高度，但在我的影响下，他对知识好比沙下泉，挖得越深水越多理解也越深刻，慢慢开始学习文化知识，见到有文化的人，说话的声音也没有那么大了，都是毕恭毕敬的。有的知识，我头天晚上教他学，第二天他就能用上，现炒现卖十分灵活。一次，民兵把中学的一个语文老师抓来了，罪名是他在他母亲的棺材照壁上写了两句诗："斑竹一枝千点泪，红霞万朵百重衣。"民兵队长说，这是语文老师搞"封、资、修"那一套，要求队长签字后当天晚上批斗。单队长想了想说，等他抽完烟，大家先到屋外等着。回到屋里悄悄问我："小吴，你前几天是不是教过一首毛主席的诗词，其中有两句是斑竹一枝千点泪，红霞万朵百重衣？"

"是啊，怎么了？"我说。

"你确定这是毛主席的诗？"他问道。

"我能确定，不信我回家拿书给你看。"

"拿什么拿，拿来我也不认识，只要你没弄错就行了。这样，你现在赶紧去一下四大队，通知大队干部今晚所有的批斗会取消。"

我骑着工作队给我们配的自行车准备动身，可是没骑几步链子就掉了。我下车回头一看，有一个被划为"四不清"的人正五花大绑地跪在屋前等待发落。只听单队长对那几个民兵说："毛主席教导我们，没有文化的军队是愚蠢的军队。这个语文老师是谁让你们抓来的？"

民兵回答，是生产队长让抓来的。

"'斑竹一枝千点泪，红霞万朵百重衣'是毛主席的诗词，你们以为我没有文化呀，告诉你们，我在红军时就当过夜校班的小组长。毛主席五篇哲学著作我都倒背如流。你们谁抓的，赶紧送回去。还有，你们这几个民兵中谁家离学校最近，晚上要让这个老师吃个饭，要钱我没有，要粮票，我现在就给你们，按我的要求办。"

从此以后，单队长像变了一个人似的。在一次"四清"运动的总结会上，他说，我们这次"四清"，重点是清账目、清仓库、清财务、清工分，与学校无关，今后没有我的批准谁都不能抓有文化、有知识、上过私塾的人，如果这些人犯过什么错误，要抓，先报我这里来，经我亲自批准才行。

俗话说，近朱者赤，近墨者黑。在与队长单端青共事期间，应该说，是他改变了我，让我行事雷厉风行，刚毅果断。而我也在无意中改变了他。我与他相处的那段日子里，他是一个那么爱知识、爱人才、爱探寻自然科学的人。由于他所处的那个战火年代，本应该坐在学校接受知识的他，却拿起了枪杆子干革命。我想，他要是出生在现在这个年代，说不定也能被评上一个什么家。

在我教他学习文化的那段时间内，他喝酒的次数明显减少，但烟瘾仍然很大。或许是吸烟多的原因，无论晚上学习与否，只要往床上一躺，就鼾声四起，但屋外一有动静他就会立即坐起来，这是他战争年代养成的习惯。

一天夜里，他急忙喊道："小吴、小吴，快起来，被关着的那些人中

1965年10月，吴中直（左一）与华攀金（左二）等人合影

有人跑了，你腿快，快出去看看。我腿受过枪伤跑不动。"

我急忙跑了出去，见一个人影越跑越远，就紧追不舍，越过两道田埂后，那个人跑不动了。见是我追了过来，忙说："小吴同志，你行行好，我被抓时，我的老娘还病倒在床上，我得回去看一下，估计要不行了，明天一早我就回来。"

我一看，这不是老支部书记谢万金嘛！于是说："你现在要做的是跟我回去，看你老娘的事，明天我来安排，单队长马上就赶过来了，你逃跑更说不清楚，你见到队长后脱掉裤子往地上一蹲，就说，白天吃谷糠后晚上解不了大便，怕影响他们几个，就到外边来解了。"

谢万金见我说得诚恳，跟着我往回跑，快回到被关押的那个小房子门口时，单队长已和衣在那里等候，小吴，什么情况？我说，谢万金只是出来大便，没事的。单队长见我俩一头大汗，心里明白了几分，想了想说，谢万金，要相信党的政策，相信小吴同志，趁看守人员脱岗逃跑是不对的，有困难你可以找小吴同志给你解决，我回去睡觉了。

原来，我俩说的话，站在不远处的单队长听得清清楚楚。次日一早，单队长严肃地对我说，小吴同志，今天交给你一项重要任务，谢万金的批斗工作,就由你单独完成,地点就选在他们家吧!这个事怎么处理就看你的水平了。

  我让两个民兵将谢万金押着,朝他家里走去。到他们家时,劳动力都下田干活去了,几个在村口带着孩子玩的老奶奶见我们押着老书记也都回家把门反锁,怕我们进去。见此,我心中大喜,这是再好不过了,没有人看见。于是我对两个民兵说,你们让老书记回家看一下。奶奶说过,害人之心不可有,防人之心不可无,接着我对谢万金说,老书记,我答应您的事办完了,您要是在家自杀的话,我和单队长可说不清楚,您回家多待一会儿,吃中午饭之前,我们再押着您回去,否则,有人使坏的话,我那里也不好交代。谢万金是个守信的老实人,他在职期间农业生产、副业收入都很可观,因此得罪了少数不务正业的人,被划入"四不清"干部。后经我调查他为人正直,没有问题。可是怎样才能将他放回去呢?

  两个月后,受黄淮地区发生特大洪灾的影响,江苏的苏北大部分地区抗洪形势严峻,由于当时权力仍在社教工作领导队手中,单端青理所当然是抗洪总指挥,我任抗洪办公室主任,并定点负责邵伯湖万家塘险段。邵伯湖位于淮河下游里下河地区,是鱼、虾、稻米和农副产品集散地,是从水路通往高邮、宝应、邗江和安徽天长的水上交通中心。

  我在实地察看险情,听取当地干部关于分流与固堤两种不同意见后,也拿不定主意,原因是,分流对湖西损失自然会减少,但意味着下游万亩良田变沙滩。固堤,湖东投入的人力、物力太多,甚至超出当地的财政支付能力。谢万金是老党支部书记,就出生在此,经历过1954年邵伯湖的重大洪灾。我向单队长建议:当下必须把谢万金放出来,让他到抗洪一线指挥作战,并且要当场宣布,经查实,谢万金没有问题。单队长犹豫了半天,想了想说,小吴,你再慎重考虑一下,这个决定由你来做。

被解放出来的谢万金在抗洪抢险的第一次紧急会议上提出"固堤"。单队长看了看我，我点了点头。见我点头后，单队长大声说道："我们共产党人，一定要有大局观念，分流后下游万亩良田变沙滩的事不能干，这与蒋介石炸掉黄河大坝有什么区别……"

在这次抗洪斗争中，我连续在堤坝上战斗了近一个月，组织人员运石材，组织石工、农民工加高西堤，用石块护坡。为了防止大浪翻越堤坝，我又动员群众锯树，不管是公家的、私人的杨树、柳树都被锯下拖到河堤加高挡浪。为了确保人民群众的生命安全，我立即建议单队长让杨家坞、万家塘所有群众离开大运河西堤危险地段，临时住进堤坝相对安全的居民家中。

雨大、天黑、路滑，我把手电交给接班的同志后，找了一根柳树木棍急忙向杨家坞赶去。走到半路突然被一个什么东西绊了一下，摔了一个跟头，头磕在地上隐隐作痛，俯身一看，怎么是一个人，我忙将那人扶起，只见他口吐白沫，已不省人事。我用尽全部力气将他背起。没走多远，已在大堤上连续奋战了几个昼夜，没有合眼的我也累倒在路旁。路过此地的两个民兵，把我们背到了卫生院。我挂了几瓶生理盐水后方才苏醒，立马打电话与现场联系，通知杨家坞、万家塘的群众转移。我往这两个村赶去，到达村口时，天已大亮，老弱病残基本转移完毕，这才松了一口气。想到这个月还没来得及给奶奶写信，于是抓紧时间给奶奶写信报平安。自参加工作后，工作团不准请假回家，我怕奶奶担心，便每个月都会给奶奶写封信，寄几块钱给她零用，主要是报告我的学习生活情况，好让她老人家放心。

在这次抗洪抢险中，扬州社教工作团通报表扬了我抗洪救灾的事迹，扬州广播电台对我进行了实地采访，并做了详细报道。我被提拔为工作队副队长，经指导员李春景同志的介绍，我成为一名中共预备党员。

> 自以为聪明和耍弄小聪明的人，往往没有好的下场，世界上最聪明的人是诚信的人。真人面前不说假，假人面前不说真。
>
> ——奶奶说

诚信篇

君子闯天下　诚信随心行

随着姚文元1966年5月10日在《解放日报》《文汇报》发表《评"三家村"——〈燕山夜话〉〈三家村札记〉的反动本质》，揭开了"文化大革命"大戏的序幕，中共中央办公厅下发文件暂停社教工作团的工作，工作团成员全部返回原籍原单位，听候通知，并给我们每人发了6个月工资、生活费、书报费、各种补贴路费等，让我们回家待命。我回家后，曾经的班主任、时任泰兴县教育局局长的戚玉生让我到学校去教书，高邮监察局让我去当编外秘书，我对他们说，现在情况不明朗，6个月后如果"四清"工作确实不搞了我再去。

一天晚上，中学时一个名叫于金的同学来到我家串门。他头发梳得油光发亮的，戴着手表、骑着自行车，这在20世纪60年代是道亮丽的风景。且不说他本人有多风光，单就是把自行车往你门口一放，邻里也会来瞧热闹。奶奶常说："门前拴上高头马，不是亲来也是亲。门前放根讨饭棍，亲戚故友不上门。"一看便知来人不是有钱就是有地位。

在交谈中我问他做什么工作。他说在一家制药厂当采购员，并向我介绍了当采购员的职业特征。他说这个职业可以走遍天南地北，和形形色色的人打交道，见多识广，收入丰厚，也有一定的社会地位。我也觉得这是一项极富挑战性的工作。见我有些心动，他说要当好采购员必须要有"四千四万"的精神："要想尽千方百计，要踏遍千山万水，要吃尽千辛万苦，要说好千言万语。"我接着问他，哪些单位缺采购员，他说有能力的采购员哪个单位都缺，计划经济物资短缺，短缺的经济造就了一批闯荡市场的采购员，我又问他什么人可以当采购员，他说，要有文化，会动脑筋，能吃苦耐劳，你就能当采购员。听了他的介绍我深受启发，打算梳理一下社会关系试一试。

次日上午10时，我乘坐一艘盐城到邵伯的客船抵达邵伯大码头，一眼望见不远处飘扬着一条横幅：热烈欢迎江都县毛泽东思想宣传队来我厂慰问演出，落款是邵伯造船厂。我决定先看一下究竟。因场地设在运河外河堤，我无法绕到观众后边，只好在后台一个角落准备看上一眼后赶船去镇江。当我来到后台时，报幕的小女孩一边跺脚、一边向南眺望，嘴里不停地嘟囔着："这个老高怎么还不来，这该他上场吹唢呐了，急死我了。"

我环视一下后台道具箱，一只系着红布条的唢呐就放在上边，吹奏的哨子也在上边，见小女孩急得满头大汗，一股怜悯之心油然而生。我问报幕的小女孩："你们节目单上写的是什么唢呐曲子，要是有我会的，我可以代为吹奏。"小女孩打量着我，惊喜道，真的吗？那就太好了，没有固定曲目，报幕时只报唢呐独奏，吹奏者：高宝玉。这样吧，过一会儿，我报幕后你就拿着唢呐上，记住，你的名字叫高宝玉。

我拿起唢呐，想试吹一下，找一找音准，可小女孩已报幕了，我不得不上场。上场后我就像平常演出时一样，先摆出一个弓箭步造型，就是红军吹军号的那个样子，继而来了一个革命样板戏《智取威虎山》中杨子荣上山打虎的连贯动作，引得全场一阵掌声，紧接着，我吹奏了一曲《东方红》，一曲《大海航行靠舵手》；两曲谢幕时，全场欢声雷动。谢幕下场时，台下"再来一个、再来一个"的喊声此起彼伏。有点小得意，我又吹奏了一曲电影《白毛女》插曲，这才下台。演出完后宣传队队长对我说了一声"谢谢"就带着队员们说着、笑着全走了。那个年代没有人会想报酬啊招待啊那么复杂，帮个忙说一声谢谢就很正常。

我随着看节目的人群走着，不知不觉来到邵伯造船厂。记得这个厂有一个叫郜国良的副厂长，原来与我们在一个社教工作团，一期运动没有完他就调回去当厂长。既然到这了，就看看吧！

我来到厂长办公室，定眼一看，坏了，眼前的这个厂长还真的不认识。我做了一下自我介绍，问他厂里是否有一个叫郜国良的厂长，他说，一个月之前调到别的厂里去了。并给我让了座，倒了一杯茶。

刚聊了一会儿，一个工程师模样的人走了进来："厂长，这徐州的焦炭不行，热量达不到，锻造不出构件，现在必须进山西焦炭才行。"

"你以为我傻呀，我不知道进山西的焦炭吗？可是，你得采购得来呀，还有运输也是个大问题。"

采购、采购，我心头一动，不是正想谋一个采购的职位吗？于是搭腔说："不就是山西的焦炭吗，你们要吗？我有路子可以采购到的。"其实，我也不一定能采购得来，夸下海口，只是想把握这次机遇。谁知，这位叫王臣稳的厂长倒是当真了："真的假的？你如真能弄到山西焦炭，那你就留下，给你3个月时间，采购50吨焦炭，工资、出差补贴、奖金和其他采购员一样。"

说着拿起电话，通知供应科科长说，给你们配一个人手，先按正常待遇办，待采购来焦炭后再视情况加工资。

就这样，我成了邵伯造船厂一名采购员。供应科除我外共5个人，虽说人手不少，可在那个物资极为匮乏的年代，5个人忙得团团转还是采购不到焦炭、钢板。造船厂因原材料不足经常停工停产。老采购员听说我在山西有关系十分兴奋，争着抢着要和我一组采购煤炭。其实，山西我从来没有去过，谈何关系。只不过是于金告诉我山西有一批江苏籍现役军人，有的还是干部，我也有一个弟弟转业在大同一家医院当领导，要说关系仅此而已。那个年代要想办事，民间俗话是这样说的：三个公章不如一个老乡，公章有碗大，不如老乡说句话，小白棍打遍天下，三加六（注：此处指酒）扭转乾坤。我弟弟曾经告诉我说，山西可以用日用消费品、农副产品换煤，这对我来说是一条重要的信息。

我问老采购员采购不到山西焦炭的原因，他们说，山西的平价焦炭指标除国家计划外，仍有一小部分留给山西省的企业了，山西省有的企业几乎不生产，靠倒煤指标发财；还有从山西到江苏运输困难，只能买他们的平价煤、平价炭，先由火车运到秦皇岛，然后水运到江苏。经过几天的各种准备，临行前经厂长批准，我到厂财务室借了500元钱，来到我的出生地上海，托上海的亲戚帮我用侨汇券买了10块申花牌手表，每块32元，想用这些手表去山西换煤炭。结账后，这才发现借到的500元除了车费、吃饭等花销外，公款私款加一起只有300多块钱了。只好拿着这10块手表到山西碰运气了。都说采购员出门打扮得像公子，上车急得像猴子，下车跑得像兔子，花钱如水像疯子，求人办事像孙子。为了防止意外，这次我特意穿得比较朴素，因我手中有几百元的财物，这在当时，可是一个大数目。

经过火车倒汽车加步行的长途跋涉、经我弟弟和他战友介绍，我来到山西临汾的一家焦炭厂，拿出介绍信，并向刘厂长说明来意，刘厂长看了看我的介绍信，又看了看老乡的推荐信，对身边的会计说："现在哪有煤，别说是30吨，就是1吨也没有。"

我见刘厂长说得那么为难，只好把军用书包往他办公桌上一放，慢慢拿出一个纸盒子，继而打开一层又一层的包装，最后露出10块全新的

"申花牌"手表。我说："刘长厂，听说咱们矿上是可以以物换煤的，我用这10块手表换30吨焦炭可以吗？"刘厂长一看，顿时两眼直了，而且露出了笑容，问你是谁，你们江苏佬就是有能耐，你咋能搞到"申花牌"手表呀。我也故意卖关子说："这可是上海军管会安排相关部门特批的。我们造船厂最近接到上级指示，要生产解放台湾的运输船体部件，这可是保密的，你可不能往外说哟。"

"那你们咋不走军调呢？军调快，我们每年都有军调指标的。"

完了，这一吹又漏嘴了，忙补充说："军调还得一两个月才能批下来，驻厂的军代表要求我们本月必须生产出某某部件。"

"某某部件是什么部件？"

我说："那是保密的，不好说。"

刘厂长见我不敢说出是什么部件，也不再追问，拿出一张餐票对身边的会计说："你带这位小吴同志到食堂吃饭，再通知这10个人，每人带32元现金或借条到我这里来开会。"说着他拿出一张写好姓名的纸张交给了会计，我瞄了一眼10个人的名字没有刘厂长，这位厂级干部在我心中肃然起敬。

饭后，刘厂长对我说："小吴同志，实在不好意思，我们只能给你15吨。平价，一律调拨价，不多收你一分钱，另外那15吨你得自己想办法。"我对刘厂长说："我这人生地不熟的，想不了办法，厂长你是一个有能力、做事果敢的人，我想你还能有办法，只是不好说吧。"

刘厂长想了想说："我们再加班赶出15吨焦炭给你。时间不早了，你今晚就到我家吃个便饭吧。"我跟在刘厂长的后边，边走边聊，快到他家门口时，他用手指了前边的房屋说："你先去，我到小卖部去一下。"

我低头走进刘厂长的土屋，呈南北向的土坑上躺着一个40多岁的中年妇女，不时传来一阵阵的咳嗽声、呻吟声。两个衣不蔽体的女孩一个正在往灶里添煤，另一个在锅台边贴着荞麦饼子。见穿着皮鞋的我进屋时，两个女孩很是惊恐。约莫八九岁的小女孩跑到约莫十三四岁的女孩后边说："姐，我害怕。"

我忙说："小朋友，不怕，我和你爸一起来的，他到小卖部去了，让我先过来。"听说我与她爸一块儿来的，那个大一点的女孩礼貌地说："叔叔，你坐哩。"说着她拿着一个碗从水缸里给我舀了一碗水，我接过来一看，水面漂着一层黑黑的灰尘。我对小姑娘说："这可是生水，能喝吗？"小姑娘认真地说："能喝，好喝哩，我们全家都这么喝。"正要喝时，躺在床上的那个妇人颤颤巍巍地说："妮子，你把水烧开后再让客人喝。"我循声望去，土坑上铺着的3条席子已破烂不堪，两床露出棉花的被子也变得黝黑，就像渔民撒开的渔网。从年头来看，至少使用了十年八年。

没等我喝完水，刘厂长拿着1瓶土白酒、1包花生米走了进来，他把用报纸包好的花生米往桌面上一放，对那个较大一点的女孩说："妮子再炒一个土豆片。"

见到他家这般困难，我心想，早知道这样，从上海给两个孩子带点糖果多好。我下意识地摸了摸随身带的包，包内除3双新买的丝光袜子和1个水杯外，没有其他物品。我拿出3双袜子说："我什么也没有带，也不知道你家里的情况，这3双袜子你先拿着。"又从口袋里拿出20元钱说："这钱，给躺在床上的嫂子看病抓药。"

刘厂长说："这么高级的袜子我们这里穿不出去，给我老婆看病的钱，等我下个月发工资再说。你拿着，这20元钱可是我1个月的工资，我哪能要你的钱，不过你的事我给你办，看你年纪不大挺懂事的。今晚就在我家凑合着吃一口吧，我们这矿上没有大众食堂，单位食堂晚上不开火。"

我又说道："我家祖上是从医的，我从小学过中医，要是带着针灸就好了，我给嫂子扎一扎针灸，半小时就好，嫂子是胃病，下次我会把给嫂子治病的药物带来。"

刘厂长是矿工出身，为人诚实，三杯酒下去也就直言不讳："我们是前厂后矿，采的是深井煤，这种煤出炭率高，采矿成本高。矿上赚不着钱，没有办法改善矿工生活，矿工没有积极性，产量上不来。"

借着酒劲，他似乎想起了什么："对了，你明天要煤，我现在就要安排人去放炮。如果、假如、可能……"话到嘴边他又收了回去，我拿起酒盅说："大哥，你大胆说，这钱是我给嫂子看病的，你必须拿着。至于煤的事，你能想出办法来就想，想不出来也不要紧。"

"钱你自己收好，办法倒是有，不过……"

"厂长你大胆说，我照办就是了。"

"如果你能拿出钱给矿工会一下餐，那矿工的积极性会很高，能够在明天上午11点把你的煤抢挖出来，12点就可以给你炼炭。"

"没有问题厂长，你就安排吧！"

……

一阵轰隆、轰隆的炮声划破了矿山黎明的宁静。"小吴、小吴，快起来，快起来呀！"随着刘厂长的喊声，我被吓出了一身冷汗。心想，这要是放炮伤着人了，我可怎么办？还没等我想好主意时，刘厂长就站在我面前："炮、炮、炮……"我呆呆地看着他："厂长！怎么、怎么了？"

见我一脸惊慌，他欲言又止。

"莫不是放炮时……"

"你说炮呀，好着呢。昨晚两个爆破手干了一夜，炮眼位置选得对，炮眼打得深，今早我一听炮声，就知道今天出20吨原煤没有问题。不过，不过，你昨晚酒后说的话还算数不？"

"厂长，你想说什么就直接说吧，我是个实在人，不会绕来绕去，我知道山西人都很实在。"

"昨晚你说你拿出20元钱，给我们矿工会一次餐，是说着玩的还是真的？"

"昨晚，我说的给20元，可你这一早就来了，那20元就不算了。"

"我就说吗？大凡来我们矿上要煤的都是晚上说完，第二天不算数了。"

"厂长，我还没有说完呢，我的意思是20元有一点少，你这一早来，我加到30元。"

"别，我们这猪肉4角8分一斤，白萝卜才3分钱一斤，红萝卜也才4分钱一斤。"

"放心吧厂长，我是一个讲究高效，信守承诺的人，你们就按30元钱的标准准备吧！"

说着，我拿出30元交到他手中，他高兴而去。

坐驴车赶了20里路的司务长买了1头猪，还有红、白萝卜。矿山食堂前架着4口大锅，锅中的水正翻滚着。炊事班长问司务长："你买的盐呢？"

"盐没有了吗？我忘买了。"司务长说完，炊事班所有人的目光集中在我身上，因实在抽不出人手。我说："那我跑一趟吧！"等我来回奔波赶回矿山时，院子里4口大锅里分别盛着半锅水，我问："怎么还不下肉？"炊事班长说："别说肉了，连汤都抢光了，我们炊事班可是连汤都没喝上一口。"

就在我与炊事班长说话之际，一阵吵架声传来："你不是说挖完小吴煤，有肉吃吗？你不是说把肉和饭一起打回来，我和孩子也吃一口吗，肉呢？我看那个小吴就是一个骗子，我说，厂长也是一个骗子。"

我问炊事班长这是怎么一回事，炊事班长苦笑说："你姓吴吧，小吴煤就是专门给你抢挖的煤，称小吴煤。今天早晨，厂长给矿工做动员说，只要上午11点之前把小吴要的煤抢挖出来，小吴请大家吃肉。"

"我拿钱了，我没有失信呀？"

原来，这个矿工嘴快，把这事告诉了他家老婆，说中午把肉和米饭打回去吃，让他们全家老小也尝一尝肉。结果，今天下工早，没等炊事班挨个打饭时，矿工们就把肉抢光了。这不，那个矿工来不及把肉打回家，才引起夫妻吵架。

肉，肉。我想起上学下乡演出时，连夜给奶奶送肉的情景，想了想说："这样吧，班长，这事因我而起，我不想让人家怪我，我再拿出10元钱，你再买些肉给矿工家属也分一下。"

"小吴同志，这可使不得，我当不了这个家，这不怪你。"

正说着，刘厂长走了过来，见到我后十分尴尬，我对刘矿长说："我再给你10元钱买肉，你是按户，还是按人头，我不管，但有一点要分得合理一些，保证矿工的家属都能吃上肉，焦炭你们也生产出来了，我该走了。"

接过10元钱的刘厂长，把我送上在公路旁等候的驴车，临别时说："只要是你要煤，来一电报即可，等台湾解放了，记着也有我们矿工的一份功劳。不过还有几件小事，下次来时，能否给我们买一些上海的肥皂、香皂、解放鞋、白糖、手套、袜子来，这些都是矿工们急需的劳保用品，如果你能帮我们搞到这些日常生活用品，我们没有煤也要像这次一样加班给你抢出来。"

如果说"丝绸之路"促进了欧亚非各国与中国的贸易往来，那么我的山西之行，为我所在的造船厂及邻近的工厂则带来了平价、优质煤的福音。

看到我从山西运来的优质煤炭，厂长对新入职的我有了一个全新的认识，多次在会上进行了表扬，奖金也比别人多发了一些。就连周边用煤炭的厂都来找我，凡是涉及煤炭的事，我都一一答应。谁知，随着名气越来越大，不是公社书记托我买化肥就是生产大队托我买柴油等农用物资。一时间，我们家人来人往。奶奶不免有些担心。奶奶对我说："中直啊，你咋把家整成驿站似的，这个托你买这个，那个托你帮那个，不能办到的事你可别答应，一言之美，贵于千金。答应的事就得办成。"我说："奶奶！您提醒得对，这几年我交了不少的好朋友，我有能力，人家才来找我，能办的我就办，不能办的我也不答应。"

别说，奶奶这么一提醒，我想起来山西发了这么多的优质煤炭，他们这一批的日常生活用品还没有发过去，刘厂长那边一定还惦记着。于是对前来托我买农资的乡亲们说，把你们的豆油、鸡蛋、大豆等准备好，无论是你们买柴油还是买别的东西，我们各计算各自的价格，等价交换。

我从厂家要了一辆小型运输车，拉着乡亲们帮我收集的豆油、鸡蛋、蔬菜，还有农村的部分土特产来到上海虹桥区，找到日用百货批发公司的孙国强主任说，这些都是我从乡下特意为你们收购的，用作你们公司工会发福利，您检查一下，都是精选出来的，质量不会有问题。主任看了看满满一车的农村土特产说："你没有发票我怎么给你钱呢？这样吧，你把东西放到大厅，标上每种物品的价格，下午工会的同志会把所有货款给你。我还有一个会。"说完示意我离开办公室，他关门就走。

我按他的要求，来到批发公司大厅准备给每一种不同的特产标上价格，在门口等车的孙主任说："对了，小吴同志，这次还是给你山西的朋友发肥皂、香皂、解放鞋、袜子、白糖等一些日用品？"

我笑了笑说："是的。"

"放心吧，小吴同志，咱诚信办事，公平交易。"说完主任坐上一辆212吉普车走了。

农民用土特产换回了柴油、化肥，城市的人用日常用品换回了农产品，矿工用煤炭得到了他们的所需用品，那时的物资流通就是这样解决的。

我并不是物资的拥有者，我凭真诚赢得了他们的信任，充当了他们的联系人，使信息流、物资流、资金流在我手中形成了一个良性的循环、互动。计划经济是短缺的经济，什么物资都缺乏。一天，王厂长对我说："小吴同志，有能力搞到钢材吗？"我说可以试试。王厂长说："你要是能采购到50吨钢材就好了。"我的天啊，我一下子到哪里去弄这么多钢材？况且这种钢材只有马鞍山钢厂才生产。话虽这么说，但办法还是要想的。情急之中，我想起了安徽一个技校的锻造工艺老师，他可能知道一些鞍钢的情况或是有熟人。来到合肥后，这位老师说："马鞍山钢厂的厂长有一个哥哥是安徽省保密局的局长，姓田，我这有他的地址，不过我不能带你去，你自己去找就是了。"

按照地址，我找到了那位保密局田局长的家，他的家人告诉我，局长在马路上搭建防震棚。我找到局长自我介绍、说明来意后，他本能地伸出右手想与我相握，可手上全是泥巴又缩了回去。我见此说，这防震棚我会搭，让他坐在边上休息一会儿，我来帮助他搭。我虽说没有干过什么农活，但多少也会一些，于是拿着钢丝钳子先帮他把架子绑起来，接着用藤条、铁丝编织围墙，经过两天的努力，我们搭建的防震棚成为这条街上最好的防震棚。别人家的防震棚围上围墙就不管了，而我们则用泥巴加稻草的方式把两围墙做成了泥墙，再在室内的围墙上贴上报纸。局长家人见此甚是喜欢，对我也是非常感激。临别时，局长说，你要的钢材我已给胞弟挂了长途电话，你去和钢厂订一个计划外的供货合同就可以了。

调到钢材采购组后，通过这位局长又建立了新的人脉关系，采购钢材也就没有太多的困难。然而之后，与山西方面的合作却因为一起严重的合同违约事件而濒临中止。

山西中条山有色金属公司因运输的需要，托我帮他们采购10个驾驶室，该公司要的驾驶室要求与解放牌汽车配套，各种型号、规格图都画好了。我介绍了江苏一家专做驾驶室的厂家，山西中条山有色金属公司也派人前来考察后，认为没有问题，合同期为3个月发货。结果经山西中条山有色金属公司多次催货后，6个月才发货，货到后因包装简陋导致油漆多处破损不说，还有百分之八十的孔眼不对。原来，江苏的这个厂家，根本没有生产，而是把周边的旧货收来了，刷了刷油漆后发了过去。结果导致对方采购处邹处长受处分、转岗。这事极大地影响了江苏企业在山西人心目中的形象，原先打着我的旗号在山西就能发出平价煤的日子一去不复返了。再后来，我发电报都不管用，如我不亲自去，一车平价煤都发不出来。那个生产汽车驾驶室的企业也因不讲诚信，两年后一张订单也没有，不得不倒闭。

1978年，吴中直做采购员时照片

奶奶听说此事后对我说，人无忠信，不可立于世。此事是你介绍的，你要给人家邹处长道个歉，或是尽快采取一个补救的办法，亡羊补牢为时未晚。我觉得奶奶说得好，就将此事向我们厂长做了汇报，厂长说山西给我们的煤都是抢挖出来的平价煤、优质煤，此事我们不能坐视不管，如果能找到10辆解放牌汽车驾驶室的话，这事就有救了。

我说那买驾驶室的钱怎么办，厂长说，大家分摊。当10辆解放牌驾驶室运到山西时，山西中条山有色金属公司十分感动。我把此事的结果告诉奶奶，奶奶说，这事我补救得不错。人之所助者，信也。我这些年之所以走到哪里都能得到人们的帮助靠的不是我的智慧，而是我说到做到的诚信。

是啊，当采购员那么多年，再难采购的物资我都采购得到，一路上总是有那么多人相助，我靠的是什么呢，靠的就是诚信啊！诚，真实，诚恳；信，信任，信用。所以说，诚信，是诚实无欺，信守诺言，言行相符，表里如一。它不仅仅是一个道德范畴，更涉及政治、经济、伦理、道德的方方面面。

时间篇

一寸光阴一寸金，寸金难买寸光阴。你对光阴吝啬，光阴对你慷慨。光阴是把双刃剑，最快又最慢，最长又最短，最便宜又最珍贵，最易被人忽视，而又最令人后悔。日出日落，时间给勤勉的人带来财富，给懒散的人留下悔恨。要时间不辜负你，首先你要不辜负时间。

——奶奶说

少年辛苦终身事　莫向光阴惰寸功

或许是奶奶对我的教育太严厉，或许是我从小就有一种探究世界的愿望，抑或是我们这代因"文革"未能高考的人对知识的渴求，当得知扬州市委组织部与扬州大学开设了一期经济管理大专班，在扬州市选拔45名青年干部作为定向培养对象的消息后，我兴奋异常，积极报名。经过几轮考试并合格后，我有幸来到扬州大学师范学院经济管理贸易系学习，我的班主任陈金刚老师特别关照我，我的学习在班上保持在前几名。这是我因"文革"离开学校后又一次坐在课堂上，因而十分珍惜这次来之不易的机会，哪怕是每一天、每一时。经过三年的半脱产学习，考试合格后我获得了大专毕业证书。

多年不断的学习和采购员的历练，使我对市场经济有了一定的认知，也积累了一定的人际关系，这为日后的工作奠定了坚实的基础。也正是基于此，1982年经市地方工业局研究决定，任命我为高邮环保设备厂厂长。

这一时期，改革的重点从农村转移到城市，从经济领域扩展到政治领域、科技教育及其他社会生活领域。改革的深度和广度都较第一阶段有显著进展。有人把这一时期称之为全面改革探索阶段，也有人称之为第二阶段。

接到任命书后，我感到了压力，其压力主要来自四个方面：一是从"文革"走来的我，在思想意识方面必须完成观念转变，否则跟不上社会发展的节奏。二是从计划经济到市场经济过程中，工厂生存要靠产品、质量、诚信。三是从管理角度来说，原来那种产品销售不出去工资照发的日子不再，行政拨款已改银行贷款；工人激励仅靠精神鼓励已不行。四是自身素质提高的问题。如果说当采购员只是采购商品的话，当厂长则是产、供、销、人、财、物都要掌管好才行。奶奶常说世上无难事，只怕有心人，这是指只要肯下决心去做，任何困难都能克服。只要用心去做，就会成功。勇敢地往前走，别站在原地观望。坚强也是一种能力。一句俗语，往往能启发一个人的智慧。它像一盏灯，为我照亮前方的道路，全力以赴地去拼搏，只有这样，才能获得最后的成功。万事开头难，万事必须靠自己。

在我上任的第一个职工大会上，我作了《春风闯过玉门关的报告》后，提出了我厂十个方面的改革方案，其目的是本着科学技术是第一生产力的理念，必须拿出适销对路的拳头产品投放市场。于是我首先调整产品结构，放弃农业机械、五金机械的产品，重点研发环保机械。其次，进行人事工资结构的改革。改变用人观点，大胆起用技术人才和管理人才。

工厂的管理就是一个系统工程，必须搞懂设计、生产、销售等流程。于是，在正常工作之余我踏上了利用业余时间学习、探索、实践、调研之路。因我厂是由生产低端产品改制而来，所谓的技术工人大都是手工业者、能工巧匠，有的不会看图纸，有的不懂工艺，更谈不上把握现代技术。要让工人学，自己必须带头学，为全厂上下营造科学技术是第一生产力的氛围，让大家看到我们在行动。有些工人说，研发环保设备需要好多年以后才能见到效益，开发费用高、风险大，生产现有产品不但能够维持现状，而且没有任何风险。我最终还是说服大家，在全厂形成开发环保机械的共识。机械工人必须有识图制图的技能，为此要进行一次识图制图的普及。我请来做采购员时认识的合肥工业大学的俞祥兴教授，他是机械系主任，让他定期对现有技术人员进行培训。同时请扬州市教委向省教委申请了一个机械中专班，省教委给了我厂60个学籍名额，三年里培养了一批技术骨干。

　　仅靠这些现有的技术员是远远不够的，必须要有领军人物，需要一位总工程师。经人推荐，我用高薪聘请到江苏省建筑科学院高级工程师邱启明，他是一名爱国人士，曾受到周恩来总理的接见，是热学领域的专家。接着我聘请南京晨光机械厂的高级技师丁兆龙作为生产工艺师。再接着，我想到了环保工程师刘有，他供职于江苏省安全科学院从事环保研究。因地主出身，加之在"文革"前又被打成"右派"，虽说"右派"帽子摘了，但一直是工人身份，也没有结过婚。不熟悉他的人觉得他这个人话较多，干部们远离他，是觉得这个人太脏，从不修边幅，一年四季穿着一双破球鞋。有人说他一年不洗一次澡，也有人说他有精神病。但他确系"文革"前南京大学机械系的高才生，对环保机械研究很有造诣。

　　将他聘入我厂后，引起了轩然大波，我一一与大家做工作，反复用当今社会的竞争是人才的竞争来说服他们。为了照顾好他的生活，我给他买了一身西服，让他吃住在我的办公室隔壁。白天安排厂里的工作，晚上我们一块儿学习、讨论到深夜。从市场对环保机械的需求到设计、工艺、销售，再到厂里的管理无话不谈，从中他得到了从未得到的温暖，我对机械理论知识也产生了一次质的飞跃。

有了总工程师、总设计师、总工艺师后，我制定了一系列的规章制度，在招聘会上打出"英雄不问来路、立功不分先后""企业老板由你当、企业佣金等你拿"等标语。打破论资排辈的习俗，大胆进行人事改革，解决长期信息不对称、观念落后等问题，并从厂区脏、乱、差的整治开始使全厂面貌一新。

香港港英当局环保署和生产力促进局举办的展会邀请函寄到了厂办，我当即决定与朱道宏、吴跃忠两位工程师前往。当时办护照的政审非常严格，程序多且办理时间长。我们长期限制在国内，对外面的世界知之甚少，多为闭门造车。因此我认为这是我们出国学习长见识的一次极好机会。奶奶说"读万卷书、行万里路"的教诲常在我耳边回响。应该说，我们这次香港之行，极大地开阔了眼界，不仅看到了林林总总的世界先进、发达国家的环保机械，更是在论坛会上了解到世界环保产业发展的趋势。

在香港期间我们也拜访了港英环保署和生产力促进中心，他们均表示，香港是一个自由贸易港，也是购物的天堂，拥有"世界东方金融贸易中心"的美誉，大陆只要有好的产品欢迎到香港来做转口贸易。我也结识了香港亚美集团陈炳诚总裁和杜业开先生，他们表示如果我们开发出治理废气、性价比高的产品，他们公司可预订10套，也愿意做我们的海外代理，听了他们的承诺我激动不已，信心百倍，第二天我们就签署了《海外代理备忘录》。

《瞭望》杂志1984年第12期上载有一篇论文，论文从我国环保现状谈到未来国际环保趋势，谈到我国环保产业每年产值可达到50亿元人民币，产品开发大有作为。获得这些信息，我综合分析得出一个结论，研

20世纪90年代初,吴中直在BCO系列催化净化装置产品鉴定会上念报告

发环保产品的市场前景非常广阔,我的信心又一次得到了极大的鼓舞。

要和时间赛跑,时间就是金钱,我拿着这本杂志直奔北京,找到该杂志社的编辑,让他给我介绍这篇论文的作者。在这个编辑的帮助下,我见到了北京科学院专家秦家俊。秦家俊教授是个很有担当的人,当他知道我的来意后,便组织了机械部环保专家熊承德、北京大学化工系教授徐锦航、中科院教授胡成南、环境保护部科技司司长陈尚芹教授等专家进行专项攻关,北科院派张益铮、秦昌进两位年轻工程师前来协助试制,编制各种技术文件。在专家组的亲自指导下,我厂也成立了以朱俊华副厂长、徐玉昌部长为首的五人试制小组。经过长达1年6个多月的努力,一款比铁道株式会社还要先进的环保设备"BCO有机废气催化净化装置"由我厂研发成功,投产当年就产生了经济效益和社会效益,且获得国家科委的"科学技术成果"三等奖,国家质量委员会颁发的银质奖,成为环保部推广应用产品。不仅满足了国内需求,而且远销到东南亚地区。经过了几年艰苦奋斗,企业发生了根本性的变化,为地方经济做出了应有的贡献,党和人民给予我很高的荣誉。江苏省人民政府授予我"劳动模范"称号,并且我当选为扬州市人大代表。

1992年1月18日至2月21日，邓小平先后到武昌、深圳、珠海、上海等地视察，并发表了南方谈话。谈话针对人们思想中普遍存在的疑虑，重申了深化改革、加速发展的必要性和重要性。伴随着小平同志的南方谈话精神，各行各业发展快速。就国内而言，环保产品生产厂家也新增多家，我厂生产规模也得到很大的发展。在这种时代背景下，一系列关于市场经济的名词大量涌现。此时，我深感仅有的知识难以适应现代化企业的管理。真是书到用时方恨少。于是我报考了南京大学的MBA企业战略管理研究生班。在这个班里，我系统地学习了广告学、物流学、保险学、金融学等专业知识，这些学科专业都是新设置的，对现代企业管理十分重要。

　　我十分珍惜这次难得的学习机会。研究生班班主任周秀芹教授说，别人读MBA高级管理班要么是为了晋级，要么是为了做官，还有就是在班中寻找商机、人脉，很难找出像我这样真来学习的。班上我岁数最大，学起来有一定的困难，她为我的精神所感动，不过我的实践经验要比其他同学丰富得多，对所学的知识理解消化比较快，问我能否为同学们办一次以管理经验为题的讲座。我接受了这个任务。我在南京大学管理学院举办了一期题目为《经验是什么？经验是财富。经验是什么？经验是包袱》的讲座。在攻读MBA两年半的日子里，我没有休息过一天，晚上12点前没有睡过觉。或许是"天道酬勤"的缘故，我终于在13门功课考试中全部合格，获得了南京大学MBA的结业证书，通过了管理学硕士学位的考试。

　　奶奶常用"书山有路勤为径，学海无涯苦作舟"来教育我，事实上，我每走一步都伴随着学习，即使是实验之前，我也要先从理论上弄明白、弄清楚。有人夸我，是一个全才，事实上我都是一知半解，我自认为是一个杂家更合适。茫茫宇宙、大千世界既充满了神秘，也给我们留下了无限探索、追求、思索的空间。随着社会的飞速发展，科学技术的不断进步，人们的知识盲点越来越多，从这个意义上来说，全才不可能存在，即使出现"半才"那也是与时间赛跑的结果，那也是从"苦其心志、劳其筋骨、饿其体肤、空乏其身"中所获。

我对时间的把握，做事总是先人一步。在这个"特色"社会主义、市场经济正在完善的国度，企业的生存与发展有着常人不解的苦涩、酸楚。囿于起跑线上的起点较低，也囿于苏北这块贫瘠的土地，能够爬起来的人已经是佼佼者了，能够站起来的人更是令人敬佩。与我同时创业的人在改革转型、资本重组、从传统经营向互联网经济模式转型面前有人倒下了，有人落伍了，有人选择了逃跑。

光阴荏苒，日月如梭。无情的岁月把我们变得越来越老。当生命充满艰辛时，我也曾有过长叹，也曾有过仰天倾诉。人的青春如此短暂。金钱、地位只是身外之物，一生中你唯一需要回头的时候，是为了看自己到底走了多远。生命太短，没有时间留给遗憾，若不是终点，请微笑着一直向前。

自律篇

> 你现也是共产党的一个干部了,做官不完全等同做人,廉洁方能聚人,律己方能服人,身正方能带人,无私方能感人。
>
> ——奶奶说

严于律己　慎独慎微

高邮,地处长江三角洲、江苏沿江经济带,位于上海经济圈和南京都市圈双重辐射区,是一颗镶嵌在苏北里下河大地上的明珠。2200多年的悠久历史,造就了高邮名胜锦粲、物产丰富、风景秀丽、人杰地灵的政治、经济、文化生态。

高邮既是一座历史名城,也是一座充满活力的产业新城。改革开放以来,高邮是全国文化先进市、全国科技先进市、全国平原绿化先进市、国家级生态示范市,连续7年被中国社科院评为"全国最具投资潜力中小城市百强"和"全国中小城市综合实力百强",成功跻身全国小城镇改革试点市、全国水生态文明建设试点市,国家历史文化名城、国家环保模范城、国家卫生城、全国文明城市。经过多年的发展,高邮初步形成了以"先进制造业为主体、高新技术为引导、高效农业为基础、现代服务业为支撑"的产业发展新格局,拥有"环保装备之乡、电线电缆之乡、建筑之乡、灯具之乡、服装之乡"等五张名片，是中国羽绒服装制造名城、全国路灯制造基地、全国高纯度硅材料生产基地和全球最大的笔记本电脑软板生产基地。

早在1992年撤县设市的高邮市委、市政府认为，无商不富、无农不稳、无制造业不活，决定在汉留镇推进制造业发展，开创以制造业为龙头带动农业，实现服务业全面发展的理念。常言道："火车跑得快、全靠头来带。"决策制定后，还需要一批懂制造业，在市场经济条件下有前瞻性的干部才能贯彻实施。此时，我已率先完成股份制改造，在高邮第一个开设了中外合资企业扬州琼花环保设备有限公司，以引进国外的资金、生产、管理、销售模式。市长戎文凤、市委组织部王部长找我谈话，让我担任汉留镇党委书记，主要任务是要狠抓工业制造，拓展产业，打开外向型经济的大门，为全市经济发展开拓出一条新路。戎文凤市长说："你是烈士的儿子，政治上靠得住，你既有当采购员走南闯北的经验，也有过当厂长的经济头脑，正值年富力强为人民服务的最好时机，你为人正直，群众基础好，协调能力强，市委、市政府信任你，希望你能用实际行动做一个模范的好书记。"

回家后，我把市委的决定、组织部谈话内容大致给奶奶说了一遍，奶奶语重心长地说："住世一日，则做一日好人，居官一日，则做一日好事，正以处心，廉以律己，忠以事君，恭以事长，信以接物，宽以待下，敬以处事，此居官之七要也。"教育我当一个好的父母官，让人民群众从心底佩服才行。

我记住了奶奶说的话，与镇党委一班人，确立了"强攻工业、提高农业、协调各业"的发展思路，就制造业的规模来说，与苏南相比还差得很远，更不用说广州、深圳。一度在计划经济时代以粮食丰产为荣的汉留镇，当时面临的最大困难是交通、人才、观念等方面的落后，投资环境差，难以引凤筑巢。

说到交通，汉留镇只有一条公路出入县城，难以满足工业时代货运要求。如何围绕洼地实现招商引资，是摆在镇党委面前一件十分急迫的任务。但最难的还不是"栽梧桐树"的问题，是要改变人的思想观念、意识。在当时流行着这样一首民谣："招来一个外商，破坏一方风水、污染一片土地，引来一群上访，拿出一笔维稳经费，处理一批优秀干部。"尽管这首民谣对招商引资的影响是负面的，却道出了我国政治、经济体制的诸多弊端，但是传统农业已难以满足人们日益增长的物质、精神需求。市委、市政府也知道汉留镇的工作较为难做，原因是在这个有着两千多年历史的古镇，人们的心志尚亟须紧跟时代的步伐。

对于群众来说，想得最多的是眼前利益、实惠。在大规模乡镇建设、土地开发、招商引资、发展制造业之前，必须要让农民感受到切身的利益。对土地过分爱恋的农民割舍不开他们赖以生存的土地，只有先期加强农田基本改造，让他们感受到向土地索取后仍不能致富，这时我们的工作就好做了，也只有这样才能让他们一门心思支持制造业的发展。于是，我们一手抓创建招商环境、全面招商引资；另一手抓农田改造、整治，先后疏浚了南澄子河、联谊河等境内干流河道，河堤同步绿化，同时加强闸站配套建设。很快，全镇基本实现了无坝，较好地增强了抗洪防灾和农田灌溉能力，建成了20多家重点油菜基地之一，水产养殖面积有了重大突破，确保了农业的高产稳产。同时，村与村之间实现"五通"：通公路、自来水、广播、电视、电话。在农业结构趋于优化，高产田建设完毕后，展开了全面招商引资工作。

正当我们放手抓工业基础建设、创造招商引资环境全面招商时，市粮食工作会议召开，会上签订责任书，要求各乡镇报产量。作为上级领导，当讲到粮食生产时，恨不得你第二天就能超额完成任务，当讲到工业、企业发展时，恨不得你第二天就创造效益。果真，在粮食工作会召开的第二天，工业发展会议也如期举行，会上要求年底前每个镇工业产值达到过亿。

在传达市政府工农业两个会议精神时，一个干部问我，又要我们抓工业，又要我们抓农业，我们到底顾哪一头？早在农田基本建设之前，我就意识到飞速的工业发展必然影响粮食安全，因此我们率先完成了农田改造，引进了排涝、灌溉系统。现在是别的镇抓农田基本建设时期，给我们抓工业带来了一个换挡期，我们必须利用好这个机遇全面建设工业园区。

机遇不可创造，但它只偏爱那些有思想准备的人。正当我们抓工业，步子迈开时，一条南起江都市大桥镇，北至宝应县安丰镇，全长126公里的安大公路，从汉留镇贯穿而过。这条公路与京沪高速公路、淮江公路平行，沿线经18个乡镇，是扬州市"八纵十横"干线公路网规划中"纵二"的重要组成部分，它将港口、沿江高等级公路、高兴东公路、淮江公路等公路连接成网络。

安大路在汉留镇境内只有9.3公里，开工建设不到1个月，46户房屋拆迁任务就完成了，同时让地1800亩，有力地支持了安大路的顺利开工。安大公路开工建设后，镇政府聘请南京大学规划设计专家，对集镇区和工业集中区的规划设计进行全方位论证、修改，还千方百计自筹资金建设汉留大道，打通镇区和工业集中区发展的中轴线；同时，向市政府争取资金，自筹资金，高标准改造街道，并加快全镇"两纵八横"路网建设，实现与安大公路接驳。此外，在集镇南侧沿安大公路沿线规划用地2000亩，建设高标准的工业集中区。把文化中心、自来水厂、镇医院全部拉入建设范围。与此同时，还组织宣传、工、青、妇等部门开展了以"我为汉留发展做什么？"为主题的征文、演讲、讨论等活动。在统一思想认识的基础上，打响了一场营造良好发展环境的持久战，吸引了一批外来客商前来投资创业。当年在汉留落户的1000万元以上的项目就有8个，5000万元以上的项目3个。

市委书记孙龙山同志见我镇外向型经济发展较快，专门到我镇调研，在全市乡镇工作会议上表彰了我们在外向经济发展、招商引资方面的重大突破。为此，他专门为我写了《一个县委书记的调查报告》，在省委机关通讯上发表。市长戎文凤同志也多次找我谈话，高度肯定了我镇的做法，并让我们把做法形成材料在全市推广。

1995年，吴中直任镇党委书记时照片

伴随着经济快速发展，少数干部吃喝、受请的问题开始萌生。有人认为，没有请客送礼很难办成事，有的干部也觉得吃点喝点是一件正常的事。做过多年采购的我何尝不知道我国的国情、社情，但我们的党、政干部如果这样，势必影响经济全面发展，而不是促进经济发展。纪委书记周宏举在一次党风倡廉会议上阐述了市场经济条件下如何反腐。会后，我在镇党委会上，公开承诺廉政建设从我做起，并率先约法三章：一是我不接受任何人的吃请；二是我不允许我爱人进政府大院；三是不收任何人礼金、礼品。

一次，一个商人趁我不在家时，到我家看望，走时在茶几上放了一个信封，说是给我的信。那人走后，我爱人发现这个信封有些厚，瞬间觉得有些问题，打开一看，内装一万元现金。于是从居住的四楼跑了下来，正在门口发动车子的商人见我爱人气喘吁吁地跑了下来，也意识到这家人不是收礼的人家，我爱人礼貌地把信封交给了他。有一次我爱人为退有人说是给孩子的两千元压岁钱，追了几百米将钱如数退还；还有一回有人把钱放到书的下面，也被我寄了回去。时至今日，我可以自豪地说，当了9年书记我没有收过别人一分钱。奶奶的话我常记心中，她说，贪贫同头，祸福同旁，廉腐相近，穷富同根。几个字有天壤之别。

贪欲就如同填不满的无底洞，永远得不到满足，一旦因此而获罪，则不但负了黎民百姓，毁了自己，还让自己的亲人朋友蒙羞。

诸如此类的请客送礼总是免不了的，在我们的国度可以说是屡见不鲜，送给我的香烟、茶叶、现金，我都一律不收。但有些特别的是，市委领导过年到家中看望我奶奶，给奶奶或孩子的一些压岁钱，我也只收100元，其他当场退回。民政局给予烈士家属发放的财物我都照单全收。我的爱人做得非常到位，我在任期间政府大院她一次没有去过，更未去过我的办公室。我真心感谢她配合我的工作。

落户在工业园区的一家小型化工企业，只有4台加工机械，年利润不足15万元。不知税务所用的什么计算方法和公式却让其交几万元的所得税。该厂长向我诉说难处后，我找到税务所戴秉圣所长说，这个化工厂刚开业，他去调查一下，看看属于哪类交税性质，对小规模企业能不能网开一面。税务所长听后亲自带人调查后认为厂长反映的情况属实，定性为农民自发加工作坊，决定免去3年的所得税收。这个厂长太实在了，见税务所免去他3年的税收后，当晚扛着100斤大米到我家，我爱人按市场价格照样付了钱。

汉东村潘支书儿子结婚，请了镇上各个部门的领导，税务所长戴秉圣同志与他开玩笑打赌说，如果他能请到吴中直书记来参加他儿子婚宴，税务所缓收他村村办企业一年的所得税。潘支书真的当面来请我，我对他说，从不到别人家吃饭。潘支书说："吴书记，这次你可得去呀，这缓缴税收，也可以减轻我们一些压力呢。"席间，戴秉圣所长说："吴书记呀，你说我俩这喜酒吃得划算不划算？你我还得掏上100元的份子钱。"我说："创办小企业希望得到各部门的支持只有这样才能更健康的发展。这100元你我掏得值，村办企业是一个发展方向，他们农忙时种田、农闲时做工，产品既可以为市场补缺，也解决了剩余劳动力的去向。"乡镇与城市发展理念不同的是，投资到城市的都是大项目，而镇村

1997年，扬州市三届人大五次会议高邮代表团代表合影（最后一排左起第8位为吴中直）

办企业，是用滚雪球的方式发展实业，或许这是江苏劳动力很少流出，经济持续、稳定增长的原因。

有一回我去探望一位早退下来的老同志。上了公交汽车后，一个小伙子忙站起来说："吴书记，你坐这！"我看了看这个年轻的小伙子似乎在哪里见过，我一时又说不上来。小伙子说："吴书记你不认识我了，汉留镇的绿化工程就是你批给我的呀，我到你家里找你，给你送了一条项链，你爱人坚决不收，你把工程批给我了，却把项链退了回来。我是喝了你们家一杯茶，吃了一个苹果，还拿到了一个工程，吴书记我们尊敬你，你是一个清官。"

"绿化工程？我想起来了，那是镇里的公益事业，因投资少，招标后施工方觉得没有利润故而都放弃了，你说，你是本镇人，想为家乡做点贡献，就批给你了。这个工程做得不错，赔钱了吧？""没有赔也没有赚。我做工程，家乡人的钱我不赚。"

政界、商界也是这样，事实上你每做一件好事，人们会永远记着你。还是奶奶说得好，廉洁方能聚人，律己方能服人，身正方能带人，无私方能感人。

俗话说，上梁不正下梁歪。由于我们党委班子坐得正，全镇干部以党委班子为标准，没有一个因经济问题违法乱纪犯罪的。这得益于党委一班人任期内以抓廉政、勤政建设为己任，保护和培养了一批懂经济干实事的干部，搞活了经济。一个人可以失去收礼的机会，但绝不能失去自由。让人欣慰的是，这个当年廉洁的好风气得到了传承，汉留镇现任的党委领导班子仍然是清风气正。

孝道篇

> 百善孝为先,如果没有孝,就没有人类的传承。做子女当孝,做父母当慈。父母养子女是"养",子女养父母为"赡"。抚养儿孙要成人;儿孙当为祖辈送终。
>
> ——奶奶说

百善孝为先

父亲的牺牲给奶奶造成极大的创伤,她不仅变得沉默寡言,而且有时精神恍惚。小时候留给我印象最深的是,她特别怕飞机,每当有飞机从我家上空经过,听到飞机响声时,她就跑到屋内把门关得紧紧的。也就是从那时开始,她开始吸烟,相信佛教,念经做斋。

我自小就与奶奶相依为命,奶奶把主要精力放在抚养我、教育我、培养我上,她的精神状态才稍好一些。随着我年龄的增长,加上参加工作后回家少,奶奶独自一个在家也显寂寞,直到我与爱人徐林妹结婚后,奶奶的精神状况才得以恢复。婚后,我由于工作单位远离家乡,有时一周、有时一个月才回家一次,我与奶奶相依为命变成了我爱人与奶奶相依为命。在爱人心目中,奶奶就是她的亲娘,奶奶也把我爱人当成自己的亲女儿。在她俩相处的几十年里,两人没有发生过口角,没有因家庭生活小事红过一次脸,我家年年被高邮市政府授予"五好家庭"称号,奶奶的优良家风影响了我爱人的一生。

1989年的一天,爱人在给奶奶洗衣服时发现上衣乳房部分有分泌物,问奶奶是不是乳房有些不舒服。奶奶强忍着说:"已持续痛了好长时间,起初没太在乎,结果现在有阵痛,有时痛得睡不着觉,我这么大年纪了,不好意思告诉你们。"我得知这一情况后及时将她送到扬州市人民医院,医院确诊为乳腺癌。当我提出给病人做手术时,医生经过会诊认为,老人岁数太大,即使做完手术后仍有扩散的可能。只能采取保守的化疗治疗,化疗效果能否达到预期目的,他们也不好说。在市医院化疗一段时间后仍没有多大起色,我带奶奶到扬州市多家医院检查,得出的结论与扬州人民医院结论一样,几乎所有医院都不愿意为奶奶做这样大的手术。

看着奶奶的痛苦表情,我与爱人的心都碎了。正当我不知所措时,扬州市人代会议举行。作为人大代表的我在报到时,与我同住一屋的人大代表胡以治是高邮市人民医院副院长兼外科主任。在交谈中他也认为83岁的人了,没有做手术的必要。奶奶的确是83岁了,但我怎么舍得待我如亲娘的奶奶因乳腺癌过早地离开我们,更不愿看到奶奶每天那么痛苦。在我的执意要求下,胡以治主任同意到我家亲自看看奶奶的病情。看完奶奶的病情后,胡以治又看了看我与爱人恳求的目光说:"难得你们俩对奶奶这般孝心,这手术我说什么也要担着风险做。"

手术后,奶奶的病痛消除了,脸上露出了久违的笑容,我与爱人由衷地感到高兴。在奶奶术后休养的日子,孩子们与爱人轮流推着奶奶到京杭大运河边上看风景、散步。奶奶逢人便说:"我有一个好孙子,有一个好孙媳妇。"每当听到奶奶夸奖我们夫妻时,我就想到了为奶奶做手术的那个叫胡以治的外科主任。我念及他为奶奶减轻痛苦、延续生命的恩情,于是,以全家人的名义给胡以治主任送了一面锦旗,锦旗上书写着:"胡公倪进陈为开,医德高尚不为财。治好八十吴老太,春夏秋冬手

术台。"（注：是胡以治、倪进、陈为开三个人为奶奶做了这一台手术）

奶奶做完乳腺癌手术后的第七个年头，癌细胞复发，转移到后背，不得不再度住院。此时，我在镇党委书记的任上，工作十分繁忙，孩子有的上班、有的上学，爱人既要给孩子做饭又要到医院照顾奶奶。这时的奶奶除挂点滴外，还要像吃饭一样地吃药。一日三次，吃各种各样的药片，其生命完全靠药物维持。爱人常常是给奶奶喂完药后，接着喂饭，喂完饭后还得给奶奶倒尿盆、擦洗身子，擦洗完

1991年10月，奶奶徐惟英（前排中）与二弟徐乐山（后排右）及二弟妹万慧芳（前排右）、三弟徐惟义（后排中）及三弟妹薛桂芝（前排左）、孙吴中直（后排左）合影

身子后输液的瓶子又该换药了，还得连忙叫护士。上午在医院忙完这些后，还得赶到市场买菜，给正在上学的两个孩子做午饭。日复一日就这样马不停蹄地忙了近两个月。

一天中午，当爱人赶到医院时，奶奶见爱人浑身湿透了，身上青一块紫一块的，不好意思地说："孩子，骑车摔倒了吧，都是奶奶拖累了你们，雨下这么大，骑车要注意安全，我早一点吃、晚一点吃没有关系。"爱人说："奶奶，看您说到哪里去了。今天来晚了，摔了一下没有关系，我还年轻。"奶奶拉着爱人的手久久说不出话来。在医生的多次会诊、奶奶的积极配合、爱人的精心照料下，经过手术加化疗后奶奶脱离了生命危险，但无时不在转移的癌细胞还是没有消除。

1996年12月4日，是奶奶九十大寿。爱人说，奶奶这辈子太不容易，中年失夫、老年丧子，我们应该给她老人家办一个重大的生日寿宴，庆祝她的九十岁大寿，也让她老人家高兴高兴。我欣然同意。生日

这天，热闹非凡，扬州市、高邮市民政局分别给奶奶送了百寿图，高邮市委、市政府各委办局负责人、部门负责人，奶奶娘家的二弟徐乐山偕夫人万慧芳，三弟徐惟义偕夫人薛桂芝等都赶来祝寿。市文化局的同志还派专人录了像。奶奶拜寿仪式由我的三女儿吴震湘主持。奶奶的两个弟弟见此，对姐姐说："我的姐姐哟，您的孙子、孙媳对您这么好，照顾得这么周到，不仅是我们放心了，长眠在九泉之下的烈士儿子都安心了。"我对两位舅姥爷说，还有不周之处，眼下政府提倡火葬，奶奶说想土葬，做棺材的木料早在我当采购员时已从东北购买到上好的杵榆。杵榆学名为坚桦，木有旋转花纹，极重且硬，杵榆为华北木材之冠。可眼下，我想给奶奶把棺材做出来先放着，但又不好开口。两位舅姥爷都是离休干部，我想听听他们的意见。两位老人说："你是现任书记，这个头不好开，至于奶奶的工作，我们两个弟弟去做。"就这样，两位舅姥爷向奶奶说明情况后，深明大义的奶奶欣然同意。听到奶奶同意后我激动得流泪了，给奶奶做一口棺材是我对奶奶30年前的承诺，我不好反悔，可我又不能搞特殊化，毕竟在江苏土葬是绝对禁止的，故而这件事我纠结了好多年，两位舅姥爷给我解决了。

　　1999年6月，是奶奶在世的最后一段时间，我爱人陪在她身边。药物只是用来止疼，抵挡不了癌症的肆虐。她的身体憔悴得很快，站立行

1996年12月4日，奶奶九十大寿生日场景（1）

1996年12月4日，奶奶九十大寿当日场景（2）

走已很吃力，天好的时候，我爱人会扶她出来，小心地放在躺椅上，陪着她晒晒太阳。她渐渐吃不下饭，喝水也不多，却从来没有流露过任何痛苦的神情，那些许黑发依旧倔强地蓬勃着，面容消瘦却光洁，只要是醒着，脸上便漾着微微的笑容。那天，奶奶对我说："你爸他想我了。"我说："奶奶，我还准备给您做一百大寿呢。"我把奶奶的手握在掌心里，想握牢，又不敢用力，只能轻轻地握着。良久，奶奶摇了摇头说："这回真的要走了，谢谢你和林妹对我的照顾，谢谢你们，我很幸福，很满足。"说着，她笑起来，轻轻将手抽回，拍着我的手。我舍不得奶奶就这样走了，哪怕能延续她生命里的一分钟，对我与爱人来说都是莫大的安慰。

我执意将奶奶送到了医院。此时奶奶的生活已不能自理，卧床，不能翻身。我们眼睁睁看着奶奶浑身插满输液管，昏睡在病床上，却束手无策。在揪心的牵挂中，只希望自己的存在能替她减轻一些痛苦；至少，让她不感到孤独。她头顶的电脑屏幕，显示着剧烈波动的心电图。一会儿跃上波峰，一会儿跌入低谷。其实奶奶从发病送医院抢救时就很危险。在急救室度过惊险的一夜，奶奶缓和过来一些，坚持了3天。医生说奶奶的心肌大面积坏死，只有十分之一的生还可能。即使这样奶奶硬是以顽强的毅力坚持着。

又一轮急救后，医生诚恳地对我说，癌细胞已扩散到全身，如果为老太太好，就听天命尽人事吧。尽管这不是一个医生应该对患者家属说的话，却是真心话。和爱人商议过后，决定听从医生的安排，把奶奶带回了家，并不向奶奶隐瞒病情。奶奶很平静地听我和爱人说完后，点了头说："这就对了，医生尽力了，你们也尽力了。"

1999年9月22日，是奶奶生命最后的日子，不知为什么，亲切、慈祥的奶奶此时变得陌生起来。我爱人和亲戚一起，擦拭着奶奶的身体，给她换上寿衣。

饱受病痛折磨的她，先是皱纹出现，接着白发增多。脸的轮廓没有以前那么丰满，表情也没有以前丰富、动作缓慢，身体像一台运转得越来越费劲的机器。她已走过93岁的年月，她快要走不动了……这时，病情发作，她觉得呼吸困难，眼睛也快要睁不开了。弥留之际，抬头望着我，用颤抖的嘴角对我和我爱人说："中直、林妹，奶奶大限已到，我走了，你们全家幸福。"我们含泪点着头，不敢再看奶奶，不忍心看着奶奶这般痛苦，又不得不看。我无法把她从病魔的重重束缚中解救出来，希冀带给她力量，又给自己带来安慰。两个多小时过去了，奶奶停止了呼吸，结束了自己的痛苦。而我承受的另一种痛苦是：目睹奶奶的去世，却无能为力。

在家中布置灵堂、门外张贴讣告、选择墓地、举办追悼会、送葬等一系列任务由当地民政部门成立了一个治丧领导小组，对奶奶的丧事做了明确分工，以吴氏家族为主。好在我吴家是大家族，家族人多，大家都在帮我们这个小家。当晚我办的第一件事是派人给市民政局报丧，去派出所开具死亡证明并注销奶奶的户口。值班警察将奶奶的那张卡片从家庭户口簿里抽出来时，我突然觉得上帝的手是如此无情，一个人的生命就这样轻而易举地被夺去。

第三天一大早去火葬场确定遗体告别仪式及火化时间。请风水先生为奶奶寻找好了墓地，布置好灵堂后，作为孝孙，我还得接待前来吊唁的亲朋好友，常常是每来一个人我要陪他下跪一次，给奶奶磕三个头后才能起来。奶奶的遗照被放大后镶进镜框，供奉在案台上。她的微笑让所有人看后都倍感酸楚，因奶奶生前家风家教好，又乐善好施，为人在十里八乡都十分有名。对葬礼的每一个细节，也都做了全面的设计、思考。同时，我面临着前所未有的焦灼：办得体面一点吧，我是现任书记怕人说闲话。所以我事先告诉报丧人员，所有参加奶奶丧礼的人我一律不收礼金，嫡系亲属的礼金也不收；办得简朴一点吧，我怕对不起烈士父亲。尽管市民政局已将奶奶去世的消息向市委、市政府作了汇报，市政府分管民政的领导表示参加,对丧礼隆重程度也已默许,但我与家人、奶奶的两个离休干部弟弟商量还是办得妥当一些为好。虽说商量结果是简朴,但在当时那个年代仍十分隆重。因我不收礼金、礼品的原因,于是,很多前来送丧的人买了花篮、花圈、花炮、纸钱。可以说奶奶走的当天是鲜花成排、纸钱铺路、炮仗共鸣。

  送葬那天,我手捧奶奶的骨灰盒,女儿捧着曾祖母的遗照,队伍从村口向村外出发。队伍前礼炮开道,道路边每隔四五米放一个16响的烟花。队伍前有3位男士开道,一人撒纸钱,意味着给奶奶送买路钱,两人敲大锣清道;随后是两位诵经的和尚,意味着为送逝者去往西方极乐世界,再接着是一支多人的鼓乐队,其中两人扯一面"跨鹤西云"大锦旗,另外两人扯一面"吴奇母亲仙逝"横幅,然后是各色彩旗队,接着就是打白幡的幡队,沿途不断增加人员,后来估计接有几百人的队伍,我的家人按当地风俗身穿孝服,作为嫡孙的我着白色粗布(麻)斜襟孝袍,戴麻布孝帽,跨肩斜挂粗布麻布带,腰系草绳孝带,执丧杖(又称哭丧棒),我爱人也是白色粗布(麻)斜襟孝袍,戴孝帽,跨肩斜挂粗布麻布带,腰系麻绳孝带,肩挂白色长披。女儿、女婿也是穿白色孝服戴孝帽,前来送丧的亲戚也都各按规定做了白色孝帽、白色孝披肩。

  送葬的队伍浩浩荡荡,从村头排到村尾,除了亲戚、乡亲,还有我们的同学、朋友、同事,这在当时是罕见的大场面。队伍缓缓穿行,依稀听见围观的路人中有人议论,当得知这是一个英雄的母亲、一位在抗美援朝战争中牺牲的飞行员烈士母亲时,他们也不约而同地加入送丧队伍中。奶奶这一生,只养育了一个当飞行员的儿子、一个孙子、曾孙女四个。至于奶奶本人,虽说见过大的世面,读过书,受过教育,但因多种原因,人生的一半仍属于悲剧人生。这是她一生最后的盛大场面,都是用她一生的爱心无意间为自己赢得的完美结局。

  当骨灰盒被封进墓穴,我们全家与奶奶之间一场真正的离别开始了。一声"奶奶",在场的所有人都流出了热泪,我几乎忘掉自己也进入不惑之年,不再是一个牵着奶奶衣襟怕迷路的小孩。我一生中最牵肠挂肚的这声呼喊,她老人家已听不见了。

我请工匠给奶奶做了一个四四方方的坟墓(墓亭),墓碑上刻下:吴奇烈士母亲徐惟英之墓。

奶奶真的去找父亲了。过去我总觉得天堂很远,因为奶奶的缘故,天堂变近了,变得很真实,就像是相邻的一座城。

奶奶去世后的第一个清明节,我们全家人带着纸钱、鲜花给奶奶上坟。我告诉爱人,以后每年的清明节都要给老太太上坟。为奶奶的养育之恩而哭,是所有的哭声里最真实、最痛彻肺腑的一种。奶奶!您教育我做官要清正廉洁,我做到了。您孙子为官一任,两袖清风。

写下这些文字时,奶奶已远去17年了。我一直以为,用墨水写的文字和用泪水写的文字是有区别的,哪怕它们全部变成了印刷体,区别并不会消失。

1985年秋,奶奶在自家庭院留影

> 桥归桥，路归路。是什么就是什么。国之大，民之众，无是非曲直行不通，指鹿为马不可取，一团和气不可行，一刀切则更不行，这就需要你有实事求是的态度，具体事情具体分析、具体决断。
>
> ——奶奶说

成人篇

我为人民代言

今年的10月22日，是奶奶去世第17年的祭日，也是我们全家人拜谒父亲墓回到扬州的第一个周末。全家人聚集在一起，各自畅谈了此次前往大连看望父亲生前战友、前往丹东烈士陵园、沈阳烈士陵园拜谒烈士父亲墓、参观抗美援朝纪念馆、空军哈尔滨飞行学校史馆的感悟。我对4个女儿说："这次我们家开展了以家风为主题的家庭教育活动，此次东北系列活动各自都感受很深，对烈士爷爷、太爷爷及新中国第一代飞行员、我军空军发展史也有较深刻的了解。接下来，我们要讨论什么是家风？你们对家风是怎么理解的？就家风传承问题你们又有哪些看法？曾祖母在你们心目中是一个什么样的人品人格？曾祖母说的哪些话在你们心中印象最深？你们都要认真回忆，分别就'是非''宽容''形

2016年10月，全家"家风"会议现场留影

象''节约'等4个方面各选一个题目，写成书面文章。目的是检验这次家风教育的效果。"

在我的4个女儿中，大女儿理性、果敢，二女儿诚实、守信，三女儿干练、敏捷，四女温柔、勤俭。每一个人性格虽不完全一样，共同特点是温柔善良、孝顺知礼、阳光聪慧、包容谦和，在家里我与爱人无论说什么她们都能理解，并且知道如何做得更好。作为扬州市邗江区人大代表的大女儿吴静对家风教育的心得体会是：

"书香门第，积善人家"是我家大门的对联，我们一直认为这副对联就是我们家行为规范的写照。在曾祖母的影响下，父亲把积善作为家风传承的理念，教育我们在明辨是非的基础上多做有利于人民的好事。

老家的房子，门口的小河，上学的小路，经常在梦里出现，童年的一切总是经常会出现在脑海中。儿时的记忆中，我的家坐落在村子的西头，是个四合院，前面是个大大的院子，院子是由青砖花墙砌成的,地面是由青砖铺设的,我和曾祖母住在最东边一间,东边一间连着厢房,厢房是做厨房用,中间是客厅,西边一间住着爸爸和妈妈,还有妹妹,最西边第四间也连着厢房,西厢房出去还有个西院。

我在这个四合院的房子里度过了快乐的童年,小时候我和曾祖母在一起的时间较多,妈妈爸爸都很忙。曾祖母是位大家闺秀,人长得秀丽、端庄。我每天晚上都是和曾祖母睡觉,曾祖母的房间里放着她陪嫁来的家具,有一张银桌、一张衣橱、一张五斗橱、一张太师椅,太师椅放在踏板上,还有一张很有气势的花床。银桌上整齐放着花瓶、花缸、锡罐等好多精致摆设,房间里整洁、干净。

曾祖母吸烟,有一款女士烟杆,烟嘴和烟斗都是铜的,很是精致,有一个小烟袋,烟袋上的图案已经不记得了。平时白天她一般不吸烟,每天临睡前她就喜欢吸一杆烟。我每次都抢着给曾祖母装烟,然后再帮她点上,再后来,旱烟丝也不容易买到了,她改吸卷烟,我每天还是照样给曾祖母点烟。曾祖母吸烟的样子很优雅,每次吸烟的时候她不说话,她坐在床边,身体略靠在右边花床的花框上,总是若有所思的样子。我总是看着她,有时候也会问问,曾祖母您是在想牺牲的爷爷还是在想您小时候的事?曾祖母点点头,对着我笑笑。有时候给曾祖母点烟时我也吸上一口,感觉那烟丝的味道很香,然后再给曾祖母,曾祖母也会笑笑,用手摸一下我的头,不说话。也许是曾祖母吸烟的缘故,直到现在我对烟味不反感,也不排斥吸烟的人。曾祖母抽完烟还要再坐会儿,这时候我会问问曾祖母小时候的事情,问问曾祖母裹小脚那会儿她哭了吗?问她的爸爸妈妈是什么样子的?问她还记得上学的老师吗?她会讲她的父母、叔婶、弟弟妹妹,讲她的那个大家庭,讲她读私塾上学堂的情况。曾祖母的家在当时也是有文化、有教养的大户人家,家里有茶楼、当铺、家具坊等很多产业。曾祖母也没有躲过裹小脚的厄运，她的父母从内心来说不想给她裹小脚，知道那样很痛苦。当时的社会风气就是那样，大户人家的千金不裹小脚就让人瞧不起。曾祖母小时候为这事也不知道哭过多少回。她妈妈舍不得她，平时在给脚上矾的时候，都是迟点再给她把裹脚布裹上。曾祖母抽完烟后还会给我讲故事，讲孙悟空三打白骨精，两只羊争过独木桥，大喜二喜贪心挖金子。曾祖母讲的故事大多是讲孝道，讲事理，讲做人，讲勤俭。

有时，曾祖母为了让我开心，会给我唱《心经》。《心经》是佛教徒必读、必知的一本经典佛经。全经只有1卷，260字，属于《大品般若经》中600卷中的1节。因其字数最少、含义最深、传诵最多、影响最大，被认为是般若经类的提要。曾祖母唱《心经》唱得字正腔圆，因我太小的缘故感觉里只是好听，并不知道其中的奥秘。有时候曾祖母累了，想早点休息，我也不让，总缠着曾祖母讲点什么。我就坐在床上，从曾祖母背后抱着曾祖母的脖子把曾祖母扳倒，一连几次重复，曾祖母被我扳成了不倒翁。曾祖母一点也不生气，每次都被我弄得笑哈哈地直喘气，最后曾祖母妥协。可见小时候的我有多淘气。每天晚上都是我们一老一小最快乐的时光，我享受着曾祖母给我的爱，曾祖母享受着天伦之乐。

有一年下大雪，我和妹妹都被困在家里，曾祖母不让出去玩，第一，曾祖母怕我们把鞋踩湿了，把脚冻坏。第二，怕我们打雪仗摔跤。她早早地起来给我们把铜炉子生好，里面不知道放的是什么木炭，围着铜炉我们的手脚就不会冷，也可以烤山芋和蚕豆。在铜炉里烤东西，真是个技术活，着急了就不熟，开小差了就煳，特别是烤蚕豆。蚕豆放进去，要不断地给豆子翻身，让它们受热均匀，听到"啪"的一声，曾祖母就会说，好了快夹出来。我们稍不留神，蚕豆就冒烟了，煳了，曾祖母就会说，再放几个进去，重新来。还给我们做小毽子，让我们姐妹在家自娱自乐，下大雪曾祖母也教我们在院子里堆雪人，帮我们把雪人的眼睛、鼻子、毛发装点得栩栩如生。

夏天，妈妈会更忙一些，每天下午不但要准备我们的晚饭、茶水，还要烧好一家人晚上的洗澡水。夏天不烧煤炭。计划经济煤炭是计划供应的，烧水用的是大锅灶。每天下午5点钟的样子，妈妈就会把小桌凳搬到院子里，稀饭盛到一个大的搪瓷罐里，放在外面，等我们吃的时候就不会烫了，还会腌黄瓜、炒蚕豆、煮个鸭蛋什么的。小时候曾祖母帮我洗澡。我们洗澡时，曾祖母把香皂先擦在她的手上，然后再用手擦在我身上。她手很轻，帮我全身擦完，就让我自己把手和脚洗一下，最后用清水再给我冲洗干净。不急躁，很耐心。

我们村每家每户都有枣树，夏天风多、雨多，在风雨过后，地上都会掉落一些熟了的枣，我们和邻居的小孩就一起捡枣子、打闹、追逐。曾祖母看到了就在我们后面喊着，乖乖你们慢点跑，乖乖你们慢点跑，不要和人家争。曾祖母那种关切的喊声，那种疼爱我们的心情，现在想起来仍然让我感动。我们在曾祖母的呵护下慢慢长大，曾祖母也渐渐变老。

平时家里淘米洗菜都要去门口小河边砖木结构的码头，妈妈每天还是照样做饭，这时我们到河里淘米洗菜，有时曾祖母站在岸边看着我们，教我们怎么洗。

有一天，爸爸领回了几个人，重新帮家里打一口井，我和妹妹都很高兴，我家是村里第一个打这种地面预制钻孔式新型水井的人家，到目前为止好像也没有第二家。曾祖母也很高兴，不再需要用吊桶打水了，井盖上面安装了一个手压泵，用水时就用手压泵从井里打水。

大概在我四五岁的时候，我和爸爸在江都邵伯镇生活过一段时间。那个地方是爸爸先期工作过的地方，是一个造船厂，工人都是当地人，对我们父女很是关照。爸爸是个外来人，但很快融入他们当中，厂里的人家如果烧个好吃的菜，就会给我们送来，谁家要是有个矛盾什么的，也会请爸爸做个调解。爸爸会许多种乐器，每天晚上一些工人自发地到厂里来，一起讲讲故事，唱唱歌，这时爸爸总会用不同的乐器为他们伴奏一下。虽说是在厂区，每天业余生活我爸爸还是组织得有声有色。当地人都很尊重爸爸，也很支持年轻人晚上到厂里来参加各种文艺活动。当地政府开大会时，我爸爸也帮他们写标语，写发言稿。没有人的时候，爸爸也会教我唱一些儿歌，爸爸不厌其烦一遍又一遍地教，我总是跑调，也不知道爸爸当时是怎么想的，能歌善舞的爸爸，女儿真的不可教。

当时物资匮乏，平时有些上海知青工人，会悄悄给我一块糖果，我都要告诉爸爸一声，如果我悄悄地吃了，爸爸一定会生气。爸爸出差，有时还要带着我。有一次我们住的旅馆门前有一个小水渠。冬天里面没水。我一下就跳了进去，我的双脚全部陷在淤泥里。不记得爸爸当时是怎么把我弄上来的，后来没鞋穿，又是冬天，爸爸没办法只好和当地的人家去借鞋。还有一次，爸爸骑自行车带着我出去办事，爸爸让我把脚放好，不能碰到车后轮，当时我出于好奇，悄悄地把脚板靠了上去，我的一只脚就擦在后轮上，当时我就大哭起来，爸爸立即下车察看我的脚。一看，脚没事，倒是凉鞋带子断了。我仍然大哭不止，嘴里还说着我的凉鞋坏了，爸爸也纳闷了，究竟是脚有内伤了，还是在哭鞋。不远处有一家商场，爸爸说不要哭，给你重新买一双凉鞋，我一下就不哭了，爸爸心里也踏实下来。我自己选了一双白色凉鞋，但我告诉别人，非说这是

大女儿吴静全家合影

一双黑凉鞋。和爸爸在一起的日子里,像这样哭笑不得的事还很多,历历在目的场景深深地印在我的记忆里。这段时间也是几十年来我和爸爸单独相处最长的时间,曾祖母、爸爸、妈妈对我的包容现在看来也就是家风。家风是无形的、无声的,可是它在时刻影响着我们。

我是在曾祖母的视线中长大的,从上学到上班直至选上扬州市邗江区人大代表,在事业上有所成就,这一切都受益于我家的家风。家庭是社会的基本细胞,是人生的第一所学校。不论时代发生多大变化,是与非不可改变。曾祖母常说桥归桥、路归路,意思是说是什么就是什么,非什么就不是什么。试想人人都不明辨是非,或是某一事项明知有错,大家都当"老好人",那么规矩、原则就成为摆设,公平、正义就成为空谈,群众的切身利益就会受到严重损害。所以,在我被选上人大代表后做的第一件事就是克服"老好人"思想,走出"老好人"怪圈,一切以大局为重,做到讲真话,办实事,坚持正义,坚持原则,明辨是非,敢于直言。我觉得只有这样才能成为一个真正意义上的好人，才能担当一名人大代表所肩负的责任和使命。

在曾祖母家风的影响下，我对我的小家所取得的成绩很是满意。我们夫妻原来都在扬州市政府机关工作，属公务员编制，下海后我也创办了自己的环保节能企业。我和丈夫徐道光也非常恩爱。他是一个诚实、胸中装有理想的人，也是一个懂得感恩的人，认同我们的家风，并且融入了我们的大家庭，他主外，我主内，相互体贴相互尊重。经过我们近20年的奋斗，企业小有成就，儿子大学毕业在新华社的新华网工作，很阳光帅气。说到儿子，出生取名时，为了纪念我爷爷，继承爷爷的遗志，弘扬烈士精神，我与丈夫徐道光决定将儿子随我姓吴，取名吴森生。

曾祖母说，平安大富贵，和顺真荣华。我们是不求大福大贵，只想打造一个普通世家的人。我学的是法学专业，在社会的大家庭里必须遵纪守法，小家庭要传承家风，现阶段我们一家人幸福和睦。爸妈对我们这个小家满意，我想远在天堂的曾祖母、烈士爷爷一定也满意。

对大女儿选上人民代表后的工作，我是很高兴的。她参会两届五年来，每一次议案都要深入基层做细致的调查，每次会议她都要对政府工作报告以及各种草案认真阅读、表决。对政府、人大等部门换届领导人的工作经历、能力经过多方了解后才慎重地投票。人民的代表为人民的职责在她身上体现得比较充分。她不忘做代表的初衷，每年都把基层百姓的想法、诉求形成建议或议案带到会议中供大家讨论。在这5年中，他们代表队共提建议或议案6个。这6个议案全部落实到实处。

不管时代怎么变，无论别人怎么做，我始终教育孩子要踏实做事，低调做人。

宽容篇

> 将军额上能跑马、宰相肚里能撑船。宽容他人方能建立良好的人际关系、宽容他人过错,包容他人失误,才会赢得知心朋友。有远大抱负的人,一定是不计较眼前得失、胸襟开阔、成就大事业的人。
>
> ——奶奶说

点亮心中一盏灯

用二女儿吴智的话说:"我的爷爷吴奇在他24岁那年就牺牲了,他没有给我们留下太多物质财富,留给我们的只有精神财富。虽然我们没见过他,但每当看到爷爷穿着志愿军飞行服的照片和阅读爷爷写给曾祖母的家书时,内心总有一种莫名的思念和崇敬。从爷爷的家书中我读懂了宽容的分量。"

我的二儿女财务专业毕业后,供职于一家事业单位,在下海大潮的观念冲击下,走向了企业。对家庭家风教育,她有着自己的认识。她认为:曾祖母、爷爷留下的良好的家风是孩子最好的礼物。那么什么样的家风才能培养出有能力、有出息、有作为、有宽容心的子孙?什么样的家风才能让孩子懂得孝亲尊师、诚实做人、诚信待人?又是什么样的家风让孩子变得更加阳光、自信、快乐？二女儿吴智在家风教育中的体会文章是这样写的：

最可亲可敬的曾祖母是晚清时期的大家闺秀，在我的记忆里，曾祖母上穿大袄，下穿夹裤，逢年过节有时也穿大摆裙，走路一摇一晃，她那颗永远宽容别人的心给我们姐妹留下了深刻的记忆。

我们无法体会她心中的苦。的确，对一个先后失去丈夫、儿子的女性来说，如果没有一颗博大的宽容之心，很难渡过这种心理难关。每当过清明节等重要节日时，曾祖母都会让我妈妈做四样小菜，点上蜡烛，烧些纸钱给爷爷，以示悼念先人，对先人的一种追思。此时我会发现曾祖母会一人独自流泪，但她心中的苦从不说与他人听。她是个宽容、善良的小脚女人，老天让她拥有了我们，让我们与她有缘相依相伴。

在战火纷飞的年代，家里的生活条件已经每况愈下，曾祖母仍然让吴奇爷爷去学校读书。由于爷爷在学校受到一些先进思想和全民抗日环境的影响，毅然参了军，并加入了中国共产党。当曾祖母知道儿子是为了保家卫国，舍小家保大家而牺牲时，并没有为当初送儿子参军而后悔。那场战争夺取了爷爷年轻的生命，家里一度只剩曾祖母孤孤单单一人，后来与我爸相依为命。对于曾祖母来说，爸妈与后来的我们这一代姐妹是她的心灵寄托。我爸没有让曾祖母失望，成为曾祖母坚强的依靠，我妈妈为了照顾曾祖母不得不放弃一次次工作机会。爸爸妈妈给曾祖母创造了一个幸福的晚年，用曾祖母的话说就是：孙子、曾孙女都很孝顺，让她拥有了想拥有的一切，让她享受到了幸福的晚年，她很满足。

在我爸的努力下，家里生活条件逐步变好，20世纪80年代，我们全家就离开农村老家到城市生活，曾祖母也随同我们一起入住城市小区厅室房子，那个时候我们在哪曾祖母就在哪。随着曾祖母的年岁越来越大，身体状况也越来越差，高楼大厦的居住环境她难以适应，想再次回到农村的四合院平房，但她考虑到我们上学等因素又不好表明。曾祖母对我们说，想自己一个人回到四合院居住，我们全家仍留在城里。爸妈知道这一情况后说，曾祖母在哪里，我们全家必须在哪里。爸爸在政府工作也很忙，我们姐妹正在上学，曾祖母的饮食起居便由我妈一人照顾。为了在方便照顾曾祖母的同时又能顾及爸爸，他们从城市又搬回老家。有一天，曾祖母对我说了这样一句话，让我很是感动，想流泪，直到今天我也会经常想起那句话，想起当时说话的场景。曾祖母说，假如不是因为她，我们就在城市生活了，不需要再回到老家来。她觉得当时是她拖累了我们。其实，那是我们晚辈应该做的事，那是我们的孝道。这就是曾祖母可敬的地方，她老人家总是替别人着想，总是那样宽容。

记忆中总感觉有曾祖母在，一切都是美好的。有一回，我们在曾祖母洗脚时把她的裹脚布拿出去玩。裹脚布是一块约有两米长，十公分宽的白色细布，我们拿出去在广场上奔跑，把裹脚布像放风筝一样飘起来。只知道好玩，不知道曾祖母脚上不缠上这块布，她的脚是无法落地的。等我们回来时，曾祖母的脚已经凉了好久，我们知道犯了错误，不敢吱声，可曾祖母面带微笑风趣地说，你们出去玩怎么不带上我呀，把我一个人丢在家里。

我们就是最快乐的、最幸福的人。在爸爸为全家生活奔波的一段时间内，我们见爸爸很难，那年头我爸、我妈也都付出了好多。和我们在一起最多的就是曾祖母了，曾祖母把所有的爱都给了我们，晚上我们姐妹和曾祖母在一块儿玩游戏，曾祖母会给我们讲故事，她讲的《大喜和二喜挖金子》的故事就是让人不要太贪心，要知足。讲《两只羊过独木桥》教育人要学会谦让、宽容。夏天给我们摇扇，冬天用"汤婆子"给我们暖脚，用纱线给我们编织手套。而我们唯一能为曾祖母做的就是给她点上一支烟，有时我们会帮她捶捶背、捏捏腿，她那小脚的趾甲我们可不敢剪，只有爸爸妈妈才敢动手。那样淳朴的生活不会再重现。她包容了我们所有顽皮和做错的事，曾祖母从来没有说过一句我们不好的话，在她眼里只有爱，我们就是她的全部。

在日常生活中，曾祖母虽然年岁较大了，但也会做一些力所能及的事情，比如穿衣、叠被子、整理房间等小事。她有一种耐心，不管刮风下雨，天热严寒，每天坚持起床，在她最后的日子也基本如此，她曾经说过，没有事情做也不能躺在床上，那样会让人失去斗志，产生惰性。有一次曾祖母不小心摔倒，把眼角上方撞出了一个好大的口子，鲜血直流，当时真是把我和我妈吓坏了，好在医院里面有熟悉的人，就让医生在家给曾祖母做伤口缝合，那个场景我真是不忍去看。医生说不能打麻药，那就意味着在没有麻药的情况下进行伤口处理，就这样硬生生地缝了7针。曾祖母咬着牙，没有哼出一声来。曾祖母的言行让我们学会了要自立，要坚强。

曾祖母越来越老，我们也都工作了，不会经常和曾祖母在一起，但每每看到她时，她总是那般慈祥。我们还没来得及回报，她就离我们而去，当然，她是带着笑容走的，没有留下遗憾。我的曾祖母，虽然离世已17年，但她的模样我仍记忆犹新，她让我们学会了要与人为善，学会宽容、隐忍。她这一生旁人待她以荆棘，她却报之以善良。长大后，我才体会到这是一种极高的境界。对方伸过来的是拳头，如果我也回报以拳头，那么得到的是疼痛；如果对方伸过来的是拳头，而我抱着一团棉花，他伤不到我，我就有与他化解矛盾的余地。水看似无形（注：现在好多人都把老子道德经里的"上善若水"作为中堂图挂起来）但它在不同的条件下会转化成不同的能量，但有的可能是负能量。

在曾祖母宽容思想指引下，我爸爸妈妈在待人方面也十分宽容。有老家门上书写的对联做证："书香门第，积善人家"，这是我家一个真实写照，对我们来说也是一种家训，更是一种传承。那时我家年年被评为"五好家庭"。

我们姐妹受曾祖母良好家风的影响，遇事也变得宽容起来，姐妹们生活在一起，从来不打骂。我们都尊敬长辈。记得家里有客人来的时候，都是等客人吃完，我们小孩才可以上桌吃饭，吃饭不允许讲话，不允许留有剩饭，不允许把筷子伸得太远，更不能吃出响声，大人说话我们必须走开不允许听，更不能多嘴。

虽说我们姐妹童年生活也不是很富有，但还是很有优越感，主要体现在有曾祖母的疼爱，有爸妈的关心。因我家全是女孩，所以爸妈对我们的成长格外关心。无论是穿衣吃饭还是教育都操了不少的心。爸妈说教少，行动影响多，爸爸在家从来没有穿过短裤、汗衫，无论夏天有多热总是将自己裹得严严的，原因是我家除了爸爸外，全是女性。这是教养，这就是家风。

在这个家里，我爸是主角，我爸规定我们在他下班回家前必须洗完澡，吃完饭，整整齐齐的，有点半军事化管理的模式。我爸在前方冲锋，我妈在后方守家，我们姐妹就是爸妈的兵。所谓"养兵千日，用兵一时"，兵是用在每年寒暑假。在暑假期间，我们都要把爸爸书柜里的书全部搬到院子里晒一晒，那时，地上、墙头、窗台上、院子里到处都铺满了书。晒书是一个享受的过程，我们边整理边挑我们喜欢的书来看，看书的时候我们的心是静静的，直到夕阳西下，我们才会把书搬回书柜。

爸爸是一个特别爱学习的人。只要看书，他总是要把一些自己喜欢的，或是觉得对我们有益的书要买回来，爸爸看完后将其放到茶几上让我们选读，我们读完后爸爸要问我们有哪些体会，有时还要问我们几个为什么。与其说，我们是一个普通家庭，倒不如说是一所由我爸爸构建的家风学校。更准确地说，还带有党校的性质。爸爸对我们姐妹的学习抓得很紧，有时让我们谈学习体会、读后感，谈得不到位时，爸爸会让我们构思后再谈一次。如果我们没有领会书中的实质，他会让我们重新再读一遍。

我由衷地感到，我们这个家之所以生活有序，人人有出息，和睦，与爸爸自始至终抓我们的读书不无关系。

我爸无论家里家外都是一把好手，每次回家后都要下厨房看饭做好了没有，哪里还有没做完的家务，他就自觉地去做。在外面工作无论多么辛苦都由他一个人担着，在家里没有言过一声苦累。爸爸给我们的感觉是无所不能，无事不做。所以小的时候我们就是这样幸福快乐地生活着，成长着。

我爸是个雷厉风行、精明能干、责任感强的人，标准的实干家，这些词并不能完全表述我爸在我们心中的地位和超强能力。他个人除了是人大代表外，还曾经获得了不少称号：优秀企业家、省劳动模范等。我爸有两句誓言：对内是"一人辛苦，全家幸福"，对外是"终生做环保，永远不改行"。我们为有这样的爸爸感到自豪和骄傲。尽管爸爸有时会开玩笑说，你们不要做官二代富二代，你们也不是什么二代，你们要做，就做苦二代，要去干，要去做，一切财富都是靠双手劳动得来的，不是"等、靠、要"得来的。

自20世纪80年代开始，爸爸就成为一家企业的领军人物，把原来一个老大难的工厂打造成我市第一个中外合资企业（琼花公司），开发了最新型的绿色环保产品，他总是第一个敢于吃螃蟹的人。由于他的实干精神、创新精神和先进理念，那个濒临倒闭的企业在他手中变得红红火火。试想把这样一个濒临倒闭的企业变成一个知名

二女儿吴智全家合影

企业的人,他该付出了多少心血,这中间又有他多少的艰辛与困苦。

爸爸创办企业成功后,没有忘记回报社会。谁都知道要致富先造路,镇上的第一条通往外界的公路,就是爸爸所领导的企业赞助铺设的。在我们老家村上两公里多的水泥路,也是他个人出资铺设的,我为老爸点赞。

我举办以家风为主题的家庭教育,其主旨是想看看家风在她们心中的地位,令我没有想到的是,二女儿把我点赞了一番。对于我的功过,姑且不论,但我明白的是,良好家风的重要基础是团结、平等、和谐。家庭关系不正常,互相指责、埋怨、争斗,孩子感受到的是冷淡、冷酷、敌对情绪,心灵深处就会留下痛苦的伤痕。其实我在孩子的教育问题上,是严格有度,4个孩子从来没有打骂过,给她们更多的是宽容、鼓励,激发她们发奋向上的精神。

宽容是一种情感，也是一种心态，更是一种境界，能够宽容别人的人也一定能够宽容自己家的孩子。多年来的社会交往，我有过吃亏、误解，也有过伤心、委屈；每当面对这些，我总是选择宽容。从这个意义上说，宽容需要良好的心理品质、非凡的气度、宽广的胸怀；它是一种生存的智慧、生活的艺术。它不仅包含理解、原谅，更显示气质、胸襟、力量。一个不会宽容，只知苛求别人的人，甚至想报复别人的人，自己同样会受到伤害，冤冤相报，其结果只能是两败俱伤。不会宽容的人，一生是痛苦而不是幸福。只有放下恩怨选择宽容，纠缠在心中的死结才会豁然开朗。

形象篇

> 男人要坐如钟、立如松、行如风、卧如弓。
> 跳跳蹦蹦给人以轻浮之感,跌跌撞撞是病态。
>
> ——奶奶说

言行举止的尊严

奶奶是一个十分注重形象的人,对个人的言行举止特别讲究。记得我上小学五年级时,县民政局给我送来一身青年装。这身青年装在当时极为时尚。为了在同龄人面前显摆一下,我故意倚在大门口看书,看书不是目的,真实的目的是要让路过我家门口的人都能看到我这身时尚的衣服。在接受路人羡慕目光的同时,也被奶奶看到了。奶奶说,男人要坐如钟、立如松、行如风、卧如弓。你这样看书哪能行,你看你的身子都歪成什么样子了。我觉得奶奶说得有道理,于是老老实实回到屋内,坐在爷爷留下的书案前。

在书案前,我掩卷思索奶奶所说男人要坐如钟、立如松、行如风、卧如弓的意义。简单说来,就是站要有站相,坐要有坐相。如果说那时我对形象二字还不太理解的话,在参加工作时就完全理解了。我刚参加工作时,被安排在"四清"工作队,报到后,首先接受的是长达6个月的半军事化训练,由部队组织的军训,其主要训练课目是队列、军姿、军容风纪。说实话，我当时对这些训练特别不理解，后来慢慢地开始接受。但真正理解奶奶为什么要求我站要有站相，还是第一次到香港参加展览会时的感受。

那是一个风和日丽的上午，我第一次到香港出席环保机械展览会开幕式。绿茵茵的草坪上，铺垫着鲜红的地毯，湛蓝的天空中，彩球随风摇曳。来自世界各国的环保机械制造商一个个西装革履，皮鞋擦得锃亮锃亮的，昂首挺胸地步入展览会开幕式现场。与这一热闹、繁华极不和谐的是国内4个厂商不仅姗姗来迟，而且衣着不整，其中一个还是一条裤管长、一条裤管短，他们当中还有人穿着一双拖鞋，虽然在入场口出示了证件，但举办方还是未让他们进门。经过他们一番大呼小叫后，举办方一位负责人用鄙夷的目光看了看他们说，明天再来时，请着正装。谁知，举办方这一好意提醒，引起了4人的强烈不满，其中带队的那个人说："资本主义社会的人就是贼心不死，你别忘了，这香港是中国的土地。"随着围观的人越来越多，警察不得不将他们带走。那时，正值我国改革开放起步时期，内地人们的心智仍处在阶级斗争阶段。但个人形象怎么就与阶级斗争扯上关系了呢？

诸如此类，我在香港是屡见不鲜。用香港亚美磁带有限公司的老总陈秉诚先生的话说就是，很多内地企业谈判失利大都是因为内地老板不太在乎个人外在形象、内在气质，谈判时对业务不太精通所致。这与内地的体制、机制有一定的关系，因内地来香港谈判的并非商人，政客较多，不懂业务又好做主，因而成功的概率很小。陈秉诚先生是个内外气质极佳的儒商，他对我说："我就喜欢你这样十分注重外在形象的人，内地来的许多厂长没有一个像你这样举止得体、风度翩翩。"陈先生的话也有过奖之处，但就我俩的观点而言极为相似，一谈就谈到点子上。在多次交往中我们建立了很好的友谊，他很信任我，先后与我做了20多张订单；他在山西太原、四川的乐山、浙江的杭州等地都有投资产业。

担任厂长后，原同事让我把在上海认识的一名火车站票务主任给他介绍一下，我欣然答应。在上海出差之际，我带那位同事到指定地点与分管票务的同志相见，谁知同事这天胡子拉碴的，看上去已好些天没有修边幅，衣着也不整，头发蓬松、凌乱。在约定的时间地点见面后，人家让我进去后把门关了，说什么不让我的同事进。尽管我做了介绍，人家还是不太乐意，在这个分管票务的同志看来，一个衣着不整洁的人，做事一定很随意。与这种人相处心里不舒服。可见，一个人的外在形象对他的事业影响该有多大。

三女儿叫吴震湘，她曾问我自己名字的含义，我说生你那年是唐山大地震，全国闹震慌。正所谓有震无震天注定，湘江东流夕阳红，风云变幻无常数，吴家喜迎三千金。要说含义就是这些。她大学毕业后分到政府机关工作，上班前，她问我，在政府机关工作要注意哪些事项。我说，事项很多，最关键的是个人形象，个人形象分内在、外在，外在的就是要像曾祖母所说的那样，坐要有坐相、站要有站相。内在的形象就是廉洁。在这次我家家风教育讨论中，三女儿在她的《传承与梦想》一文中这样写道：

> 在日常生活中，爸爸把曾祖母所说的话融进了血液，爸爸既是曾祖母语录的执行者，也是传承者。爸爸把曾祖母的教导落实到行动中后再用曾祖母的话教育我们。事实上，一个家庭的和谐氛围决定着孩子受教育的程度，一个家庭的家风决定孩子的素养，曾祖母和爸爸对我们的教育和影响有的是潜移默化的，有的是润物细无声的。我很庆幸出生在这样一个家庭。大家闺秀的曾祖母对爸爸要求严格，对我们第三代要求同样严格。
>
> 一辈子没有和别人红过脸的曾祖母说，不争不等于放弃。她得到的尊重也是值得人钦佩的。在那个要么抗日要么当亡国奴的年

代，曾祖母让爷爷当了兵，爷爷17岁参加革命，舍小家为大家的胸怀即便是现在也是不多见的。飞行员的爷爷24岁在抗美援朝空战中献出了年轻的、宝贵的生命。从此家中孤儿寡母，一切都是曾祖母带着年幼的爸爸撑着这个破碎的家。小时候，我不懂也很难体会他们在那时代是怎么熬出来的。随着年龄的增长，越来越觉得那是一份常人难以想象的痛。即便生活十分艰苦，曾祖母也没有放弃家风的传承，特别是在吃、穿、住、行等言行举止上，要求爸爸要每时每刻注意自己的形象。在我的记忆里，爸爸每做一件事、每说一句话都十分得当。

  曾祖母对爸爸要求是这样，对我们的教育同样细心、耐心。小时候家里桌上没有几道菜，我们姐妹边吃、边玩。有时故意把筷子伸到对面的妈妈或曾祖母面前夹菜，曾祖母见此说，不管多大的碗、多大的盘，也不要看碗里、盘子里有多少菜，我们只能夹自己这边的菜吃，不可以把筷子伸到别人面前去，更不能用筷子在碗里乱翻，这样吃法很不礼貌。长大后，我才真正懂得曾祖母的苦心。她说的话是对的，如果一个吃饭拿着筷子来回在碗里、盘子里乱夹一通，试想这个人不但形象不好，可能就是一个不守规矩的人。

  在曾祖母言传身教下，我也懂得了什么叫形象。曾祖母对我们的要求不仅在吃饭上，还管到了我们姐妹的穿着。那个时候过年爸爸总要给我们买新衣服。在爸爸的字典里，新老大、旧老二，缝缝补补给老三。平时我们大都穿旧的，我在家排行老三，上边有两个姐姐，姐姐们身体长得快，衣服小了就给我和妹妹穿，细心的妈妈总是给我们洗得干干净净，我们穿上旧的衣服后曾祖母总要看一眼，即便是谁穿着旧衣服也极为讲究。继而给我们整整衣领，再就是看我们姊妹四人，谁的衣服穿得整齐她就表扬谁。曾祖母说女孩子无论是坐还是站，两腿总要并拢，不要随便摆弄两腿的姿势；站立要庄重，要直立不能歪着身子，坐着不能跷二郎腿；女孩子笑也要得体，不能大笑傻笑，要笑得温馨甜蜜；和别人说话要轻声低语，耐心听别人把话说完。虽说这些都是曾祖母留给我们记忆里的一些小事，但通过这些小事，我想到了、看到了曾祖母对形象、对礼义廉耻的重视。小时候看到过曾祖母的一幅字"礼仪仁智信，温良恭俭让"，因她抓形象是从我们小时候开始的，以至于我们长大后仍念念不忘。

　　对于曾祖母来说，爸爸是她唯一的依靠。在爸爸小的时候，曾祖母对爸爸的要求也比别的家庭要求多一些。而这些要求在我们出生后自然而然地转移到我们身上了。曾祖母虽是一个旧时代的新女性，但对过去、现在、将来都有她自己独特的看法。在她心里，形象的外延非常宽泛。她曾说，冷的是风，穷的是债，看菜吃饭，量体裁衣。在她的这一思想指导下，我家里条件差的时候也不曾借债。在曾祖母心中，一个人借债了，哪怕是小小的债务也挺不起腰杆。人穷时必然志短，做大事也就无从谈起，借债也会产生借债依赖症，也可能产生不思上进的惰性。宁可自己过得苦一些，也不要去借人家的债务。这句话对我们的影响深远。后来我做企业，当了企业的总经理，我时刻牢记曾祖母的话，量入而出，不盲目借债，不盲目扩张，甚至对寅吃卯粮，恶意赖账，很是反感。这也是家风的传承。

　　在管理工作岗位上，我面临过这样和那样的问题。与国企不同的是，民营企业没有婆婆罩着，每走一步，每做一件事都得规规矩矩，每天不是面对客户、供应商，就是面对相关部门，还要面对种种想不到的困难和意外发生的情况。开始我面对着林林总总的问题时，因为害怕受到伤害而不敢挑战，时刻武装自己，构筑心理防线，就像一只刺猬，以为这样可以保护自己。但我忘却了，即使真的成为满身是刺的刺猬，也走不进别人的心里。知道这个道理后，我又学着慢慢将自己身上的刺一根一根地拔下，知道了世界上没有绝对的公平与不公平的事，吃亏占便宜难以避免，我经常用曾祖母的八字口诀提醒自己"包容、宽心、智慧、舍得"。

爸爸说他对管理心理学感兴趣，当他洞察到我的一些变化后，他告诉我两件事：第一，不要试图将自己变成男人，你无法成为男人，即使成为男人了，也将失去女性的优势。女性应该是水，外柔内刚，要有韧性而不是任性。第二，作为女性，家庭永远是第一位的。应该用女性的智慧来平衡这两者的关系，如果事业和家庭发生冲突，必须毫不犹豫地选择家庭。这是一个传统家庭的价值观，也是一个父亲对女儿无尽的爱。这些年来，我一直以这两点为原则，努力学习、不断提高。作为女性，我们首先要成为一个有幸福感的人，再成为一个有事业心、想干事、能干事，有能力的人。

曾祖母严于律己，宽以待人的人生观涵盖了她对"形象"二字的诠释，影响着我们三代人。事实上一个人的形象包含着方方面面，对别人宽容并不是对自己的残忍，只有对别人宽容别人才能对自己宽容，也只有这样，在别人心目中才能留下较好的印记。我们姐妹在曾祖母与爸妈的宽容环境下长大，心里自然种下的是善良、宽厚的种子。受曾祖母的影响，父亲一生勤勉、宽厚、感恩，他帮助过很多人，同时也得到了很多人的帮助。父亲的一生是受曾祖母教育影响的一生。父亲是最能读懂曾祖母的人，他常对我们说，亲兄弟明算账，算账不算圆角分，意思是再好的朋友、亲人也不要有太多的金钱牵扯，如果有往来账目还是要算的，但算账不必斤斤计较。虽说这是个简单的道理，可好多人就是弄不清楚，有的是故意为之，把占别人的小便宜作为自己的聪明，甚至亲人、朋友之间反目的事例也很多。吴姓是个大家族，我们现在也是十几个人的大家庭，在

三女儿吴震湘全家合影

父亲的这种理念指导下,这个大家族相处愉快,没有任何矛盾。在事业上,同样的道理,没有朋友、同事的协作也难成就一番事业,所以曾祖母对形象的看法指导着我们的言行,也可以说我的企业员工个个形象极佳,人人注重衣冠,工作场所非常安静,同事间从不议论是非。可见家风不但可以教育自家人,也可以影响身边人。

我对三女儿的内外在形象是比较满意的。事实上,一个人的外在形象需要知识做支撑。为了提高自己的管理水平,她报考了上海交通大学MBA。为了不影响功课,她每周六下午开车到镇江火车站,把车放到车站停车场后再坐火车到上海,下火车再倒地铁到上海交通大学,周日晚上把车开回来,周一早上照样上班。她坚持两年半拿到了上海交通大学的 MBA 文凭。去年格力总裁董明珠也邀请她参加系列活动，并且加入了她的私董会，也加入了中国情报专家、中央党校教授杨沛霆的管理团队。

　　形象分内在、外在两种。记得有一次三女儿率领手下人去人力资源中心为本单位招聘人才，结果自己被两家规模较大的合资企业相中，有一家企业许诺给她副总的位置，另一家给予总监的位置，年薪都很可观。她笑了笑说，我是来招聘人才的，不是应聘。那两家单位深感可惜。

　　在三女儿的心目中，我是曾祖母言论的实践者、传承者。有时我扪心自问：是不是我太过于传统。在这个飞速发展的社会中，人们的思维观念大都改变了，而我仍带着我的家人遵行奶奶的教诲，是不是有些跟不上形势，毕竟奶奶是那个年代的人，无论从学识、对新生事物的认识等方面多少受旧时代的影响，我们应不应该建立一套新的道德、理论体系？民族文化的结晶要不要随时代变化而不断丰富？继承与发展有没有内在的联系？文化创新的根基是不是传统文化？"五四"运动为了根除封建思想，于是精华糟粕一刀切，可结果却是封建流毒未能除尽，好的东西却几乎尽失。哲学告诉我们"存在必然有它的合理性"，中华民族辉煌灿烂的文化，是人们在不断实践中总结出来的，如果一个民族失去了文化之根本，就会迷失前进的方向。一个家庭也是这样，没有一个良好的家风传承，这个家庭是难以和谐的。随着社会经济的发展，人们越来越重视国学，我想这是人们回过味来了。"五四"运动砸碎了旧有的道德与文化体系，然而却没能建立起新的社会道德观，这不能不说是一大憾事。失去道德与礼法的约束，举国就会浮躁。

> 在家不可不省（指自己节约），来人不可不奉（指招待客人）。扬州人好客，更多的人家是自省。
>
> ——奶奶说

节约篇

丝缕恒念物力维艰

我最小的女儿叫吴梦杰。有一天奶奶告诉我说她做了一个梦，梦见家里生了第四个孩子，是个男孩子。她说，如果真是一个男孩，起个名字就叫吴梦杰，如果是女孩子就叫吴梦梦，我说不管男孩女孩都叫吴梦杰。吴梦杰长大自己报考了幼儿教师专业，毕业后分配在一家机关幼儿园工作，后来又自创了"梦杰幼儿园"。在以家风为主题的教育中，她所表达的心迹是：

说起我的家庭，就不得不说起我的爷爷。关于爷爷在前线的事情我们知道的不多，在那个战火纷飞的历史年代，通讯非常闭塞，烈士有姓名存留已经算是幸运的，而更多的则是无名烈士。

在高邮烈士陵园的纪念馆里，陈列着爷爷当年的家书、奖状，穿过的军服及部分遗物。爷爷从参加革命到牺牲时年仅24岁，自参加革命的那天起就再也没能回家。爷爷的家书中有这样一段话："国家正是最困难的时候，你们要听从政府的决定，不要给国家添麻烦……"看到这里，我心里十分酸楚，听爸爸说，爷爷参加革命后，家里一度只有曾祖母一个人，生活特别孤独、艰难，即使是在这样的困难情况下，爷爷首先考虑的是国家的困难而不是小家的困难。我阅读着爷爷的一封封家书，看到爷爷对家人的嘱咐，字里行间无不流露出爷爷的爱国之心。

诗人臧克家在他的《有的人》一诗中写着："有的人活着，他已经死了；有的人死了，他还活着。"我的爷爷属于后者。从我记事起，就一直看到家里堂屋挂着爷爷的照片，上面写着"吴奇烈士"四个大字以及一张革命烈士证明书。每当我站在爷爷的照片前，泪水总是滚滚而下。我未曾谋面的爷爷，您离开了我们，没有留下金钱，没有留下田产，甚至没有留下供后人祭奠的骨灰，可是您留下了信仰，留下了精神，留下了让我们引以为豪的家风……

在我儿时的记忆里曾祖母常说："在家不可不省，来人不可不奉，常将有日思无日，不叫无时想有时。"

在曾祖母思想的影响下，妈妈会过日子，会当家。爸爸发完工资后，先是看奶奶缺些什么，买好奶奶所需香烟及生活用品再考虑我们姐妹四人；买完我们所需的书本、学习用具后再考虑家庭生活开销。爸爸在十里八乡是个场面人物，无论是当采购员还是厂长或是当镇党委书记，总有人来家里找他，这些人大都是踩着饭点来，因为其他时间爸爸很忙，也很难找到爸爸。曾祖母有句名言"来人不可不奉"，也就是说，来的人都是客人，一定要招待好，这是我们家的待客之道。无论爸爸是当厂长还是当书记，从不收受别人的礼金、礼物，爸爸常说，你们来欢迎，带东西就不要来了。大家知道爸爸的秉性，也大都是空手而来。妈妈还要招待他们吃饭，这些客人也不推辞，坐下来就吃，丝毫不考虑他们吃完饭我们家人吃什么，且无一人事先通知要到我们家吃饭。有时候妈妈见客人来了现加几个菜，有时没有菜可加。等客人吃完走了，我们姐妹才能上桌吃，可是每当我们姐妹吃后妈妈就没有吃的了，有几次妈妈都是白开水泡饭就着咸菜凑合一顿了事。每当这时，我们姐妹总想少吃一点，多给妈妈留些饭菜，可妈妈说，我们正是长身体的时候，一定要把饭吃饱。

从某种意义上来说，我对家里常常来客人有些反感，那时候家里条件差，孩子也多，全家只靠爸爸一个人的工资，还要经常招待那些"不速之客"，可妈妈说爸爸人际关系好，为人又正直，又喜欢帮助别人，我们自己能省一点就省一点，不能亏待来客。

在祖母的影响下，我的爸爸特别优秀。在我的心目中，爸爸刚毅、果断、有主见。小时候爸爸在我们那里有着很好的声望，大家都愿意和他交朋友，遇到事情愿意听他的建议，喜欢爸爸帮他拿个主意。爸爸是一个非常勤劳、很能吃苦、有智慧、敢于闯荡的人。在他同辈中，算是佼佼者。他有生意头脑，很多"商机"总能先人一步。爸爸虽然是个能干的人，但毕竟工资有限，家里孩子多生活压力大，加之曾祖母时常有病，住院做手术都是很大的开销。有一次我听爸爸和妈妈两个人悄悄说，曾祖母过生日办酒和住院花了好多好多钱，在那个年代都可以买一套商品房了。妈妈为了照顾祖母和抚养我们，一直没有时间出去工作，也就没有工资收入。在大姐上班前我们全家人的所有生活来源只有爸爸一个人的工资。在我们家里，爸爸妈妈是最节约的人，用爸爸的话说就是再苦不能苦了奶奶，再穷不能穷了孩子。在爸爸的统一安排下，曾祖母的花销、我们姐妹的开支是能保证的。苦和累都是爸妈承担。在我的印象中，爸爸当厂长的日子里总是自己带饭，一个饭盒往手提包一放，中午一加热就凑合一顿。妈妈常说，别看你们爸爸出门穿得很讲究，但好衣服也就是那么一两身，戴的手表开的车子也不是名牌，与其他厂长、其他科局级领导相比就落个整洁的大帅哥。曾祖母也常说，勤是摇钱树，俭是聚宝盆。

在生活条件大大改善的今天，一些人头脑中的节约意识渐渐淡化了。现实生活中，有失革命精神和艰苦奋斗作风的现象屡见不鲜。然而一些人却不以为然，在有的人看来，勤俭节约、艰苦奋斗是过去战争年代和艰苦岁月提出的特殊要求，现在条件和环境改变了，再提倡这个就不合时宜了；有的认为，是否艰苦朴素是个人生活的小事，吃点、喝点、玩点无碍大局，没有必要看得那么重，要求得那么严；还有的认为，时下人们生活讲质量、吃穿讲档次，国家也提倡和鼓励消费、拉动内需，"慷慨花钱"是为国家经济建设做贡献。这些认识我不能说极其错误，也不想指责那些人，但与我们家人的人生观、价值观是不一样的。

家风是一种潜在而无形的力量，在日常生活中潜移默化地影响着我们的心灵，塑造着我们的人格，在这种家风的影响下，我立志也要做一个对社会有用之人，我深知教育对一个人的重要性，毅然选择了从事幼教工作。

"教育"在我们的生活中无处不在，从踏入幼儿园的那一刻，我就知道我的肩上背负着沉甸甸的两个字——"责任"，作为一名幼教工作者，首先要对孩子有爱，一个孩子对于幼儿园来说也许是千分之一，可是对于每个家庭来说她就是百分之一百，幼儿园是保教机构，幼教工作是一种服务于社会的工作，为了能让社会和谐，让家长工作得放心，孩子送得放心，无论在生活上的照顾还是教学上的精益求精。都像妈妈一样对孩子悉心关怀，拉了尿了吐了，为他们擦干净，病了要守护在他们身边。孩子年龄越小越需要得到老师的爱抚，从而产生安全感、幸福感！和孩子们在一起，摸摸他们的头，拍拍他们的肩，帮他们提好裤子，塞好衣服，这些爱都是发自内心的，才能教育影响孩子，让他们茁壮成长，在孩子眼里我们慢慢成为值得他们信任的亲人。这样全身心的付出，我在幼教一线兢兢业业工作了8年。直到现在回忆那段我最青春、对爱最毫无保留付出的岁月，依然为之自豪……

记得那时，每到冬天，曾祖母也会和其他的老人一样，坐在门口晒晒太阳，纳纳鞋底，和过路乡亲打打招呼，拉家常。无论别人说什么，曾祖母总是安静地聆听，偶尔也搭上几句腔，从不随意评价别人。她这样平静的态度，给我留下了很深的印象，以至于我的父辈，包括我们姐妹都不会在背后讨论别人的是非。曾祖母常说静坐常思自己过，闲谈莫论他人非。这样的家教是教不出的，是家庭氛围长期熏陶的结果。小时候，我们姐妹几个都喜欢和曾祖母睡在一起。夏天她为我们驱赶蚊虫，摇扇纳凉。还把我们在太阳下晒久的衣服放到地上凉一下，说这样可以消除暑气。冬天早早地用汤壶帮我们暖被子。

随着年岁的增长，曾祖母耳朵不太听得见了，每次我们要和她说话，都得用很大的力气，每每这时，她都会把耳朵靠过来很费劲地听我讲话，有时也许并未听清，但是她总是满脸慈祥的微笑，轻轻地点点头。曾祖母很爱干净，在她最后的日子里，每天起床，第一件事仍然是刷牙洗脸，把头发梳得整整齐齐。曾祖母一生勤劳、节俭、忍耐，让我由衷地敬佩。在她心中，想着的是子孙，不考虑自己，不议论他人，也不愿意给别人添一丝麻烦，无须过多言说，却能让子孙耳濡目染，受到感化。

曾祖母也是我见过意志最为坚强的老人。83岁那年曾祖母患乳腺癌，做了切除手术，备受疾病折磨，生命危在旦夕。就在大家担惊受怕的时候，奇迹发生了，曾祖母用自己坚强的意志挺了过来，她坚持治疗，永不言败，战胜了病魔，全家人都为曾祖母高兴。但是无情的岁月，却怎么也不肯放过年迈的老人，十年之后，乳腺癌复发，曾祖母身形憔悴，但思路依然清晰，一直保持乐观心态。医生告知由于年龄太大，没有好的办法，只能靠输液维持营养，保守治疗。乳房上的瘤子越长越大，像一个巨大的菜花，很快开始溃烂，每日流脓、流血。只能靠妈妈每日悉心照料，按时吃药、换药、输液。但最终还是未能挽回生命，于1999年10月22日下午13时15分去世，享年93岁。

在四姐妹中，吴梦杰最富有怜悯之心，她自己创办的"梦杰幼儿园"，地处一个较大的农贸市场附近，这里有很多外来菜农的孩子，一般幼儿园不愿意收，除了一些世俗偏见外，别的幼儿园都觉得农民的孩子衣服穿得太脏，家长素质低且教起来费劲，而吴梦杰不仅把他们收下，还耐心地和家长沟通，告诉他们给孩子一个清洁卫生环境的重要性，教育的重要性。她对家长的开导，对孩子无微不至的关怀和培养，打动了家长和孩子。这些孩子后来都变得非常好，在市幼儿艺术比赛表演中，梦杰幼儿园频频获奖，扬州电视台也曾为梦杰幼儿园做了报道。幼儿园的特色是关爱社会弱势群体子女的就学问题，并付诸行动，用爱影响他们，帮他们树立自信。有口皆碑，越来越多的家长都慕名而来，吴梦杰用自己的实际行动证明了自己……

家风是一个家庭的文化传承，其中包含了一个家庭在精神和物质方面的价值追求，长期持续而稳定的价值取向、思想品德、审美情趣、物质追求、社会交往、行为表现、生活习惯等各方面，能够对家庭成员产生重要的影响，是家庭教育的全面体现，对后代的影响是全方位的。

我始终认为，家风就是门风，是指一个家庭或家族的传统风尚或作

四女儿吴梦杰全家合影

风。家风不仅是民风社风的组成要素,也是中华民族传统价值观的重要组成部分。

改革开放以来,我国经济确实发生了很大的变化,人们生活水平得到很大的提高,公民道德建设也取得了长足的进步,整个社会思想道德主流是积极向上的。但是,社会道德领域还存在着一些亟待解决的问题:少数人道德失范,诚信缺失,价值观扭曲,是非善恶不分;拜金主义、享乐主义、极端个人主义悄然滋长;见利忘义、损人利己的现象也时有发生。这些问题的存在,与长期以来不重视家风建设有着直接的关系。

家风正,则民风淳;家风正,则政风清;家风正,则国风端。国家

1985年冬,全家人与奶奶合影

的长治久安,社会的文明进步,很大程度上取决于全体公民的思想道德水平的高低。站在社会角度而言,如何引导人们自觉履行法定义务、社会责任、家庭责任,营造劳动光荣、创造伟大的社会氛围,培育知荣辱、讲正气、做奉献、促和谐的良好风尚值得我们这代人研究、传承。

下编 |
追寻英雄足迹　弘扬先烈遗风

信念篇

日日行，不怕千万里；常常做，不怕千万事。不为外撼，不以物移，而后可以任天下之大事。意思是说：每天坚持走，无论有多遥远，都能到达目的地；不怕事情多，只要经常去做，总能做得完。持之以恒，贵在坚持。在做事的过程中还要专注，不因为外物改变想法，不因为外物改变做法，只有这样才可以担当天地间的大事。

——奶奶说

寻找父亲的足迹

"文化大革命"结束后的1978年，我国高考、人事等制度全面恢复，我也结束了长达10年的漂泊生活，回到高邮。中共高邮市委组织部确认了我的身份，落实了我的工作。

几十年来，父亲在牺牲前的学习、生活、工作、战斗情况在我心中始终是个谜团，也曾在梦中对父亲的生平、牺牲时的情景做过想象，但要找到父亲及生前所在部队实在太难。梦了很久、很久，醒来还在床上。不行，我一定要找到父亲，哪怕是关于父亲的一丝一缕。我和奶奶也多次讨论过父亲生前的事，父亲儿时的伙伴——同学吴广德、潘必诚、吴昌领只知道父亲参加新四军抗大5分校之前的情况，这些情况与奶奶说的基本差不多。因"文化大革命"期间，红卫兵说我们家里的"四旧"多，家里先后被红卫兵抄过两次家，父亲留下来的只剩下6封书信、部分个人照片、一封中国人民解放军空军政治部《烈士家属致唁书》。父亲的飞行员专用水壶、飞行服、美国派克钢笔、手表等都被红卫兵拿走了，父亲的书籍、日记本也被弄得不见踪影。

小时候，我记得奶奶身边有一把钥匙，箱子里锁的都是父亲的遗物，每到夏天奶奶总是把父亲生前穿过的衣服拿出来，放在院子中间晒一晒防止受潮，现在奶奶的箱子也不上锁了。因红卫兵先后两次抄家时，我都不在家。箱子里已没有什么值得红卫兵再抄的东西了。

我拿着空军政治部《烈士家属致唁书》找到县民政局，在民政局查到了父亲牺牲后县委、县政府举办追悼会烈士花圈挽联及父亲牺牲时的部分文字记载，高邮县民政局对这些资料及烈士家属家庭情况已进行过核实。在扬州市我查到了《扬州市年鉴》《扬州市人物志》，在这两个权威文献中，不同程度地记载了父亲的生平及牺牲日期，但局限于那个年代，记载的文字数量很是有限。

据高邮民政局资料显示，父亲牺牲时为空军104部队，父亲书信显示为1041部队，还有父亲牺牲后尸骸究竟在什么地方？据奶奶回忆说："烈士牺牲证明书上写的是安葬在安东的镇江山后烈士陵园，民政局核实后认为在辽宁丹东的烈士陵园；也有人认为，后来空军烈士的尸骸都迁到沈阳棋盘山去了。"就抗美援朝烈士陵园来说，仅丹东地区就有振兴区烈士陵园、振兴区滨江村烈士陵园、振兴区瓦房烈士陵园等14个陵园。我的父亲在哪个陵园？他是怎么牺牲的？那天的战况是怎样的？他开的是什么样的飞机？打下了敌机没有？那天牺牲的还有谁？父亲的战友还有多少活着？

一连串关于父亲的疑问在脑海中萦绕，我试图从父亲入伍时开始寻找。先找到父亲生前儿时的本村好伙伴吴济仁、吴基叶,两人在前往抗大后,受国民党地下势力挑唆连夜被父母找了回去,对于吴奇参加抗大后的事都不清楚。但他俩给我提供了一个重要线索,和吴奇一起上抗大5分校的还有一个扬州同乡叫李德合,是抗大5分校知青队的,抗日战争结束后与吴奇一块儿随新四军部队北撤,在部队受伤致残后回到地方,现在在上海蓓蕾童装厂看门。

  当我赶往上海蓓蕾童装厂时,已是清晨。下夜班的看门师傅告诉我该厂确有这么一个人,不过名字不叫李德合,应该是叫黄小金,身上有多处枪伤,右大腿还有4块弹片未取出来,左腿下半肢肌肉严重萎缩,走路一瘸一瘸的,不知我说的是不是这个人。我知道,新四军是由江南抗日游击队改编而成,"皖南事变"后在国统区参加新四军的青年到部队后大都改名字了,原因是怕家里的亲人被国民党迫害。但黄小金知不知道父亲的具体情况,特别是抗大5分校毕业后的情况?当我提出能否让这位看门老大爷带我去看黄小金叔叔时,老大爷告诉我黄小金老人因伤口始终不能愈合,几年前化脓感染致死,听说黄小金老人从小是个孤儿。

  看着老人说话很认真的样子和两眼含着的泪花,我确信老人说的是实话。我忽然感觉到我才是孤儿,如找不到父亲那才是真正的孤儿。见我一时呆若木鸡,十分伤心,老人说,再等等吧,人事的同志8点上班后我可以去找一个姓刘的女同志,查一下黄小金的档案,看原来是不是叫李德合;如是,再让人事的同志带我去找一下他们的家人,黄小金叔叔有一个老伴,前几年为了生活给别人刷马桶,不知现在还刷不刷。在负责人事工作的刘大姐的帮助下,我找到了黄小金叔叔的老伴。听说我出生在上海,黄小金叔叔的老伴十分热情,确认了黄小金入伍前原名确叫李德合,老家在仪征的一个江边上。至于父亲吴奇的情况,只听说他们当中有一个考上了飞行员,其他情况她也不知道;但她又给我提供了一个线索,去找一下同时回乡,也受过伤的残疾军人战友张国焕。

真是功夫不负有心人。在张国焕叔叔那里，一张关于父亲当飞行员之前从新四军到解放军的人生履历图终于清晰地展现在我的面前。

据张国焕回忆，他与吴奇是同一天到达抗大5分校的。当时他和吴奇都是知青队，因报名填表时，他是知青队表格的最后一页，这一页就他一个人的名字，晚上集合点名时，知青队队长不知道最后一页还有一个人，没有点到他，就带着队伍到饭堂去吃饭了。他一个人留在操场，不知道是怎么回事，这时，卫生队队长走了过来，问他怎么不去吃饭，他说点名时知青队没有他，队长看了看花名册笑着说，知青队队长少翻了一页。

"要不这样吧，到我们卫生队吧，我们正缺少你这样的高中生。"

就这样他在卫生队学习卫生方面的知识。从抗大5分校毕业后他俩被分配到第3师第7旅第19团后就一直在一起，后来我父亲从第19团调到旅部后勤部后他俩才分开。再调到佳木斯汽校时，他已调过去了，又在一起。再后来，我父亲被选进航校，他因在"淮海战役"时受伤，复员回到上海。说来也巧，吴奇从航校毕业后又到上海虹桥驻防，在上海驻防期间，还来看过他，再后来参加抗美援朝后他们就再也没有见面。

从上海回到家中，我把从父亲战友张国焕叔叔那里了解的情况一一向奶奶述说了，奶奶拿出父亲两次荣立二等功的喜报，我一一核对时间、部队、事迹后与张国焕叔叔所讲述的情况基本吻合。奶奶说扬州有父亲生前的两个战友负伤后回家都曾来我家看过，他们介绍的情况与这个叫张国焕的说得也差不多。我庆幸张国焕叔叔还活着，也为我及早动手收集父亲生前事迹感到欣慰。应该说来，这些史料都是抢救性挖掘，否则，一旦像张国焕这般年纪的人去世后，我们将到哪里去找。谁又能回忆，谁又能证明。从这个意义上说，"文化大革命"对人性的摧残太深。经过我反复走访、提取资料、核实知情人口述等系列工作后，父亲从出生到抗大5分校直至分到第3师第7旅第19团再到第7旅机关，又到鲁中司令部,先后参加秀水河子战斗、四平保卫战、淮海战役军需准备、东北民主联军汽车学校、东北民主联军航空学校最后学习飞行的人生履历,终于弄得比较清楚了。

下面的问题是,父亲在航校有谁与他是战友?他的战友还有谁健在?在父亲的遗物中确有中国人民解放军航空学校第2大队第三期学员毕业典礼纪念合影照片,照片上的时间显示于1949年11月7日,还有1950年5月锦州航校毕业合影、1950年11月30日朱德总司令在空军司令员刘亚楼的陪同下在辽阳机场接见飞行员的合影、第一批参战的志愿军空军第4师第10团第28大队飞行员合影。可是这些照片上的人,奶奶一个都不认识,我更不认识。

父亲在航空学校,学的是什么飞机,抗美援朝时期牺牲时与谁在一

中国人民解放军航空学校第2大队第三期学员毕业典礼纪念合影照片。前排左三:丁锦章、四:于长富、六:吴奇、八:曹金书,右一:李文模;二排左八:陈熙;三排左一:王子祥、二:王金台、三:孙景华、四:段祥录、六:朱学才、九:申炳煜,右二:宋亚民、五:宋文洲、六:赵志才、七:胡树和、八:孙悦琨;四排左二:俞敦兰、三:王天保、五:王寿武、八:赵明、九:林基贵,右一:褚福田、三:刘鹤翘、五:耀先、七:吴光裕

起等又一连串的问题摆在我面前。1983年的一个秋日,我到合肥一个叫王家海的朋友家中做客(王家海时任合肥锻压机床厂厂长)。席间,有一个来自丹东经委的同志到合肥出差。我说,我父亲牺牲后尸骸埋葬在丹东的抗美援朝烈士陵园,我现在厂里的事太忙,一时走不开,请他回去后代我去看一下。如有,给我回一封信,我接到信后再去祭奠父亲。

一个月后,那个同志在信中说,丹东镇江山后面抗美援朝烈士陵园里,确实有一个叫"吴琦"的烈士纪念碑,上面写的也是飞行员,生前部队为104部队,"富邹县"人。抗美援朝中我志愿军有近20万官兵为国捐躯。同名同姓的一定不少,这块纪念碑是不是我父亲的尚不能定论,问题是找到一丝线索总比没有找到要好。第二年的一个夏天,合肥市的王家海同志到沈阳出差,我特意嘱托他一定要到丹东抗美援朝烈士陵园去看一下。他看完后回来说的情况与丹东经委的同志看到的情况一样。于是我找到高邮县民政局,向民政局的同志说明情况后,高邮民政局的同志给我开具了介绍信,我亲自来到丹东烈士陵园,在这里我查到

1951年,朱德总司令在刘亚楼的陪同下与空4师飞行员合影

了1951年空军1041部队关于烈士安葬的手写原始记录。记录显示，吴奇，江苏省高邮县人，1927年出生，1944年入伍，中共党员，1951年10月16日在抗美援朝空战中牺牲，时年24岁。我对抗美援朝烈士陵园的同志说，这份记录是真实的，他们能否将烈士纪念碑上的字改过来。陵园的同志告诉我，可以改，但你要到空军和当地民政局开具证明信。

1988年3月10日，我找了主持爸爸追悼会的原县委办公室主任召建农同志，致函空军政治部，3月21日收到的空军政治部的回复：104部队改编为何部队，我处史料不详，如再来函能否提供更加详细的情况。

接到空军政治部回函后，我决定给沈阳军区写信，再给沈阳空军写信，其结果都是我们提供的资料不详。无奈，我再次找到县民政局，民政局、县修志办先后致函丹东烈士陵园未果。对此，高邮市委专门委派市纪委行政执法室主任郭永根同志、高邮烈士陵园主任夏加龙同志前往丹东烈士陵园与该园协商此事，在郭永根、夏加龙同志的积极协商下，丹东烈士陵园经过审核移交记录，与抗美援朝纪念馆史料进行比对后认为，系刻碑时笔误，终于将父亲的名字、出生地改了过来。重新刻好的墓碑安放时，我和爱人赶了过去，在墓碑前举行了一个小而庄重的仪式，献了花篮，烧了些纸钱，表达了全家人想念父亲的心愿。

1995年4月，高邮撤县设市后烈士陵园在原占地67.99亩的基础上计划扩容并筹建广场和高邮烈士纪念馆。县民政局的同志在征求烈士家属意见时，我提出能否在陵园内为我父亲建一个纪念碑。民政局经过研究后同意了我的请求。但按相关风俗习惯，要到丹东烈士陵园爸爸陵墓处取土。市委决定由郭永根和夏加龙同志与我一起前往丹东，在丹东烈士陵园的大力支持下，我们取土工作进展得很是顺利。一位在陵园长期守陵的主任听说我们的来意后说，丹东烈士陵园的烈士遗骸搬迁过一次，有的搬到沈阳的赵家沟去了，吴奇烈士的遗骸搬没搬过他不清楚。他建议我们再到沈阳的赵家沟去取一些土，这样保险一些。我让郭永根

中国人民解放军空军政治部

高邮县志办：

3月14日来函悉。

由于年代久远，吴奇同志原所在104部队改编为何部队我处史料不详。如再来函，能否提供更详细些的情况，以便告知原104部队变更情况。特告。

1988年3月21日

空军政治部回复给原高邮县委办公室的函

和夏加龙同志带着从丹东烈士陵园取的土返回高邮，自己向沈阳的赵家沟奔去。在赵家沟，一位放羊老农为我的孝心所感动说："取土不能这样取，你先去买些纸钱，再买些水果、糕点、白酒之类的食物，还要买些鞭炮，纸钱要多买一些，也给和你爸爸一起牺牲的战友送一些吧！我在这放羊近40年，见到有孝心的也就你这一个。每年清明节倒是偶尔有人来祭奠。我不知道这些烈士的后人都怎么了，难道他们都不知道家里有亲人埋在这吗？还是因为别的什么原因，再穷也不能忘记自己的祖先啊！"

我按老大爷的嘱托一一照办，准确地说，这里没有父亲的墓碑，父亲的遗骸是不是迁到这里我也不能十分确定。或许是思念父亲过度，或许是过度劳累，当我跪拜时，双眼发黑、两腿发软，一下子瘫倒在地……冥冥中，我似乎听到父亲在说："儿呀，爸爸没有尽到一个做父亲应尽的责任，对不起你，也对不起奶奶，你和奶奶吃了不少的苦吧？原谅我吧，孩子。爸爸在天国关注你，福佑你。"

"爸爸！我来看您了，爸爸我来看您了。"

虚无，生活在这个现实社会中的虚无啊！我不知道，是人性的本质虚无？还是人性的社会属性虚无？但我知道每一个烈士家庭的生活窘况，精神、肢体所承受的磨难则是活生生的现实。

63岁的大爷在这山上放羊达40年，据村里的人讲，每年清明他都要在这个山上为烈士烧纸钱。每当他家杀猪、杀羊，他都要将煮好的肉食送到山上让长眠在这里的烈士尝一尝。

1996年4月5日，清明，对奶奶来说是一个极其特别的日子。上午9时，高邮市委、市政府在高邮烈士陵园举行了吴奇烈士墓碑的落成仪式。因父亲是新中国第一批飞行员，也是高邮市历史上第一个飞行员，是高邮市较早参加抗美援朝志愿军的军人之一，在市委、市政府的号召下，高邮市党政军及社会各界人士都参加了仪式。考虑到奶奶已是90岁高龄，市民政局还专门为奶奶定做了新衣，配置了轮椅、拐杖等。

仪式结束后，奶奶不知从哪里来的一股力量举着拐杖竟从轮椅上站了起来，在父亲的墓碑前席地而坐，用手抚摸着父亲的墓碑喃喃地说："儿呀，你回来吧，你听到妈妈的呼唤了吗？自你从家一别，已是52年。52年呀，妈妈天天想你，儿子！回到妈妈的梦里，让妈妈再好好地、紧紧地拥抱你一次。儿呀，妈妈来接你了，妈妈来晚了。"

"别人都让妈妈把你忘了，妈妈怎么可能把你忘了呢？牺牲前连一句妈妈都没有来得及叫。"

我知道这一切的一切，只不过是奶奶的臆想、奢望。但我无法阻止她的哭泣，或许，哭泣是一种倾诉、一种短暂的精神慰藉。

理想篇

居下而无忧者，则思不远；处身而常逸者，则志不广。庸知其终始乎？意思是说：身居下位而没有忧虑的人，那么他想到的事情不会很远；身心常常处在安逸之中的人，那么他的志向不会远大。没有理想的人，他们怎么知道后来的结果呢？

——奶奶说

励志园里颂英雄

2016年5月11日上午，我接到郭永安的电话，说有一个陈绕天的人到高邮民政局查找吴奇烈士的家人，电话中说陈先生是靖江政协委员，书画院院长，他的舅舅朱学才是吴奇烈士的同学，也是战友，他知道吴奇烈士生前的有关情况。放下电话我的心怦怦直跳，这个好消息来得太突然，有些不敢相信。但我还是迫不及待地拨通了陈院长的电话，他在电话中说："你是吴奇的家人吗，我总算找到你们了……"当时我心情非常激动，准备立即去和陈院长见面，然后又想了想，寻找父亲都几十年了，我还是准备一些资料再去见他吧！回家后我把这一喜讯说给爱人和孩子听，全家人都非常高兴。三女儿吴震湘说，她在《泰州日报》

看到过一篇文章,说是有一个人为了寻找他在空军的舅舅的家人和墓址,外甥接力找了近60年,具体的记得不太清楚,不过可以在网上给老爸搜一下。三女儿立即打开手机,搜了搜陈绕天,果真《泰州日报》一篇文章映入了我的眼帘:

> 身为新中国第一代飞行员的朱学才牺牲后长眠他乡,外甥和家人苦寻60年找到墓地。他们发现,陵园还有不少飞行员烈士墓至今未有亲属祭扫——
>
> 茫茫人海,他为空军烈士寻亲

靖江籍飞行员朱学才是新中国第一代飞行员,1951年1月,在一次飞行训练中壮烈牺牲,22岁的他从此长眠于异乡。60多年来,朱学才烈士的亲属们一直苦苦寻找其墓地下落。历经几代人费尽周折,去年清明前夕,其外甥陈绕天终于确定了舅舅的墓址,举家奔赴沈阳赵家沟革命烈士陵园扫墓,告慰亲人在天之灵。

在寻找舅舅的墓地和收集整理舅舅资料的过程中,陈绕天无意发现,该陵园还有很多空军飞行员烈士墓,至今未有亲属祭扫。于是,从去年6月起,陈绕天开始帮助这些空军烈士寻找亲属。目前,已成功联系到5名烈士家属,还有10名正在联系中。

我感激陈绕天,帮我找到了父亲生前的部队和毕业的航校,于是我把父亲的书信、奖状、照片等资料整理好,编了一本40页的"家书",5月14日我和爱人带上大女儿吴静前往靖江拜望陈绕天先生。

他热情接待了我们,介绍了他从寻找他舅舅朱学才烈士开始到现在,历经辛苦,先后帮助多少人,寻找到烈士亲人等情况,并说他在沈阳棋盘山发现吴奇烈士的墓墙,在丹东找到了吴奇烈士的墓碑,但就是没有找到他们的家人。说到伤心处陈先生失声痛哭……

我当即决定要和他一起到老航校去找一找父亲生前的资料、档案。陈绕天说不急，6月1日由空二代子女们发起一个纪念东北老航校成立70周年的纪念活动，他先把我拉进这个群里去，而后再统一参加活动。我和家人决定听从陈绕天先生安排。在东北老航校研究会、空二代微信群群主华山的邀约下，2016年6月1日，我到达93017部队驻地，参加"纪念东北老航校成立70周年——追寻足迹"系列活动。参加此次活动的有二等战斗英雄、原东海舰队航空兵司令员王天保和东北老航校机械第二期学员、学员队指导员胡溪涛及来自全国各地的原东北老航校革命先辈的子女们。

到达丹东的第一天晚上，我已和衣入睡，突然陈绕天敲门说："吴中直快起来，听说找到吴奇的儿子，大家可高兴呢，说什么要见见你，快起来，跟我走吧。"

我跟着陈绕天来到他们居住的房间，邹晓黎、熊晓霞、许玲、华林等见到我非常激动，大家你一言、我一语几乎聊了大半夜，但更多的是关心我家的情况，我一一作答，感激他们的关心、关怀。当我讲到奶奶思念父亲的心情时，在座的每一个人都流泪了，也很同情我从4岁就与奶奶相依为命的生活经历。我说，经过多年的奋斗，我没有让奶奶失望，奶奶活到了93岁。他们都很感动。聊到天快亮时，我们才各自回到房间，可是我躺在床上怎么也睡不着。说实话，并非学历史、学军事的我，对东北老航校知之甚少，因父亲吴奇牺牲时我不到4岁，只知道他毕业于东北老航校飞行第三期。东北老航校在哪里？那是一所什么样的航校？这所只办了三年零六个月的航校为何在中国空军史上占有如此崇高的地位？乃至我们前来追寻足迹时，中国人民解放军空军发来贺电。由此可见，她不愧为人民空军的摇篮，是一所为人民空军和新中国航空事业发展建立了不朽功勋的学校，无疑，她就是一座丰碑，永远矗立在中国航空事业发展史上。

2017年6月2日"老航校寻根之旅"在海浪机场遗址合影留念

6月2日,我们"寻革命前辈遗迹,传承老航校精神 —— 寻根之旅"(以下简称"寻根之旅")在部队官兵的热情接待下,参观了原7航校办公楼旧址、老航校励志园、师史馆和旧跑道遗址等地,参观了当年父辈们曾经战斗过的老机场。这个已经完成历史使命的老机场原有的设施已不复存在,只有那条古老、长满荒草的老跑道仍诉说着当年的辉煌……

见到父辈们当年飞行过的老跑道,"寻根之旅"团的子女们急切地跳下车,不约而同地站在这曾经的机场上拍照留念。当93017部队首长拿出当年老机场照片时,大家异常兴奋,纷纷讲述着父辈们在那个浸润着汗水和热血的地方,为新中国空军发展艰难创业的光辉岁月。或许是受后辈们的热情所感动,东北老航校第一期学员胡溪涛,对第三期学员王天保说:"王老,你还记得这个机场吗?这就是当年的海浪机场,我们站的这个地方是跑道。"90岁高龄的王天保将军说:"记得,太记得了!别的事可能会忘记,但这个机场忘不了。"对作为东北老航校第一期学员的胡溪涛来说,这条跑道与他有着太多太多的缘分。

那是1945年8月15日，日本宣布无条件投降。在举国欢庆抗战胜利的时刻，中共中央决定在东北创办一所航空学校。1945年10月，我军在沈阳成立航空大队，不久国民党反动派大举进攻东北，为保存这颗红色的种子，航空大队由沈阳辗转迁移到辽阳、本溪，最后落脚到通化。1946年3月1日，我党、我军第一所培养航空人才的专门学校——"东北民主联军航空学校"，在通化正式成立，代号"三一"部队，这便是后为人们所说的"东北老航校"。

航校刚刚成立，国民党军队就攻占了沈阳、辽阳等地，四平吃紧，通化已不安全，东北形势日趋恶化。为避敌锋芒，航校成立才一个多月，就被迫在4月中旬离开了通化，迁至牡丹江，代号也由"三一"部队改为"六一"部队。

当年的航校校部就设在当今的牡丹江军分区大院，航校机务修理厂在工商银行牡丹江新华支行附近的原机床厂院内，背后是航校医院。航校机械班的学习地点是在当今的牡丹江，当时，那里有十几栋日本房子，航校便把这些房子改成教室和宿舍。航校搬到牡丹江后，各项工作才逐步进入正轨，组织飞行训练。1946年7月21日，学员们就在我现在所站的这条跑道上开创了世界空军飞行员培养中越过初、中级教练机，直接飞高级教练机的先例。

听完航天功臣胡溪涛讲述当年在此的往事，邹炎之女邹晓黎连连说还是胡老记忆力好，站在一旁的陈绕天忙说："你们两位老人是亲历者、见证者，你们俩最应该在此照张合影。"说着，两位老人手拿当年机场的图片微笑着面对随团记者和后辈们的镜头。见两位老人在机场合影后，东北老航校飞行第一期甲班后代、空二代、军二代、烈士后代也自行邀约站在海浪机场旧跑道边，尽情地让镜头记录这一难忘时刻。师长张伟林、政委李贻国，还专门和我们几位烈士的子女合影，他们是白玉、吉忠廷、陈绕天和我。

左起：白玉、吉忠廷、师长张伟林、政委李贻国、陈绕天、吴中直

告别老跑道后，"寻根之旅"一行，冒着滂沱大雨驱车前往牡丹江儿童公园，在这个儿童公园，长眠着东北老航校教育长蔡云翔烈士。在哀乐声中，驻地部队首长主持了隆重的悼念仪式，蔡云翔烈士的小女儿黄波代表亲属致辞，她说："蔡云翔是我亲爱的父亲。1946年2月我出生，就在这一年的6月，还没来得及见到我的父亲，他就为中国人民的空军事业光荣牺牲，献出了自己年轻、宝贵的生命。我没有见过父亲，但我和家人无时无刻不在想念他。我们为父亲自豪，我们永远怀念亲爱的父亲！今天可以告慰父亲的是，奶奶97岁了，仍然健在，儿女子孙已长大成人，幸福地生活在一起。安息吧，我亲爱的父亲。"

接着"寻根之旅"一行来到牡丹江烈士陵园，悼念东北老航校的教育长吉翔烈士及在我军感化下为世界和平和新中国空军事业做出贡献的日籍工作人员。大家献上花篮，表达心中的哀思和敬意。吉翔烈士的孙子吉忠廷，凝重地对爷爷说："爷爷，您是第一批驾机起义投身中国人民解放事业的一员，也是第一个带领东北老航校学员飞行的教官，更是东北老航校第一个牺牲的教官。您牺牲后，爸爸和我终于在2010年找到了您的墓地。我们感谢为了让您安息付出了许多艰辛的东北老航校二代的叔叔、阿姨们!"吉忠廷表示:"烈士后代既是光环,也是一种责任,我绝不玷污烈士的荣誉,一定继承您的遗愿,努力奋斗,为您老人家增添新的光彩!"

在吉翔烈士墓前,许景煌之女许莉讲述了她父亲和吉翔烈士最后一次飞行的故事。已经91岁高龄的东北老航校机械第二期学员、学员队指导员、航天功臣胡溪涛因为下午为部队官兵上传统课未能与大家一起前来拜谒,傍晚他专程来到烈士陵园,向自己的老师吉翔墓碑深深鞠躬。老人轻轻抚摸着烈士墓碑,动情地说:"几十年不见啦,好想老师!没有你们的无私奉献,不会有中国空军的今天。"胡老在日本籍烈士墓碑前献花、鞠躬后感慨地说:"日本人民大部分是好的。我们学习飞行的人员不少是文盲,为了教会我们,我们的日籍教官非常耐心。"

在参观老航校励志园时,"寻根之旅"一行站在毛主席1949年在天安门城楼上宣告中华人民共和国成立的雕像前,心情难以平静,激动人心的画面,渐渐浮现在大家眼前……在接受检阅的飞行梯队中,有方槐、安志敏两位红军飞行员,为表达全体空军官兵的心愿,他们三次摆动机翼,向党、国家领导人和首都人民致敬。黎明等一批红军航空队人员在地面做保障工作,见证了这一历史性时刻。

下午,我们"寻根之旅"一行与部队官兵进行座谈交流,刘煜滨、陈塞北、袁晓刚等先后发言。一位部队的领导在与"寻根之旅"一行交谈中介绍说,在整理空1师师史时,曾了解到老红军夏伯勋在老航校的感人事迹,肯做事、不张扬的风格让他对老前辈有着非常深的印象。夏伯勋是老航校战斗机中队中队长,也是新中国成立后人民空军第一支改装喷气式飞机的飞行团长。1947年7月在佳木斯以西30公里的汤原机场,因机场遭苏军严重破坏,一时难以修复,夏伯勋一行人只能先利用备降草地作为训练跑道。没有教练机就只能由林保毅讲解飞机性能特点

吴中直在励志园留影

和操纵驾驶的要领,再由他们驾机在机坪上来回滑行,逐渐加速,等飞机接近离地时收油门,慢慢体会要领,然后就起飞了。机上无线电早已被拆除,上天后就全靠飞行员自己凭经验和悟性来驾驶飞机。训练期间每天天不亮就得起床吃饭,然后步行几公里赶到机场。天还没亮,飞行员和地勤人员一起把飞机从机窝推到停机坪,然后在草坪上画上起飞线,铺上一块"T"字布。指挥员就站在旁边用红、白旗指挥飞行,飞行员如目测不好,落不到跑道或超过跑道,指挥员就打红旗,飞行员赶紧拉起来再飞,直到目测准确时才打白旗允许着陆。改装飞机在训练中也遇到许多风险。首先是油料不纯杂质多,经常遇到空中停车,他们沉着应对,冷静处理后化险为夷,没有发生过死亡事故。再就是经常遇到敌机的袭击,他们苦于没有炮弹不能作战,只能凭着机智与敌机周旋,吕黎平就曾经被敌机击中过。经过两个月的训练,他们每人都飞行了30多个小时，飞完了所有战斗课目，完成了改装任务，掌握了零式战斗机的各种飞行要领和空战技能。

接着袁晓刚上台与全体官兵分享了他父亲袁彬动人心魄的战斗故事："我父亲飞了一辈子，最后虽然平安着陆，但也几次与死神擦肩而过。抗美援朝时期我父亲任空3师师长，有一次从丹东浪头机场坐苏制小型轰炸机去沈阳开会，具体飞机型号，我当时还小，搞不清楚也没记住。父亲坐在正、副驾驶后面，飞着飞着，父亲看领航图前方，航线附近应该有坐标，有比当时飞机飞行高度高的山。他提醒飞行员，注意观察前方有山，当时正值冬季，地面白雪一片，再加上当日能见度也不好，三个人六只眼看了半天，只见眼前白茫茫一片，什么也看不见。这时父亲心里有点紧张了，从时间算差不多应该看到了。正想着突然一座大雪山出现在眼前。由于偏航飞机正高速朝着雪山肚子撞去，说时迟那时快，父亲一把推开飞行员抢过驾驶杆，因为他心里清楚轰炸机重，此时如果上拉驾驶杆抬机头肯定拍上去了，只有向侧面压杆飞机横滚，才有可能避让开。事实正如此，飞机贴着山坡切过去了，逃过一劫。"

最后，刘煜滨上台，讲述父亲刘亚楼当空军司令员时的故事："老航校建立初期，学员的文化水平都不高，于是父亲便向毛主席提出申请，挑选一些文化教员。毛主席知道这个情况后，马上提出请陆定一、安子文挑选20多位教员，分到老航校，每一位教员都是经过党多年培养、文化程度极高的。通过从全党、全军、全国人民中挑选，集中了最优秀的人才、力量来组建人民空军，就像一个穷人家出了一位大学生，全家人都节衣缩食来培养，人民空军就是这样成长起来的。当年老航校一分为六，后又建立了7航校，就在牡丹江。当时空军报请毛主席申请政工干部，主席亲自批示以1：3的比例从全军选政工干部，供空军挑选，空军这支部队的7个政委全部是开国少将，每一位都是功勋卓著。可见毛主席对空军的重视。"

回溯东北老航校艰辛的创建历程,一段段故事让人回味。今年是老航校建校70周年,时间的跨度让每一段故事都显得弥足珍贵。"啊,摇篮"团成员将父辈在老航校时期的物品无偿捐赠,睹物思人,让更多的士兵了解当年发生过的故事。老航校精神集中体现了党的性质、宗旨和人民空军的优良传统、作风。如今,生活得到改善,大家应忆苦思甜,是前辈们的浴血奋战才创造了当今的和平环境。我们应将老航校精神融入生活和工作中,把老航校精神发扬光大。

结束一天的集体行动,在返回宾馆的路上,常砢(常乾坤之子)说:"中直,我在励志园里的幕墙上看到首批参加滑翔机训练人员中有吴奇,说明你父亲当年很优秀。参加首批滑翔机的人员都是选了又选的,因滑翔机没有动力。我爱人用手机把名单拍了下来,不信你看。"说着她爱人把手机的图片打开,我一看还真是有我父亲的名字,或许我在励志园做过太多的思索、联想,竟然没有发现。我高兴得一时不知说什么好,顺便说,那我晚上请你们吃饭。

我们几个人高高兴兴地来到饭店,席间,谈得很是投机,大家对我十分亲热,我想,主要是他们因我照顾奶奶的精神所感动吧!他们问了我奶奶的许多情况,话题从父亲牺牲后奶奶的第一感觉问起,对此,我也为他们的孝心所感动。常砢说:"烈士的母亲就是我们父辈的母亲,就是我们共同的奶奶。"当我听到这句温暖的话语时泪水哗哗直下。

晚饭后,我独自来到励志园的石碑前,找到了常砢说的那面刻有滑翔机训练人员的幕墙,找到父亲的名字,站在父亲的名字前,我用手机自拍了一张图片。依稀中,70年前他们那种艰苦创业的镜像活灵活现地定格在眼前。感觉里,这是中国军队特有的功绩,世界上也只有中国军人能够创造这样的奇迹。借着朦胧的月色,我反复阅读着励志园简介上这样的一段文字:"东北老航校有人推火车、马拉飞机的坚毅,有攻下文化堡垒、突破理论难关的执着,有用酒精代替航油、用马蹄表当计时器的智慧,有直上高教、展翅蓝天的胆魄。正是这一组从无到有、艰苦创业、敢为人先的生动写照将共和国空中蓝图的起点定格在白山黑水之间。"

伫立在励志园的石碑前,我思索着是一种什么样的理想支撑着老航校人如此坚毅、执着。又是一种什么样的精神激励着他们面对一个又一个困难?

关于理想、信念,似乎是一个哲学命题。在理想面前,不同的国家,不同的时代,不同的人,有不同的理想。一种理想,就是一种力量。在蔡云翔、吉翔烈士墓前,我就想,为了新中国的航空事业,他们不惜抛家弃子,在白色恐怖的笼罩之下,颠沛流离,甚至是和自己的至亲剑拔弩张……他们都来自家境殷实的庄户人家,如果不参加革命,完全也能和普通人一样过着平凡的日子,即便是战乱动荡,他们也不至于牺牲。那又是什么力量促使他们面对凶险,无所畏惧;面对残暴,始终微笑;面对生死,凛然大义……这是怎样的一种豪迈,是什么样的力量在支撑着他们,是什么点亮他们的理想之灯?是理想!他们抱着"愿以我血献厚土,换得神州永太平"的坚定信念;怀抱"星星之火可以燎原"的美好希望;他们盼着"海晏河清,大同一家"的共产主义社会。所以他们坚持着,他们心中有盏永不灭的理想之灯。正如周总理所说,理想是需要的,是我们前进的方向,在那艰苦卓绝的环境里,理想支持着他们,理想点亮了他们的人生,更点亮了新中国的未来!为什么有一些人,终其一生都在平庸中度过,尽管他们也在辛勤劳动,终生奋斗不止,却只能扮演无足轻重的次要角色。没有作为的根本原因就在于,他们缺乏真正的内在动力——理想和信念。

在烈士墓前,我不知道应该怎样告慰烈士,是说当下社会已进入一个人心浮动、信仰缺失的年代?还是说,在拜金主义、享乐主义已经充斥社会的今天,有不少人的价值观已经发生扭曲,不劳而获、一步登天、一夜成名、一夜暴富已经成为许多人的投机心理？或说，我们仍有一部分党政干部在贪腐？还是说商家为了利益不惜做出违背道义的事情？还是不说了吧，给烈士们一个好心情。

> 古往今来，大凡举大事者，不唯有超世之才，亦必有坚忍不拔之志。咬定青山不放松的人，一定是君志所向，一往如前。愈挫愈奋，再接再厉。
>
> ——奶奶说

意志篇

东安路　密山娃

6月3日，我们"寻根之旅"一行到达东安，今黑龙江省东南部的密山市，东与虎林市毗邻，南与俄罗斯隔兴凯湖相望，西与工业重地鸡西市为邻，北与七台河市相接。被誉为中国人民解放军发射药制造业、电器修造业、装甲兵和人民空军的摇篮，也是"北大荒精神"的发源地，著名的历史文化名城、旅游城市和冰雪文化名城，是国家战略定位的"沿边开发开放中心城市""东北亚区域中心城市"及"对俄合作中心城市"。

1946年7月，时任航校政委王弼率先遣队将原驻牡丹江的东北民主联军航空学校迁移到东安，与东安人民一起度过了一年零四个月的时光。在当时非常艰苦的条件下，老航校的先驱培养并试飞了我国第一批飞行员，开始了我国航空兵的光辉历史。

"寻根之旅"一行的到来，受到了密山市委、市政府的热烈欢迎，密

2017年6月,"纪念东北老航校成立七十周年——追寻足迹"活动现场

山市副市长陶然代表市委市政府致欢迎词,并举办了"纪念东北老航校成立七十周年——追寻足迹纪念大会"。出席大会的嘉宾还有:中国人民革命军事博物馆文物征管部副部长程定飞,鸡西市文化广电新闻出版局局长顾洪涛,鸡西市文联主席姜广繁,中航工业哈尔滨飞机工业集团有限责任公司党委宣传部《哈飞报》总编吴庆梅,中国网·中国视窗编辑部主任陈龙狮(陈昌之子),哈尔滨嘉华旅游资源开发有限公司董事长王友良,中现集团董事局主席刘恩嘉以及东北老航校纪念馆和在建的东北密山革命根据地纪念馆及密山市相关单位的工作人员200余人。纪念会由密山市文化广电体育局局长张文宏主持。

在这次大会上,密山市副市长陶然热情洋溢地说,密山市是革命老区,是京剧《红灯记》主人翁李玉和故事的原型地,是抗联第4军的诞生地,是中国军事工业生产的重要基地,被誉为新中国航空事业、人民装甲兵、发射药制造业、电器制造业的"四大摇篮"。在密山革命老区的红土地上涌现出许多革命英雄,传送着许多英雄故事,特别是东北老航校在密山这片红色的沃土上抒写了辉煌的篇章:老航校的学员在抗美援朝的战场上立下卓越功勋,王海、张积慧、刘玉堤等著名空战英雄更是名扬世界,他们是密山人的骄傲,更是中国人的自豪。密山作为人民空军的摇篮,承载着历史和社会赋予的光荣责任。相信密山人民在老航校精神的鼓舞下,在老航校前辈和后代们的关心和帮助下,会创造出更加辉煌的成绩!时值东北老航校建校70周年之际,我们热烈欢迎东北老航校革命先辈子女们来到密山,与我们一起追忆历史,缅怀先烈,畅想未来。

新中国航空事业的主要奠基人、东北老航校首任校长、原空军副司令员常乾坤中将之子常磊做了主旨发言,常磊在发言中讲述了在中国共产党领导下,人民军队建立自己的人民空军的历史。他说,早在中国共产党建党初期的20世纪20年代,党的第一代领导人就高瞻远瞩,派出年轻的共产党员学习和从事航空工作。中国共产党的第一名飞行员就是黄埔军校一期学员刘云同志。刘云同志从黄埔军校毕业后又考入广东航空学校,1925年受党派遣到苏联学习飞行。他在广东航校学习期间,就和苏联顾问一起驾驶飞机,支援东征部队。1930年他从苏联回国后由于叛徒出卖而壮烈牺牲。1925年、1926年,从广东航校派到苏联学习的18名飞行员中有一多半是中共党员和进步青年;1927年,从莫斯科中山大学中选派了王弼等12名中共党员和进步青年学习航空知识。直至20世纪30年代,我党继续派人到苏联学习航空,例如从东北抗联选出刘风、王连等人。同时我党还秘密派出地下党员到国民党各航校学习和工作。1938年,从延安及西路军左支队中共选出43人进入新疆盛世才的航空学校,学习飞行和机械维护。他们经过4年多的努力,系统掌握了多种苏联飞机的机型。还有一部分没有进入新疆盛世才航空学校学习的同志，在新疆八路军办事处组成航空训练班，学习航空理论，后又在延安的安塞十八集团军工程学校、延安军事学院培养并储备了一批航空人才。这些同志是老航校的骨干力量和新中国航空事业的火种。1945年抗战胜利后，党中央及时派遣在延安学习过航空知识及对航空知识有一定了解的部分航空骨干前往东北办航校。此外，"东总"部队截获了日军林弥一郎的训练飞行部队，经过东总领导和伍修权参谋长的教育后，留下了一批日籍飞行员和机械工程人员，在东总领导下组建了东北民主联军航空队，为中国人民服务。随即，又从抗日军政大学招收了100多名学员，东北民主联军航空队达到近500人。1946年1月1日，"东总"组建了东北民主联军航空总队，朱瑞（"东总"后方司令）兼任总队长，吴概之兼任政委。其他主要领导干部有副总队长常乾坤、白起、林弥一郎，副政委黄乃一、顾磊。随着延安部分航空干部的到来，东北民主联军航空学校（史称东北老航校）1946年3月1日在通化正式成立，1946年6月1日在牡丹江"开飞"，1947年11月迁移到密山，1948年3月再次迁回牡丹江。1949年3月至10月落户长春后一分为七。东北老航校汇集了大批我党优秀人才。学员都是从延安、华北、山东各抗日根据地选拔出来的八路军、新四军的骨干。还有从前线抽调的警卫部队。同时，航校也吸收了起义的国民党及汪伪空军人员担任教员。

1949年8月，在北京南苑组建了中国人民解放军第一支保卫首都的航空队。10月1日开国大典的阅兵任务，基本是由东北老航校抽调人员组织完成。新中国成立后，随着空军发展的需要，东北老航校分解组建了7所航校，东北老航校的人员成为各个航校的骨干和领导成员。同年11月还领导组织策动了著名的"两航起义"。1950年，中国空军第一支作战部队——由东北老航校优秀飞行学员为核心组建的第4混成旅，为迅速成立的中国空军大发展打下了坚实的基础。

紧接着，一场世界战争史上空前惨烈的空战在中国和朝鲜空域展开。在这场战争中,当年东北老航校毕业飞行学员们担当了空战重任,率领着我们年轻的人民空军,与以美国为首的联合国空军进行了艰苦卓绝的空中搏杀。他们英勇地战斗在"米格走廊"上空,以我们的胜利震撼了世界,打出了中国空军的英雄史!同时,也是在东北老航校培养出的领航员等机务人员的率领下,完成了战时飞机保障、维护、修理工作。空军航空部队在战争中日趋走向成熟。

朝鲜战争结束后,东北老航校的优秀成员在中国空军的建设发展上继续担当重任;在民航总局到大区管理局领导层中,依然有当年东北老航校学员的身影;新中国成立后中国航空工业的许多大项目都由老航校人员挑担,国家的重要航空企业,飞机设计院,试飞院等科研生产单位都是以老航校人员为领导骨干逐步创建的,从20世纪50年代中国自制的第一架喷气式歼击机——歼5,到20世纪70年代第一项大型运输机研制——"运十"项目,依然由来自老航校的老领导担当要职。东北老航校成为一种精神,"东北老航校精神"在继续影响着我们!

今天,我们要把东北老航校光荣历史展示给世人,展示给我们的后辈,让他们知道前辈们是在什么样的艰苦环境下缔造了新中国的人民空军和人民航空事业的,使我们的后辈们能从这部历史中获得激励,加深对祖国的热爱,对人民的热爱。我们已经成立老航校研究会,将加强对老航校光荣传统的研究。

在此,我代表老航校的后辈们,感谢中共密山市委、市政府和东北老航校纪念馆的热情接待,感谢你们在宣扬革命精神和弘扬革命历史传统上所做的工作。

主旨发言结束后,密山市副市长陶然和鸡西市文联主席姜广繁向东北老航校革命先辈子女们注册成立的东北老航校研究会和《蓝天之魂》编辑委员会隆重授匾牌。当东北老航校老校长常乾坤次子常砢和东北老航校老政委之女王兆分别接过东北老航校研究会和《蓝天之魂》编辑委员会匾牌时，会场响起雷鸣般的掌声。东北老航校革命先辈子女表示，将接过父辈的钢枪，弘扬和发展东北老航校精神。

东北老航校研究会代表、原东北老航校第一任副政委黄乃一之子黄达达发言说，我们在追寻足迹，寻找老一辈在这里生活战斗的历程，学习他们艰苦奋斗的精神，把老航校"团结奋斗，艰苦创业，奋勇献身，开拓前进"的精神不断发扬光大。让我们的后代记住那段艰苦卓绝的岁月，为弘扬老航校精神继续努力，为强大人民武装奉献才智和力量！

在此次纪念会上，哈尔滨嘉华旅游资源开发有限公司董事长王友良还介绍了东北革命根据地纪念园的建设项目。他说，为了弘扬历史，传承老航校精神，2015年起嘉华旅游资源开发有限公司投资8000多万元，在密山市建设了东北革命根据地纪念园。纪念园建成后将使东北老航校纪念馆整体规模更大，宣传面更广。

听常磊（常乾坤长子）、黄达达发言后，我百感交集，在敬佩航校老前辈那种顽强意志的同时，也为这次活动的组织者鼓掌，这说明他们在此次寻根之前，每一个人都做了充分的准备。常磊的主旨发言全面梳理了老航校从建校到新中国成立，直到社会革命、社会主义建设时期航校人在各个不同历史时期为新中国航空事业所做的贡献。

随着一阵热烈的掌声，90岁高龄的老英雄王天保将自己的墨宝赠送给老航校纪念馆。见此，我与吴丽丽、伍延力、刘燕平、吉中廷、吴晓清、熊东效、龙华军等也捐赠了部分文物；北京航空联合会赠送了航空模型，墨尔本航空协会为东北老航校纪念馆送来了锦旗。在欢乐祥和的节日

2016年6月3日，吴中直与父亲战友王天保将军合影

气氛中，由5位出生在东安的东北老航校子女（伍修权的两个女儿伍连连、伍延力，常乾坤之子常磊，熊焰之子熊东效，张孔修之子张佳兴）朗诵由空军烈士牟敦康弟弟牟广丰创作的诗歌《东安娃》。朗诵结束后，我们这些东北老航校的后代无不热泪盈眶。

伍连连、伍延力、常磊、熊东效、张佳兴朗诵由牟广丰创作的诗歌《东安娃》

牟广丰的朗诵词写得极富诗意，5位出生在东安的东北老航校子女的朗诵声音洪亮，吐字清晰，读音标准，字正腔圆，节奏清晰，抑扬顿挫，慷慨激昂，声情并茂，没有矫揉造作，有的是一种自然情感的流露。

在与他们的交流中我还得知，在航校创业之际，一代功臣的后辈们大多出生在此，至今他们仍坚守在密山，用伍连连、伍延力姐妹的话说就是，仍留在此地的空二代最值得敬佩。

他们的父辈，有的来自农村、有的来自城市，新中国成立后他们完全有理由调入生活条件相对较好的城市，然而，为了新中国的领空事业，他们和他们的父辈一起，像铆钉一样铆在这里，铆在大山峡谷之间，甘守清贫，忍耐寂寞，守望着祖国的蓝天，守望这片古老无垠的土地，也守望着属于他们心中的那片宁静。

守望？记得我小女儿吴梦杰上初中的时候，她拿着老师布置的一篇写《守望》的作文题目，问我应该怎么写，我说，你在谋篇布局之前一定要明白什么叫守望，它的概念是什么？女儿睁着大大的眼睛说："老爸！能否给我一点提示？"我说关于守望的概念我说得不一定准确，但我理解它的意思，比方说，你坐在考场解答试卷的时候，你的父母在守望,你的老师在守望,所有关心和爱你的人在守望;就像蓝天守望着小鸟,大海守望着风帆,大地守望着小草……守望是母亲起早贪黑操劳的背影,守望是老师头上新添的白发,守望更是你孜孜以求的梦想。守望亲情、守望责任、守望未来……守望是意志,是坚守,是期盼。听完我的讲解,女儿笑着说,爸爸我懂了……古往今来,守望无一不是以意志为基础的,为者常成,行者常至。意思是说,无论怎么难做的事总去做,就一定能做成;无论多么遥远的路总是走,就一定能到达。只要你总去努力而不中断,总是前进而不休止,还有什么目标难以达到的呢?

对于人民空军的事业来说,是需要用一辈子的时光去守望的。故生活在这里的密山娃、空二代,他们在冬季里守望春天,在春天里守望蓝天;在寂寞里守望温暖,在温暖里守望眷恋;在夜空里守望繁星点点,在电波里遥祝飞行员平平安安。或许,这就是他们的理想、信念。因为守望,他们的生活就变得深刻,他们的心灵变得充实。他们——老航校的子女们在守望中,拒绝诱惑;在守望中,追求执着;在守望中,走向成熟。

从这个意义上来说,新中国第一代航空人的牺牲何止是自己,还有他们的家人、后辈。国家不能没有军队,而军队的重要设施如导弹发射基、军用机场、军火库、军工厂必然要建在远离市区、远离人群的地方,这是世界的定律。密山娃无怨、密山空二代无悔,因为他们知道在这个转型期社会,谁能用奉献充实生活的每个瞬间,谁就是在无限地延长自己和他人的生命。

我是一个性情中人,听完密山娃的朗诵后当晚我写下了一首《致密山娃》的小诗:

  你没有军徽,
  未曾握过钢枪,

却拥有英雄般的模样。
你不穿军装，
却胸怀祖国，
拥有密山娃的远大理想。
你与父辈在此生根，
把祖国蓝天守望，
练就的意志是顽强。
从此，
祖国有了和平。
领空有了屏障，
你用忠诚捍卫新中国的辉煌。
月圆之时，
你遥望故乡。
那是两代人的梦想，
两代人的图强。
你把思念的泪水，
在信仰中珍藏。
你把思念凝聚成爱的力量，
这就是密山娃的使命担当。
你坚守着脚下的这方热土，
守望着头顶上的战鹰翱翔。
你用目光送走月光，
回旋成一曲乡音的吟唱。

密山娃啊！密山娃啊！
你守望着和平，

是为了万家的儿女情长。
你肩负着使命，
是为了祖国的繁荣富强。
密山娃啊！密山娃啊！
你带着家乡的古朴典雅，
你传承航校的精神。
在这白山黑水，
宛如一朵鲜艳的奇葩。

精神篇

不可小看精神生活，它与人的现实生活一样，有呼也有吸。灵魂需要吸收另一颗灵魂的感情来充实自己，然后以更丰富的感情再传递给他人。人与人之间感情交流更多的是吸收他人的精神、智慧完善自己，如果没有这种吸收与吐纳，内心就没有生机，就像缺少空气一样难受、枯萎。

——奶奶说

老航校精神在这里传承

在东北老航校研究会副会长王兆的带领下，我们"寻根之旅"一行于6月5日上午来到空军哈尔滨飞行学院，此次寻根的主题是"缅怀革命先辈艰辛创业历程，传承弘扬东北老航校光荣传统"。

那是1949年11月，经中央军委和毛泽东主席批准，在原东北老航校一大队的基础上组建了中国人民解放军第一轰炸学校，后定名为中国人民解放军第一航空学校，1976年改名为空军第一航空学校，1986年9月更名为空军第一飞行学院。几十年来，学院为空军部队培养和输送了一批批合格的飞行人才。其中有以原空军司令员为代表的大区正副职级的领导干部和许多军级领导干部，有参加过解放战争、抗美援朝和西藏平叛名垂史册的战斗英雄高月明、毕武斌、宋宗周、张伟良、周廷彦。有在执行任务中勇敢处理空中险情的女英雄刘晓莲、空军试飞英雄邹延龄、钢铁飞行员王德明等。该学院于2012年4月由中国人民解放军空军第一飞行学院和中国人民解放军空军第三飞行学院合并为空军哈尔滨飞行学院，该院也是空军最早对外开放的两所飞行院校之一，先后有30多位国家的武官和领导人多次来院参观指导。

长期以来，该院党委把"传承东北老航校精神，争做东北老航校传人"作为一项奠基铸魂工程，不断将"老航校精神"融入每一名官兵心中，灌注到每一项具体工作，激发官兵们攻坚克难、锐意进取的豪情壮志和踊跃投身强军实践的热情，不断续写新的辉煌。该院组建以来，8次被评为全军军事训练一级单位，取得7项国家级科技成果，43项军队级科技成果，先后为空军输送了26000多名优秀飞行人才，包括6批女飞行员、8名航天英雄和150多位高级将领。特别是改革开放后，在中央军委新时期战略方针的指引下，该院进一步深化教学改革，在继承中创新，在改革中发展，以科技兴训、效益至上的原则，积极探索新时期教育训练的新模式，较好地推动了学院全面建设。

早在我们"寻根之旅"一行到来之前，学院就把"三学一争当"的例行教育与东北老航校先辈子女宣讲故事及捐赠仪式有效结合，学院政治部副主任张理迎在主持仪式时说，这样的教育生动形象。院政治部主任赵万夫在致辞时高度肯定了老航校精神："东北老航校的创建，标志着中国共产党从此有了自己的航空力量，它是中国航空史和人民空军建设发展史上的一个重要里程碑，作为东北老航校的传人，我们倍感荣幸和自豪。"

在此之前，该院副政委张再山陪同全体人员参观了哈飞院校史馆，在校史馆内，原东总参谋长伍修权女儿伍连连、伍延力看到父亲为了让日本航空战俘安心帮助我军培养飞行员,特意将自己的配枪送给林弥一郎的实物时,对解说员说,这个故事是真实的,你们讲得很生动。张再山副政委也向原东北老航校政委王弼之女王兆讲述了创作政委王弼雕塑像的经过。大家听后无不为学院精心布展的史志馆感到由衷的敬佩。见到图片墙上一幅幅当年老航校开拓者、英烈的图片,大家纷纷在父辈的图片前合影。东北老航校一期甲班首个单飞学员吴元任的三位子女不约而同地站在父亲遗像前,那份自豪、那份荣耀将成为他们心中永远的记忆。因我错过了史馆布展时征集父亲吴奇遗像的时间,只好在英烈墙父亲的名字前留影。

对"寻革命前辈遗迹,传承老航校精神——寻根之旅"一行的前来,学院做了充分的准备和特别细致的安排,院政治部副主任张理迎向我介绍了音乐话剧《迟到的红五星》的创作过程。该剧以我的父亲为主线,全面叙述了他从新四军到解放军再到志愿军,从陆军到空军的心路历程。

导演用现代艺术形式展示了抗美援朝那个特殊时代关于生命的命题,在朴实的生活场景中热情地讴歌了我父亲的坚韧精神,成功地塑造了他这个英雄人物在空战中顾全大局,为掩护战友而光荣牺牲的英勇事迹……揭示了那个时代英雄生活的本质特征,为观众呈现出一个有血有肉有感的英雄人物,使作品始终律动于时代的脉搏,同时也表现机场工作人员、降落伞维护人员的喜怒哀乐。诠释了参加首战的第28大队大队长、教导员在艰难中激发参战飞行员的乐观情绪,在逆境中昭示中国空军的雄才胆识。这些艺术创作,为我们打开了一扇洞悉那个年代战斗机飞行员五彩斑斓的生活的窗户,使观看话剧的学员们了解了以吴奇为代表的一批飞行员在强敌面前无私无畏的英雄品格,感受到了处于劣势、艰难中起步的新中国空军"首战用我、用我必胜"的英雄气概,认识到了他们直面困难、坚韧前行,可贵、可敬的人格魅力。由于该剧使用穿越时空的表现手法,将历史和现实一系列情感定格在舞台瞬间,构建了

2015年,空军哈尔滨飞行学院政治部演出以吴奇烈士为原型编排的话剧《迟来的红五星》(一)。编剧:张平;导演:田红军;孙宇航饰吴奇,魏薇饰牛晓丽,刘海龙饰大队长,苍海饰逯松亭,张乐饰牛师傅

2015年,空军哈尔滨飞行学院政治部演出以吴奇烈士为原型编排的话剧《迟来的红五星》(二)。编剧:张平;导演:田红军;孙宇航饰吴奇,魏薇饰牛晓丽,刘海龙饰大队长,苍海饰逯松亭,张乐饰牛师傅

在信仰与使命的驱动下,亲情、友情、爱情经过战火洗礼,从而实现牺牲小我成就大我的人性升华。据李超干事讲,此话剧在哈尔滨、沈阳、北京、锦州等空军系统演出多场,反响强烈。

我是流着泪看完该剧的。作为烈士的后辈,流泪是一种毫无掩饰的自然情感表达,作为学院方面能将这段尘封的历史挖掘出来,是对逝去烈士的一种崇高敬仰,也是对他们后辈的一种莫大慰藉,更是培养学员革命英雄主义的生动教材。

在捐赠仪式上,东北老航校研究会副会长王兆向学院赵万夫主任赠送了研究会自己设计制作的老航校成立70周年纪念章。接着,东北老航校革命先辈子女伍连连、刘金平、张志勇、吴中直、汤元元、吴晓清、邹晓黎等向学院捐赠了数十件见证老航校光荣历史的珍贵文献资料。因"文化大革命"时期红卫兵先后多次抄家,我父亲牺牲后的大部分遗物已无存,在此行的捐赠中,我只能捐赠父亲生前的三封家书。在这次捐赠仪式上,伍连连代表东北老航校研究会致辞,表示作为老航校的后人应与大家一起弘扬老航校精神。

短短的捐赠仪式结束后,我们一行参观了学院"东北老航校精神教育基地"。站在教育基地前,大家久久驻足,凝神观看着老航校革命先辈们感人至深的创业史实。老航校首任政治委员王弼之女王兆看到父亲的革命事迹后,抑制不住激动的心情,流下了思念的泪水。其实流泪的何止是她,连日来,我们每一个后辈几乎每天都是在泪水中度过。我们对先辈们的怀念和敬仰之情,深深感染着每一位官兵。学院副政委张再山无不动容地说:"我们一定要,也一定会铭记先辈事迹,传承先辈精神,当好先辈传人,把老航校精神等宝贵精神财富不断发扬光大。"

受学院领导邀请,原东北老航校副校长、一航校校长刘善本之子刘金平,东北老航校领航学员兼组织委员汤振彪之女汤元元,老航校机械班一期学员、空军二级战斗英雄、空军原副司令员邹炎之女邹晓黎为学

2016年6月3日,老航校70周年纪念活动。左起吴中直、张志勇、汤元元等在捐赠仪式现场与哈尔滨飞行学院校长付国强合影

院部分官兵讲述了自己父辈参加革命、投身人民空军创建的光荣经历。

午饭后,我们"寻根之旅"一行与东北密山革命根据地纪念馆部分人员和学院的部分官兵来到哈尔滨东北烈士陵园。在这个陵园,长眠着为创建人民空军做出重要贡献的朱瑞将军。1946年1月1日,根据中央军委指示,在原沈阳航空队的基础上成立东北民主联军航空总队,朱瑞任总队长;不久以航空总队为基础成立东北航校,朱瑞任校长。因此,朱瑞不仅是中国人民解放军炮兵之父,也是创建人民空军的先驱。1948年11月,时任东北人民解放军炮兵司令的朱瑞将军牺牲后安葬于此。

随着悲怆的哀乐,8位空军战士凝重地守卫在朱瑞将军纪念碑四周。东北老航校研究会人员、"寻根之旅"一行和飞行学院的部分官兵,跟随4位抬着花篮的礼兵列队缓行到纪念碑前集体默哀。东北烈士陵园领导为此次扫墓工作主持了庄重的祭扫仪式,东北老航校研究会名誉会长伍连连,东北老航校研究会副会长王兆,东北老航校研究会常务副秘书长张志勇,东北老航校研究会理事吴伯刚向朱瑞将军敬献花篮,寄托哀思之情!东北老航校研究会常务副秘书长、朱瑞将军原警卫员、原老航校一期飞行甲班学员张建华之子张志勇,东北老航校研究会副会长、原老航校政委王弼之女王兆和东北老航校研究会理事、原老航校一期飞行甲班学员吴元任之子吴伯刚祭扫了朱瑞将军墓地。学院政治部张副主任和宣传处邵处长、伍连连和张志勇整理了挽联。祭扫仪式结束后,全体拜谒者向朱瑞将军墓默哀三分钟。

在东北烈士纪念馆,我们"寻根之旅"一行集体聆听烈士先辈们的英雄事迹,感受烈士们的伟大情怀。大家纷纷表示,这次寻根之旅不仅是对父辈们的深切缅怀,也是再一次接受红色洗礼。

结束空军哈尔滨飞行学院之行后,我们"寻根之旅"一行乘高铁来到长春空军航空大学,与学校师生共同学习红军精神,缅怀老航校的建设历史,激励空军官兵为实现"空天一体、攻防兼备"的目标而奋斗。

与其他航校不同的是,长春空军航空大学是在东北老航校的旧址上创建起来的。辽沈战役结束后的1949年3月,学校由牡丹江市迁到长春市,训练规模扩大,除开办第二、第三期飞行班和第三、第四期机械班外,还创办通信班、气象班、场站班,全校发展到3500余人,在校学员320余名。5月,改称中国人民解放军航空学校。学校机关设训练处、政治部、机务处、供应处、卫生处、管理科、通讯科、场站科、队列科,辖第一、第二飞行大队,第三、第四大队(机械)和警卫营。

我的烈士父亲吴奇作为第三期学员,虽然在东安、牡丹江市等地学习过,但毕业于这所学校。1949年12月13日,中国人民解放军航空学校停办,所属人员调往新组建的航空第7学校等单位。该校先后共培养各类航空人员560名,其中飞行员126名,机务人员322名,领航员24名,场站、气象、通信、参谋人员88名。这些人员,后来大多成为建设人民空军和创办、发展新中国航空事业的骨干。

该校停办的原因是新中国成立后的10月6日,中央军委批准了创办6所航空学校的方案。分别在哈尔滨和长春建立两所轰炸机航校,在锦州、沈阳、济南和北京建立4所歼击机航校。为充分发挥原老航校留下的人员和装备的作用，中央军委又批准在牡丹江再建1所运输机航校。12月20日，中央军委颁布命令，将上述航校依次命名为中国人民解放军第1至第7航空学校。各航校校长人选全部从东北老航校抽调有飞行经验的干部担任，政委则从各野战军中选调。这就是人们称之为的"一分七"。

在航空馆参观，在飞行训练基地漫步，大家仿佛走进了70年前创建航校的那段艰苦岁月里。我的烈士父亲吴奇的同班同学、战斗英雄王天保，曾在抗美援朝空战中创造出活塞式飞机击落喷气式飞机范例，先后荣立特等功、被授予"二级战斗英雄"荣誉称号。老人今年已是90岁高龄，但看到墙壁上悬挂的马拉飞机、气筒给飞机打气、自制酒精的老照片时依然兴奋不已，在他的心里，这每一样展品都是一段回忆，弥足珍贵。

参观过后，我们"寻根之旅"一行与学校2000多名师生在空军航空大学文体中心，举行"传承老航校精神演讲会"。航空大学的干部、学员、战士及老航校的后人代表相继登台，讲述自己与老航校的传奇故事。刘亚楼司令之子刘煜滨在演讲会致辞说："东北老航校不但为人民航空事业培养了一大批人才，摸索积累了适应中国国情的创办航校的丰富经验，而且在建校过程中，不断加强党的领导，形成了'团结奋斗、艰苦创业、勇于献身、开拓新路'的老航校精神，它与井冈山精神、长征精神一脉相承，是我党我军光荣传统在创建航校实践中的具体体现，是中国空军的摇篮。回顾老航校所走过的光辉历程，可以启示我们，要强校，关键在'铸魂'。当年我军建老航校正是有了一批批从陆军精选的、经过战火考验的战斗英雄和优秀骨干，他们把我军的优良传统，特别是老红军精神注入老航校的建设和育人工作中，才使得我军的军魂在空军这个年轻的军种中传承下来，才铸就了人民空军的辉煌历史。今天，我们纪念老航校建校70周年，最关键的问题就是要继承和发扬老航校的光荣传统。时代在发展，社会在进步，今天，我们的工作生活条件越来越好，这对一个以牺牲奉献为职业特点的军队来讲,将意味着更大的挑战。我们只有继承和发扬井冈山精神、红军精神、老航校精神,才能确保强军先强校的战略目标落到实处。我相信,在以习总书记为核心的党中央的领导下,人民空军一定能够努力奋斗,勇敢面对挑战,实现'空天一体、攻防兼备'的远大目标,最终实现中华民族伟大复兴的中国梦。"

晚上学校举行了隆重的讲老航校故事、歌咏大会。曾参加中国人民抗日战争胜利70周年"9·3"大阅兵的空军航空大学合唱团成员身着军礼服和东北老航校先辈的32位后代及"寻根之旅"的8位成员一起演唱当年老航校的校歌《抗战校歌》和空军航空大学校歌《蓝天召唤我》。参会的师生全体起立,奏响了一场2000多人的雄壮和声、充满爱国主义激情的红色旋律,嘹亮的军歌响彻大地,冲向蔚蓝的天空……

为了这次演出,我们进行了多次彩排,先是进行队列训练,学校选派了教练班长组织实施,完全按照部队的队列要求,从起步到正步一一

2016年6月6日,老航校建校70周年故事会空军航空大学合唱团

过关；我们正步合格后再进行演员的挑选、声部的组合。准备工作就绪后才进行领唱、合唱排练。排练、演唱都统一着装，大合唱由陈绕天指挥。陈绕天是不是专业指挥我不清楚，但从他认真的劲头与指挥的姿势看上去很是专业，尽管我们32名空二代无一是专业歌唱演员，但大家排练得特别认真，唱得很好。与专业演员不同的是，我们每一个空二代都是带着情感、带着对父辈的怀念来歌唱的，再加之我们唱的是革命歌曲，这些歌曲过去我们都曾唱过，用陈绕天的话说就是排起来很顺。演唱结束后，掌声如雷，人们恋恋不舍地与我们挥泪告别。

在故事会环节，东北老航校飞行一期乙班学员，1951年抗美援朝空军第一位"特等功臣"华龙毅的儿子华山向大家讲述了《战斗机飞行员就是要当英雄》的故事。华山的故事史料翔实，语速把握得当，字正腔圆，一会儿把人带进那个激情燃烧的年代，一会儿又把观众带回现实当中，全场掌声热烈。可见，为了讲好这个故事华山准备得比较充分，赢得了所有空二代的一致好评。

当今的人民空军已从当年的马拉飞机发展为一支由航空兵、地空导弹兵、高射炮兵、空降兵、雷达兵和电子对抗等多兵种，由歼击、强击、轰炸、运输和侦察、加油等机种组成的，具有完成国土防空、空地突击、空中支援、空中运输和航空侦察等作战任务能力的现代化高技术军种。我想这应该是每一位国人值得兴奋、值得骄傲的事情，但更值得骄傲的是一种精神的传承。

友情篇

> 求友须在良，得良终相善。求友若非良，非良中道变。欲知求友心，先把黄金炼。高山流水，非知音不能听。欲取鸣琴弹，恨不知音赏。
>
> ——奶奶说

将军风范　情深似海

得知我的父亲吴奇与张洪清将军、宋亚民将军在航校三期时曾是一个学习小组，我便与陈绕天（东北老航校飞行三期飞行学员、烈士朱学才的外甥）匆匆赶往大连，我们"寻根之旅"的最后一站是参观沈阳飞机制造厂，由于我想见二位将军的心情迫切，向组委会请假时，得到了他们的理解和支持。没有参观沈阳飞机厂，对我来说有些许遗憾，但与急切想见将军，想从将军那里了解更多关于父亲吴奇的情况相比，后者的意义更加深远。

在去大连拜望两位将军的路上，我做了N种猜想，饱经风霜的将军身体健康状况是我最为关心的，他们都是年近90岁的人了，身体还好吗？见到将军之后，我说什么？如果我说，我是吴奇烈士的儿子，他们得知后是什么反应？那场战争在他们心里是什么样的印记？我与陈绕天去了后会不会勾起老人当年的痛楚，会不会影响老人的心情，扰乱他们

2016年6月8日，吴中直于大连拜访父亲战友张洪清将军

业已平静的生活？还有，对我父亲吴奇他们能回忆起来吗？

6月8日，是一个值得我永远铭记的日子。上午9时许，在张将军女儿张丽军的安排下，我与陈绕天来到大连黑石头干休所张将军的寓所，一套普通四居室楼房的将军家朴素、简洁。已87岁高龄的张将军早早地站在客厅迎候，当我们敬礼握手时，将军拉着我俩的手久久不愿放下。此时，屋子里的空气凝固起来，似乎能听到彼此的呼吸，良久，将军缓缓坐在沙发上说："孩子，可算找到你们了，孩子，可算看到你们了。"说着双眼含着泪花把我拉到沙发前说："坐吧！孩子。"

身体壮实，浓眉上挑，双目炯炯如炬，须眉苍劲的张将军俨然是一位饱经风霜的战神。当得知我是吴奇的儿子，将军又一次拉着我的手喃喃道："那场本不该发生的战争过去了，那场本不该发生的战争结束了，那是人家不让我们安宁……"我坐在将军家的沙发上，拉着将军的手说："叔叔，我来看您了，我来看您了，对不起，我来晚了。"

"谢谢你们还记得我，这些年我曾多次让家人寻找，都未能找到，如今总算是见到你们了，这对我来说是一件大喜事啊！"

坐在一旁的张丽军说："爸爸时常念叨你们，念叨在抗美援朝空战中牺牲的烈士，他曾多次要求我们寻找他们的后人。爸爸离休前也曾让部队的人进行过一次查访，但只查到一个烈士的后代。'文革'结束后，爸爸让我给吴伯伯入伍前的江都县去信，我也去信了，县民政局回复说没有这个人。"

的确，父亲入伍时，老家属江都县，1955年，我家的那几个村统一划到高邮县了，烈士家属的优抚也都移交到高邮县。江都县民政局我也去查了，没有关于父亲的任何记录，因父亲入伍时是在新四军抗大5分校，后来5分校知青队的人都北上东北了。在那个战火纷飞的年代，几乎没有档案资料。

张洪清将军出生于1929年，1945年高中毕业后从丹阳邵巷村参军，投笔从戎那年他才16岁，是参加抗美援朝战争首次升空作战的10名勇士飞行员之一。与父亲吴奇、陈绕天的舅舅朱学才同为共和国空军的奠基人。

张将军说："我与吴奇相识得早一些，当年我步行至苏中宝应新四军苏中军区参军，所在部队北撤，到达鲁西南时与吴奇相识。那时吴奇已从抗大5分校毕业。只知道吴奇当时在鲁中司令部做财务，不知道是排长还是助理。相识那天，吴奇在为部队筹备粮食，因各自都比较忙，故谁都没有多说话，加之新四军的'前线剧团'为每一支北撤的部队打快板喊着加油，我们这个部队没有在临沂停留多久就出发了。1947年12月，我来到东北民主联军航空学校报到时，见花名册上有他的名字，我当时还想，不会这么巧吧，或许是同名，结果第二天早晨出操时见到，果然是我们的那个同乡，他也被挑选到了航校。从此以后，我们俩就在一起。我们飞行三期有46名学员，毕业后我们一块儿调入上海虹桥机场驻防。在航校期间没有津贴费，吴奇在入航校之前是新四军干部，有津贴。对此，我还与他开玩笑说，你这个干部当学员后没有津贴你愿意吗？他说，也无所谓津贴。只是家里有奶奶、妈妈，确实没有劳动力。

"我们到上海后,生活上要好一些,因担负战备执勤,我们每个月有10元钱的津贴,每天有一包香烟,每晚还有一杯酒,和苏联飞行员同等待遇。我在上海期间,父母来看过我一次,吴奇说家里困难,没有让母亲来。我参军后回家乡是2012年,也就是说离家67年后第一次回家。"

谈到吴奇牺牲时,张将军深沉地说:"1951年10月16日那天下午结束战斗,吴奇没有返航,我感觉到他可能是牺牲了,还有两种可能,一种是跳伞生还,另一种是跳伞被俘。为稳定军心,不影响我们的情绪,部队没有传达这方面的消息,未发简报。还有一名叫赵志才的飞行员,第一天晚上调入我们第28大队,第二天作战就再也没有回来。经过3天地面部队、民兵的搜索,确认吴奇牺牲。对于这次空战,周总理指示是:宁可摔坏一架飞机也不能牺牲一个飞行员,因为培养一个飞行员的代价是与他体重相等的黄金。

"吴奇不吸烟、不喝酒,平时也不太爱说话,个子也不高。不像我个子高高的,一进机舱座就难受。记得一次作战回来时,吴奇说,你在机舱里好受吗?我说,苏联飞行员个子都大,我们开的是苏联飞机,这个问题不大,但说是这么说,实际上飞行员的个子还是矮一点好,因飞行员一进机舱,所有部位都有作用,屁股底下就是降落伞。"

与张洪清将军分别后,我与陈绕天一起来到宋亚民将军的寓所。像张洪清将军一样,见我们到来老将军感慨万千,心潮起伏。在谈到我的父亲吴奇时宋亚民将军说:"我与吴奇住一个宿舍,我们是一个飞行小组的,每天都在一起随时准备战斗。10月16日那天,我着陆后回到宿舍,发现他的床空着,估计是牺牲了。这一天我们战斗得非常艰苦,后来被人们称之为中国空军史上最严酷的战斗,那天我们天亮起来准备作战,直到天黑才回到驻地,特别是那天下午,我们面对数倍于我们的敌机,打得很是吃力。后来有不懂得空中作战的人在写这段历史时说什么阵形散乱。其实当天下午的情况他们不了解。因我们面对的是数倍于我们的

2016年6月8日,吴中直与陈绕天(左一)、父亲战友宋亚民将军(中)合影

敌机,敌机在我机的冲击下,他们也是队形大乱,可以说那天下午敌我都是混战。谁都很难整合队形。"

谈到我的父亲吴奇,宋将军说:"我与吴奇同学加战友三年多,感情很深,经常提起他,知道他家里只一个母亲和奶奶。至于烈士如何安葬?抚恤金是多少?如何开追悼会?我们当时都不知道,因第二天等待我们的仍是严酷的战斗,后来听说追悼会是由空军政治部在沈阳市组织召开的,再后来听说吴奇安葬在赵家沟。我们第28大队的首飞入朝作战的飞行员受到过朱总司令的亲切接见,朱总司令和刘亚楼同志观看过我们的飞行表演,特别是刘亚楼同志来看过我们多次。"

告别宋亚民将军时,宋将军伫立在寓所门外,与张洪清将军的站姿惊人地相似。无论我们怎么说,两位将军就是不肯离去。上午张洪清是这样,下午宋亚民将军亦是如此,离开他们的视线后,我真想再度回来,守候在他们身边,行走在他们的目光中,尽一个儿子对父辈的孝道。我的父亲吴奇烈士牺牲时只有24岁,走得太突然,我未能在他的身旁尽一个儿子的一份孝心,那就让我以一个烈士儿子的身份给那些尚在的父辈战友们尽一份孝心吧,我这样想。

从两位将军的回忆中,我证实了王天保伯伯的说法:"吴奇、张洪清、宋亚民无论是政治学习、飞行训练,还是请假外出他们仨都是形影不离。"

当晚宋亚民将军的女儿宋甦红与爱人齐航（齐连壁之子），张洪清将军的女儿张丽军与爱人申亮（申炳煜之子），请我们吃晚饭。席间，我们聊得特别开心，但谈论更多的则是战友情、同学情。事实上参加抗美援朝空中的飞行员除少数调到北京、昆明、海军等地方外，大部分在东北，他们联系相对较为多一些，对战争的回忆与反思也多一些。对于我父亲来说，他也感激命运，感谢上苍，因上苍赋予他在有限的生命中拥有张洪清、宋亚民、齐连壁、申炳煜、赵明等一批挚友。正是有了这些挚友让他在天堂能够回望人间，在天堂他不会孤单，不再寂寞，即使是痛苦，那也胜过麻木、苍白……

我不知道父亲他们那一代人对友情持什么样的观点，我也谈不出更多的理论。或许，友情是人生的一种感悟、一种体验；或许，朋友是你风尘仆仆走进家门时的亲切笑脸，是你卧病在床百无聊赖时的温馨问候，是你屡遭挫折心灰意懒时的劝慰，是你历经艰辛获得成功的赞赏。但感悟、体验、笑脸、问候、劝慰、赞赏，无一不是和平时期的产物。在父亲所处的那个年代，友情无一不是把生的希望留给别人，把死的威胁揽在自己手中的战友之情。从这个意义上来说，朋友的感情要是上升到战友的情感层面还得要一番历练、考验才行。

不知为什么，我总觉得父亲在天堂有许多话要说，虽说穿越67年的历史时空但我还是聆听到他的心声：有一把雨伞撑了很久，雨停了，还是不肯收。有一束花闻了很久，枯萎了，也不肯丢。有一种友情，希望到永远，即使青丝变白发，也能在心底保留……我念及那份曾经拥有的情感，那份友情的真挚、绵长、纯净、淡然。虽说相识、相知只有短短的几年，在历史的长河中只是瞬间，可要彻底忘怀却很难很难。

年近90岁的高龄，在三期学员中年纪最小的宋亚民将军，经过"文革"的冲击后不善言语，在言及父亲时有过些许沉默，但我还是从他的眼神中读懂了他与父亲吴奇的感情，此刻，他想说的是："每当忧愁烦恼的时候，我会想起他，就好像他活在我身边，伸出那坚实的臂弯让我依靠。尽管此时的我，无须他的安慰，但内心却觉得倚在他身边时会熬过所有的锥心疼痛、苦难。我的这些心里话，不曾向他说过，他也不曾听见，或许他把这事忘了，但我却永远记着，记着那个灵魂在天堂，身躯长眠地下的战友。找不到他也好，这样不会妨碍他业已平静的生活，我不想让他同我一起回望那段痛苦，只是希望在他的世界里也有一缕温暖的阳光，一道似曾相识的风景，一种触动心灵的灵犀。那是他似曾相识的容颜，是他的真诚、执着。"

张洪清将军也有许多话想对父亲吴奇说，在张将军心里："每当我仰望蓝天时，我会想起他，是他赠予我今生无悔。春交秋替，暑往寒来，他总在我的心田留下美好的瞬间。其实，生命的过程就是一种缘来缘去的过程。在空战最激烈的时候，我们相伴，随岁月的脚步随航迹行走。那时，我们都很年轻，战争使我理解了人生的意义，慢慢懂得了生命的价值，也逐渐明白了生活的真谛。在时间的长河中，成长的足迹遍布着人生的风雨之路。"

是啊！超越是一种缘，一种远超佛缘的缘。这种缘，温暖着我两位将军一生的美好。在漫漫人生路上行走的每一个人都会不同程度地经历许多的人和事。有你想要靠近的人，也有想要靠近你的人。于是，就有了佛家所说的缘。相遇是缘，相逢是缘，相识也是缘。彼此之间坦诚相待。珍惜理解的美缘，把握珍贵的善缘，用心感受缘的美好感觉，那是对远在天堂的父亲莫大的慰藉。

这是两个生者与逝者超越时间、空间的对话，亦是心灵的绝唱。大爱无言、大悲无声。于我，不想再唤醒将军的追忆，把它交付给历史、交付给永恒吧！

回溯东北老航校艰辛的创建历程，有着一段段让人回味的新老故事。她在沧桑磨难中孕育，在战争废墟中建校，在艰难困苦中前行，在炮火硝烟中起飞。她是中国共产党创建的第一所航空学校，也是人民空军的母校。2016年是老航校建校70周年，时间的跨度让每一段故事都显得弥足珍贵。"寻根之旅"成员将父辈在老航校时期的物品无偿捐赠，睹物思人，让更多的人了解当年发生过的故事。老航校精神集中体现了党的性质、宗旨和人民空军的优良传统、作风。如今，生活得到改善，大家应忆苦思甜，是前辈们的浴血奋战创造了当今的和平环境。我们应将老航校精神融入生活和工作中，把老航校精神发扬光大。

辉煌篇

国家的辉煌亦如人生的辉煌，总是在经历岁月的种种磨砺后才会熠熠闪光。当你望见波涛翻滚，气势磅礴的云海，你会瞬间明白，所有的辛苦和付出都会得到远远超出自己想象的回报。

——奶奶说

功力必不唐捐

自大连拜见张洪清、宋亚民两位将军后，我的心情还是难以平静。9月2日至4日，我应空军政治部的邀请出席了在长春举办的航空开放日。与我一同出席空军开放日的还有王兆、邹晓黎、白玉等4人。作为空二代，我们一行受到了空军的热情接待，不仅所有活动都把我们安排在主席台较醒目的位置就座，并且指定由空军发言人申进科负责接待，张信明大校全程陪同。在宾馆安排、随行车辆方面做了全方位的保障，可谓是无微不至。

今年是人民空军的摇篮——东北老航校成立70周年。作为继承者的空军航空大学将这次航空开放活动作为新一批飞行学员加入蓝天方阵的特殊仪式。来自全国各地的16万观众现场感受了空军的力量、精神和文化。

2016年9月4日,在长春举办的空军开放日活动留影。左起:吴中直、申进科(空军新闻发言人)、邹晓黎(邹炎之女)、王兆(王弼之女)

开放日第一天,尽管阴雨绵绵,但空军将士和学员们有着火一般的豪情。在我们4人到达主席台时,空军有关领导与我们热情握手,申进科双向介绍了空军方面接见我们的领导和我们4人的父辈。空军领导说,你们的前辈是航校的创始人,他们为空军建设打下了良好的基础,今天你们出席开放日是对空军事业发展更进一步的支持,如有不到之处,请多提宝贵意见。

与空军领导握别后,我们4人分别按名签就座。我环视了一下四周,参加检阅仪式的战士们已经在细雨中列队等待。细雨中,中国空军司令员马晓天上将开始检阅。整齐划一的步伐、嘹亮的口号,让观众看到了年轻军人的飒爽英姿。始终陪同的张信明向我们介绍说,阅兵式和分列式展示方队均由空军航空大学在校学员组成。在未来几年或者十多年后,将可能成为中国空军的中坚力量。

在检阅仪式和队列表演结束后,开始了飞行表演。因天公不作美,细雨变成了大雨,尽管还算不上倾盆或瓢泼,但也已经让观众们纷纷打起伞,不安地猜测今天的飞行表演是否将要取消。尤其是一架原定进行飞行表演的歼-10模型飞机因为发动机进水无法正常表演之后,大家更是纷纷议论今天的飞行表演大概是要取消。

2016年9月4日，在长春举办的空军开放日活动留影。吴中直与空军大校张信明、白玉（白起孙女）等人合影

然而，作为当代世界上最强大的空中力量之一，中国空军没有让雨幕阻拦。随着一阵活塞式发动机的轰鸣，驾驶初教-6的"天之翼"表演队飞来了。稍有航空知识的人都知道，该机因为可靠、简单，其外形接近"二战"飞机，在美国民间航空爱好者当中有很高的人气，也是我国空军大部分飞行员飞行生涯中的"初恋"。

"天之翼"表演队都是由航校老教官组成，可以说，这些飞行员对于"两杆一舵"的掌握可能要比很多战斗部队的飞行员还要成熟一些。尽管初教-6飞机经常被评论为飞行稳定性太好，机动性不足，但在雨中他们仍然用这些飞机表演了非常精彩的水平机动。

继"天之翼"表演队之后，同样由航校教官组成的"红鹰"表演队登场，和"天之翼"一样，他们的飞行技巧无可挑剔。9月3日的公众开放日表演中，"红鹰"做了一套当年"歼教-5时代""八一"表演队类似的飞行动作，着实让全场观众非常激动。这是因为，当年红色涂装的歼教-5所带来的那种震撼，后来就很难再见了。

在"学院派"的两个表演队结束表演后，大雨中传来了一阵明显比前面几种飞机都更加响亮的发动机声音。果然，一架歼教-9"山鹰"的尾喷口喷着橙黄色火光飞上了铅灰色的天空。只见它在空中做了几个盘旋后，加力低空通场，发动机的轰鸣令人热血沸腾。虽然歼教－9是近年来全新设计生产，甚至被网友戏称"改得妈妈都不认识了的机型"，但还是米格－21的直系血脉，依然是"一台发动机上可以骑上两个飞行员"的暴力美学设计典范。

整个飞行表演都在雨中进行。虽然天气情况非常不理想，但能够在这样的天气进行飞行表演，表明我军实战化训练水平有很大的提高。

随后升空的是歼－11BS战斗机，该机在我军中主要取代当年高德勋的苏－27UBK双座型战斗机。与俄罗斯空军目前主力苏－30SM相比，歼－11BS基本上可以算是类似机型。由于没有像SU－30SM一样采用三翼面和矢量喷口设计，在机动性方面比后者差一些，但在电子设备方面，歼－11BS至少与苏－30SM处于同一水平，或者更高。该机具备歼－11B战斗机的全部作战功能，同时由于采用双座设计，在对地攻击、长时间空中巡逻、空中指挥等方面更有优势。

在9月2日的飞行表演中，歼－11BS也表现出一架典型先进第三代重型战斗机的性能，大迎角通场、小半径盘旋等苏－27系飞机该有的机动动作都进行了展示。随后，就是俄罗斯空军表演队也经常表演的动作，发射热焰弹，这个动作立刻引发全场欢声雷动。重型双发战斗机发动机雷鸣般的呼啸更是让人心情激动。

在歼－11BS表演之后就是读者们都非常熟悉的"八一"飞行表演队，八一表演队驾驶歼－10A和歼－10S战斗机的动作一如既往地整齐划一。不过，9月3日，八一表演队在天气比1日好了很多的情况下，表演的动作就更是精彩了。尤其是在第一次编队通场后，队长驾机进行了一小段单机机动性展示，充分展示了歼－10A的敏捷性，这是八一表演队在以往国际航空航展中很少展示的一个动作，因而带给观众更大的视觉冲击力。

空中表演之后，我们4人在张信明的陪同下来到静态展示区参观。

我按捺不住激动的心情,直奔首次亮相的轰－6Ｋ中程轰炸机和空警500预警机。

轰－6Ｋ战略轰炸机,是我国目前航程和载弹性能最好的轰炸机。我注视着该机前面的标牌上有这样一段话:"近距离对地支援"。张信明向我们介绍说,美国在阿富汗战争期间用Ｂ–52长时间在塔利班活动的山区上空进行巡逻,一旦地面上发现目标,就投掷精确制导炸弹实施攻击。由于Ｂ–52搭载的1000磅、2000磅炸弹威力巨大,且该机上装有红外光电设备,能精确观察地面目标并实施攻击,因此其效能甚至超过了以往执行类似任务的ＡＣ–130炮艇机。很多时候一枚炸弹下去,塔利班就鸟兽散。而最近俄罗斯也在支援叙利亚政府军作战中动用图–22Ｍ3轰炸机,满载数十吨炸弹起飞,对反对派和ＩＳ武装实施地毯式轰炸。不过这次轰炸按照俄军的说法,仍是类似战场遮断的战术轰炸行动,而不是直接对地面部队提供火力支援。

讲解员向我们介绍说,轰－6Ｋ和美军现役Ｂ–52Ｈ轰炸机一样,在机鼻下方安装有光电转塔,能够自行观察地面情况,并使用精确制导武器。此外,该机的通讯系统也更加先进,通过我们的新型战术互联网系统,可以获得地面部队更精确的轰炸支援请求。因此,轰－6Ｋ具备了执行类似美军在阿富汗那样的近距离空中支援任务的能力。

暂别轰－6Ｋ后,我们4人参观了红旗－9防空导弹和305Ａ和305Ｂ两种搜索雷达。记得这两种空情搜索雷达在阅兵仪式上出现的时候是处于行军状态,而我们这次看到的是展开状态,也就是说看到了雷达工作时的样子。这其中,最值得一看的是305Ａ雷达,这是一种有源相控阵远程搜索雷达,它的主要作用是能够大幅度提高红旗－9的反导能力,装备此型雷达后,红旗－9系统可以对射程2000公里以下的弹道导弹实施拦截。前几年国外一些军事媒体最热衷的事情就是在谷歌地图上找中国哪些红旗－9部队装备了305Ａ雷达……不久前,我空军发布已经建成强大防空反导体系，而这反导体系主要是红旗-9导弹系统。

这次参观活动中，我们4人还参加了一次空军航空大学组织的新学员和空军"金头盔"飞行员的对话会。与中国当下空军的王牌们近距离接触，我们4人的共同认识是，现代空战对于飞行员的要求远远超出了我们一般的认知。我们以前说起"飞行员"，首先想到的是强健的体魄和锐利的眼神。因为那个时期，除了地面塔台通知的空中情况，飞行员只能用自己的肉眼来搜索敌机。同时在高强度的空战中，飞行员必须有超强的体魄来应对强烈的飞行过载。当然，这些现代的飞行员依然需要，但是这已经不是一个好飞行员素质最重要的方面。作为一个现代"王牌"，飞行员需要的远不止这些。一位"金头盔"飞行员在对话中谈及"态势感知"能力，在一般人看来，这是指通过数据链获得战场情况信息，预警机告诉你，敌人在哪里。然而在"金头盔"的眼中，所谓的"态势感知"，就是"打篮球的时候不能光盯着球，你得能做到不看球也知道球在哪里"。换言之，通过分析自己所掌握的战况信息，飞行员要能够推断很多没有直接看到的情况。例如，敌人的战斗机是不是钻在我下方的山沟里躲避我们的预警机？敌人的隐身飞机是不是已经进入了战场？这依靠的是极其丰富的经验和近乎于直觉的分析能力。

看到我们4人像小学生一样聆听他们的对话，"金头盔"大校飞行员张信明说，未来的空战，主体仍然是飞行员。从时间上来说，你们的父辈他们都属短期培训，在飞行小时没有达到国际惯例的情况下就开始作战了。当然，这并不意味着短期培训出来的飞行员不能作战，事实上，在抗美援朝空战中他们打得很出色。接着，张信明告诉我说，有一个好的消息要让你们4人分享一下：由我国自行设计、研制的歼-20战机已经到了海拔4411米的高原机场进行测试，不论它今年是否装备部队，但表明该机形成战斗力的日子已进入倒计时。

在接受中央电视台单独对我采访时，我说："67年过去了，我人民空军从无到有，从有到优，走出了一条自力更生、适合中国空军的发展道路。国家强、空军强。看到空军装备发展这么快，我们十分震撼。要是我牺牲的父亲能够看到，他一定会为当今这么强大的空军力量感到骄傲、自豪！"

2016年9月4日，吴中直在长春空军开放日活动中接受央视采访

从东北老航校走来的空军航空大学，其前身是东北老航校的第3大队，先后培养了10余万名军事航空人才，涌现出一级战斗英雄王海、张积慧、刘玉堤等英模人物，以及杨利伟、翟志刚、刘洋、王亚平等优秀学员。我父亲吴奇所在的老航校第2大队则负责组建锦州航校。尽管我对锦州航校现在发展的情况还不了解，但我想同样令人振奋。

回到宾馆，我捧着组委会送给我的中国空军开放日首日封，打开"中国空军巡航钓鱼岛的纪念首日封"、空-6K轰炸机巡航黄岩岛文化衫，戴着纪念老航校诞生70周年的太阳帽倚窗而望，微风吹拂的长春夜空海天一色，一架载着乘客笑脸的民航机从我的头顶呼啸而过，白色的烟雾像飞扬在天空的流动音符，时而逸动，时而飘洒，就像我那颗跳动着的心脏在情感的牵引下时起时落。想着想着，一个关于辉煌的词汇再现在面前，应该说来，今天的辉煌正是无数先烈用生命换来的。

抑或是一种对和平的渴望，战争中牺牲的那些烈士的事迹，像电影的分镜头一样一幕又一幕地展现在眼前，常常引发我关于辉煌、理想、信念、成败的思考……随着社会的飞速发展，20世纪50年代发生的抗美援朝战争已淡出人们的视野，当和平的鸽哨在时代变迁中越来越响亮时，当股票、房地产、电子商务等一系列关于经济、市场的新名词、新概念占据人们的头脑时，当人们PK超女，以极大的热情关注影星离婚案时，军人与钢枪，似乎已没有存在的必要，在一部分人的眼中，英雄的概念已不再是那些把生死置之度外，只身踏雷、身堵枪眼、维护国家尊严和领土完整的军人，似乎更应该是在市场经济中叱咤风云的弄潮儿。

你们不是说美国的月亮比中国圆吗？那么我们再看一看美国人是怎么传承英雄的。他们把在历次战争中为了美好的自由与民主而牺牲的人，把有利于自己的科学英雄、宇航员、科学家、工程师包装成明星、偶像、英雄。而中国在历次战争中牺牲的烈士与中国的科学家、宇航员、工程师却永远是沉默的英雄，他们凭什么就非得沉默？他们应该沉默吗？

诚然，我们已经进入一个经济持续稳定增长的阶段，在这个阶段里，如果都是所谓的民主女神、八股文痞、自由斗士、无良律师、黑心记者、异见领袖、鸡汤导师、民粹大亨们在舞台上活跃的话，是永远培养不出爱国者的。幸好我们的国家还有无数沉默的脊梁存在，仍有烈士的精神存在，因此才有了传承烈士精神的爱国者存在。

可是每当想起那些沉默、无语的烈士及他们的家人为这个国家付出的心血时，我心里就会难受。幸好有钱学森那样的科研先辈，有罗阳那样的沉默脊梁，也有和平时期飞行员王伟的牺牲，有那些连背心都布满破洞、在大热天蹲在发烫的水泥地上吃着盒饭就把歼－10造出来的大批中国无名科研工作者，有那些骑着自行车在歼－20后面跟场的工程师和老专家。事实上，恰恰是由于这些沉默脊梁的不断牺牲和奋斗，才换来了今天国人来之不易的安全和富足的生活。

一个有希望的民族不能没有英雄，一个有前途的国家不能没有先锋。我的父亲吴奇烈士和与他一起牺牲的战友就是这样有血有肉、敢于亮剑、精忠报国的先锋，他们用热血和生命铸就了共和国坚不可摧的蓝天长城。

> 孝子之至，莫大乎尊亲；尊亲之至，莫大乎以天下养。做人要知羊有跪乳之恩，鸦有反哺之义。
>
> ——奶奶说

传承篇

烈士的墓碑是国人的祭坛

自参加两次活动后，我的思绪始终停留在父亲那激情燃烧的岁月，总觉得我有一种义务把父亲的精神传承下去。从长春回来，我于6月26日召集全家及部分亲戚约30人举办了一次以"弘扬烈士精神、传承良好家风"为主题的家庭活动。首先，我把在东北参加老航校建校70周年的活动向全家人做了叙述，之后，组织全家人观看了由哈尔滨飞行学院排演的反映父亲吴奇烈士的话剧《迟到的红五星》，家人观看后非常激动，爱人说，明年是父亲吴奇烈士农历90周年华诞，今年则是阳历90周年，民间以"九"为大，建议我再次组织家人去祭拜一下父亲。父亲出生于1927年10月13日，而牺牲日则是1951年10月16日，全家当即决定把父亲的生日与祭日放在一起祭拜，迫切希望到东北去给父亲过一次生日。我见家人的热情很高，就决定把所有大事都要放下来，10日或11日启程。

2017年10月,扬州电视台进行了以《家风》为主题的专题报道与采访

  为了做好这次全家人前往东北的祭拜活动,我除在行程上做了周密细致的安排外,还专门定做了纪念章。纪念章的正面印有纪念吴奇烈士诞生90周年字样,反面印有父亲牺牲的日期。白色上衣上印有1951年10月16日,那年、那天。还定制了两条横幅,一条上写着:"纪念吴奇烈士诞辰90周年",另一条上写着"1951·10·16英雄那年"。

  10月12日下午,我与爱人、大女儿吴静、大女婿徐道光、大女儿的儿子吴森生,二女儿吴智,二女儿的儿子吴承宸,三女儿吴震湘、三女婿严峰一行,先是来到大连空军干休所拜访张洪清、宋亚民将军。因赵明将军正在医院,医生建议等恢复健康后前往探视,故未能拜访。

  今年89岁的张洪清将军,见我们全家人到来大喜过望,连连说,吴奇有后,吴奇家人丁兴旺啊!看到你们一个个事业有成非常高兴,这也是吴奇的造化。

  在热烈欢欣的气氛中,大女儿吴静说:"爷爷!我的吴奇爷爷牺牲了,您就是我们的亲爷爷。"接下来,张洪清将军详细地讲述了与吴奇一起战斗、学习、生活的故事。

  刚从医院出院的宋亚民将军,见到前来拜访的我们全家人,是百感交集,思绪万千,激动得一时说不出话。他示意我们全家先和他合影,然后示意我们入座。我庆幸的是,虽然我的父亲不在,但曾与我父亲一块儿学习、战斗的两位将军仍精神矍铄、耳聪目明、思维敏捷。对抗美援朝的那场空战仍记忆犹新,两次拜访我有幸从两位将军那里了解到父亲从航校到牺牲时的很多故事……

告别两位将军后,我们全家人从大连乘火车来到丹东抗美援朝烈士陵园,这是我们全家第三次来到这个陵园。在这个陵园长眠着我的父亲、孩子的爷爷。陵园主任孙大力听说我们要来,专门派车到宾馆去接我们。

10月13日上午,全家人穿着为此次活动定做的白色上衣,胸前佩戴着"吴奇烈士诞辰90周年"纪念章,拉着"纪念吴奇烈士诞辰90周年"、"1951·10·16英雄那年"的两条横幅,手捧鲜花,来到辽宁丹东抗美援朝烈士陵园。

松柏环抱、绿荫满园、庄严肃穆的丹东革命烈士陵园,坐落在锦江山公园北麓,是国内修建最早的志愿军烈士陵园。

沿石阶而上,我们首先来到抗美援朝烈士纪念碑。巍峨、雄伟的纪念碑矗立在青松翠柏之中,纪念碑的正面"抗美援朝烈士永垂不朽"10个金色大字光彩夺目。在对纪念碑祭拜、为抗美援朝所有烈士献上鲜花后,我领着家人来到父亲墓碑前。父亲的墓碑位于碑林顶端,因碑文、墓志铭曾做过两次修改、重刻,与其他墓碑相比要新一些、醒目一些。全家人在墓碑前静默3分钟后,分组跪拜。我与爱人跪拜在墓碑前久久不愿起来。我想说:"爸爸!今天是您的生日,是您阳历的90岁大寿。往年您的生日时,我们只是在高邮烈士陵园为您举办,只有到清明节才来这里看您。今年不同的是,我把您的生日庆典转移到这里,我不知道您在这里住的时间长一些,还是在沈阳烈士陵园住的时间长一些,但我知道,这里曾经是您住过的地方,是您永远的家。如果您在天有灵的话，您看看我们吧，看看您的儿子、儿媳，您的4个孙女、孙女婿和曾孙。他们都长大成人了。全家在您的保佑下，一个个事业有成，家庭和睦，您就放心吧！我知道您不寂寞，前有鸭绿江水低吟，后有空山鸟语鸣唱，每年清明，还有当地党政机关、事业单位、学校学生为您扫墓。您唯一的心愿就是放心不下我们，爸爸，我们过得很好，很好。您老就放心吧！"

父亲的祭拜仪式结束后，我们来到位于陵园正门旁边的抗美援朝烈士陵园纪念馆，不料纪念馆突然停电，讲解员用手机照明为我们进行了讲解，直到把纪念馆内陈列的所有图片介绍完。对此，全家人非常感动。回到宾馆我问二儿女吴智，祭拜爷爷后内心有什么感受，二女儿含着泪说："自我当了母亲、有了孩子后，我才能理解一个父亲对孩子的情感。这些年您为了寻找爷爷，吃了不少苦，因爷爷牺牲时您才4岁，未曾见过爷爷长得什么样，在您心中，爷爷永远都是照片中的样子。如果说爷爷最大的遗憾是未能照顾好您，那么，您的最大憾事则是未能为爷爷尽孝。孝与爱并不矛盾，如果说爱是愉快、是甜蜜、是幸福、是体贴、是高尚、是责任的话，那么爸爸对爷爷的孝与爱则更多的是追思、是缅怀、是继承、是延续。爸爸常说，在天国的爷爷并不寂寞，其实爱的本身就是一种寂寞，一种无法遏止的寂寞与渴望。爷爷想看看我们，又怕打扰我们，爷爷明明不想离开我们，但为了人民的幸福却又不得不放弃我们，那份爱是大爱，不仅是属于我们家，更多的是属于全国人民，属于全世界热爱和平的人们。"

我的4个女儿，每一个女儿的性格都较独特，对事物的看法也各不相同，但对爷爷的牺牲精神则有着相同的理解。在作为扬州市邗江区人大代表的大女儿的心目中，烈士的英名与日月同辉、与江河共存。烈士是世世代代中华儿女的光荣和自豪，也是我们永远尊敬和爱戴的楷模。今天，我们全家人祭扫烈士墓，既是珍视历史，慰祭先烈，更是继承传

2016年10月12日，吴中直携全家与张洪清将军家人合影

2016年10月12日，吴中直携全家与宋亚民将军家人合影

统，鼓舞斗志。我们学习革命先烈的精神，就是要像他们那样，始终坚定共产主义信念，始终保持不怕艰险的大无畏革命精神，始终保持奋发向上的蓬勃朝气、开拓进取的昂扬锐气、全心全意为人民服务的浩然正气。

大女儿说："爸爸曾多次组织这样的活动，每一次活动我都把它当成树立正确的世界观、人生观、价值观的家风教育。爸爸是想让我们增强家风意识、大局意识、责任意识。是让我们在工作中要发扬求真务实、埋头苦干、无私奉献、敢于担责的精神。发挥真心实意待人、真情实感动人、真才实学服人、真拼实干赢人的家风传承。对此，我的表态是：

2016年10月13日，吴中直携全家在丹东父亲墓前祭扫

不断进取，树立学在深处、谋在新处、干在实处的思想。以规范化、精细化、人性化为目标，继续优化日常工作。我作为区人大代表，代表着人民群众的利益，要坚持思想上尊重群众、感情上贴近群众、工作上依靠群众、行动上深入群众、生活上关心群众。做贴心人、热心人、暖心人，真心诚意办实事、尽心竭力解难事、坚持不懈做好事，实现好、维护好人民的切实利益，这才算得上人大代表。"

10月15日上午，在哈尔滨飞行学院政治部主任张理迎的安排下，我们全家人来到哈尔滨飞行学员校史馆参观。因张主任在北京空军指挥学院学习，特意安排政治部干事吕超同志带车到宾馆迎接，并为我们做了全面讲解。参观后，我第一感觉是想听听大女儿的孩子吴森生的感受。

现供职于新华网江苏频道的吴森生属"90后"。对于"90后"，许多人认为，他们有着人格独立、个性张扬、自我意识强、价值取向多元化、抗压能力较差、不爱接受说教性教育等特点，这次我为全家人举办的以家风为主题的传统教育,他能接受吗?还没等我问他时,他主动对我说:"爷爷!清朝学者龚自珍研究历史得出这样的结论是'欲亡其国,必先灭其史;欲灭其族,必先灭其文化'。纵观古今中外历史,任何一个侵略者要灭亡一个国家、一个民族,或者通过战争,或者通过文化,而消灭其文化,则更具隐蔽性、腐蚀性、有效性。哈尔滨空军学院教育基地,共分'永恒的精神家园''不变的精神传承''凝固的精神地标''激越的精神华章''不竭的精神动力'五大板块,通过传统展览手段和现代化技术,全面记录了空军奠基者在风雨如晦的战争岁月中,开山奠基,战天斗地的苦难辉煌;创业者在建设强大人民空军的过程中,自强不息,艰苦创业的奋斗历程;传承者在空军战略转型建设中,攻坚破难,建功空天的蓝天印记。我很受教育、启发。这种把优秀传统回馈社会,让红色血脉代代相传的文化是一个国家、一个民族兴旺的支撑点。一个国家的兴旺,不是金钱和权利,而更多应是这个国家所拥有的历史文化。贫穷并不可怕,可怕的是没有思想。"

孩子们长大了,都有自己的思想。听到吴森生观看校史馆后的感受,我似乎觉得原来的担心有些多余。

10月16日上午,我们全家前往沈阳烈士陵园,民政局王先泽同志热情接待了我们。虽说这天为星期天,且下着小雨,但王先泽同志一早就协调好了陵园管理处的同志。大家听说有烈士后人前来祭拜烈士也都放弃了休息,一大早来到陵园等候我们,我和家人十分感动。

爸爸生前战友、一等功臣陈书兰烈士也长眠在此。听说我们前往沈阳烈士陵园,陈书兰烈士的侄子陈海飞也与我们一起前来祭拜他的伯父和在抗美援朝空战中所有牺牲的烈士。他穿着一身雨衣,骑自行车从旅顺赶来。我在沈阳烈士陵园传达室见到他时,他已浑身都湿透,一脸的忧伤,我们激动地相拥,大家都热泪盈眶……

位于沈阳市棋盘山山麓的烈士陵园,有一个特大的圆形花台。花台前边两排半圆形的烈士墙上刻写着父亲吴奇的姓名、生平，粘贴着父亲的图片。英烈墙成为我们共同寄托哀思的地方。直到现在，我仍不知道父亲的遗骨是不是在这里，但我仍把这里视为父亲英灵憩息的第二个家园。

全家人站在父亲的图片前，静默三分钟、三鞠躬后，爱人徐林妹对着父亲的照片说："爸爸！今天是您牺牲66年的祭日，也是您90岁大寿的年份。我们全家人来看您了，我们来请您回家看看，回家时，您就别开飞机了，开飞机危险。沿着马路我给您放钱的标记走回家吧，老家的门钥匙放在门框上的那个缝里，奶奶活着时说，您知道钥匙在哪。"

寂静，寂静，整个陵园静得没有一点声音，空气似乎也在凝固，淅沥不停的小雨仍在不停地下着，像老天在哭，像我们家人思念的眼泪和悲怆的哭泣。对于很多志愿军烈士后代来说，父亲是一个陌生的概念，他们悄无声息地走了，然后埋葬在异乡的土地上。很多后代未享受过父爱，但仍用一生的时间、精力去追寻父亲生命里的短暂时光，寻找、还原一个活生生的烈士父亲形象、故事。而更多的年轻烈士，还未能有过自己的孩子就已牺牲，只有陵园的遗骸与前来祭拜的亲人相遇。或许是父亲的英灵显现，或许东北气象不同与南方气象，就在陵园下着小雨的同时，棋盘山山顶的天空，染上了一抹红色。就连陪同我们祭拜的陵园工作人员也觉奇怪，对我与陈海飞说："你看老天显灵了，我在这工作这么多年未曾见过这种天象。"我说："那是烈士的鲜血在天空凝聚，那是他们的革命精神在涌动，那是染红五星红旗的底色。"

祭拜父亲后，我问三女儿吴震湘对爷爷牺牲的看法，吴震湘说："人的生命是短暂的，唯一能与苍穹比阔的是精神。66年来，爷爷长眠在这里，对中华民族来说，需要前仆后继的牺牲精神。我们缅怀爷爷，祭奠长眠在这里的先烈英灵，我的心情从未有过这样的冷静，以往的浮华此时已淡出思绪，留有的是自我反思和对人生的思考。我想，有良知的国人会与我们一样。"

2016年10月16日，吴中直携全家在棋盘山烈士陵园祭扫

二女儿吴智的儿子吴承宸是江苏省三中奇铭环保设备有限公司工程师，他说："都说太爷爷是最可爱的人！在我看来，他们的可爱之处在于他们的品质是那样纯洁和高尚，他们的意志是那样坚韧和顽强，他们的气质是那样淳朴和谦逊，他们的胸怀又是那样美丽、宽广。为什么战旗美如画？英雄的鲜血染红了它；为什么大地春常在？英雄的生命开鲜花。为了新生的人民共和国，为了人类正义事业，他们激扬大义，他们的生命必将与日月同辉！"

从与子孙们的交谈中，我感觉到在他们的心目中，爷爷、太爷爷永远年轻。的确，烈士那永远年轻的生命，被岁月肃穆在时光的眸子里，他们的名字，被心灵呼唤而又被心灵吸吮成信念的神圣。在心灵的净空里，烈士的目光，开放着白花千朵万朵，在阳光沐浴过的地方，有着烈士梦中的爱，有着国人默诵着他们的名字，无论是绿叶、春风、鲜花、细雨，都在述说着他们的生命历程。

我捧着为父亲敬献的鲜花，像捧着父亲战机的黑匣子，除了沉重还是沉重。不知道父亲还有哪些话没有对我说，但对于不可抗拒的战争，我是迟到的拯救者。我来迟了，父亲仍等着我，我不知道父亲听见了什么，但我听见了沉默。

价值篇

> 家家家，谁能没有家，有家难归家，有家视无家。做人要把生命看成是前人生命的延续，是现在共同生命中的一部分，同时也是后人生命的开端。你才能感受到生命的价值。
>
> ——奶奶说

"11·11"无价的空军节

11月11日是空军成立的纪念日，由东北老航校校友及后代、人民空军第一支航空兵部队的老兵及后代联合主办的、由东北老航校研究会《蓝天之魂》编辑委员会独家承办的纪念人民空军诞辰67周年、第一支航空兵部队成立66周年、纪念人民空军摇篮东北老航校成立70周年、纪念中国工农红军长征胜利80周年的系列活动，于2016年11月11日在上海隆重举行。

这次纪念活动会场设在延安中路1111号的延安饭店，不知是组委会有意安排还是历史巧合，但1111这个数字于我来说是神圣的，位于延安路1111号的延安饭店似乎与空军诞生有着历史关联。纪念中国空军节系列活动由牟广丰和李正亮联袂主持，来自全国各地的人民空军老兵、空军后代、新闻媒体100余人出席了本次活动，共同庆祝"11·11"

中国空军节。

出席纪念中国空军节系列活动的老战士和主要领导嘉宾有：人民空军第一支作战部队第四混成旅的老飞行员，他们是：徐怀堂伉俪、郑刚伉俪、王天保伉俪及子女，还有黑龙江省鸡西市文广新闻局局长顾洪涛，黑龙江省鸡西市文化局朝鲜族艺术馆馆长李承日，黑龙江省密山市文广体局副局长周阳春，东北密山革命根据地纪念园项目副总指挥、东北老航校研究会副秘书长姚庭江，鼎责（上海）金融信息服务有限公司总经理咸立英，谷根集团总经理邓宝英等。

参会的主要革命后代代表有：朱德总司令的外孙女刘丽，原华东军区司令员、上海原市长陈毅元帅之子陈小鲁；东北老航校原政委王弼之女王力力和王兆，东北老航校原副政委薛少卿之子薛辽程；新疆航空队原飞行学员后代代表：夏伯勋之子夏为民、袁彬之女袁林英、朱火华之女朱征等后人，副政委黄乃一子女黄波和黄宁宁，副校长刘善本的子女刘江平、何江东、刘嫩平、刘燕平，教育长蔡云翔的女儿黄均、黄波，训练处长何建生女儿何国贵和侄子何国晖，飞行教员张华的外甥沈阳，学员龙定燎之女龙华军、张建华之子张志勇、吉世堂之子吉少华，牟敦

原第四混成旅飞行员郑刚代表老战士致辞

康弟弟牟广丰和华龙毅子女华山、华英、华林、王军等；混四旅政治部主任谢锡玉之子谢涛，旅参谋长王香雄之子王平凡，第10团长夏伯勋之子夏为民，第10团政委王学武之子王五松，机务处主任朱火华之女朱征，第10团射击主任邹炎子女邹晓黎、邹晓星、王献忠，第10团第8中队中队长李文模之女李萍，飞行员褚福田之子褚援朝，飞行员吴奇之子吴中直，飞行员朱学才外甥陈绕天，王宏典女儿王兵，领航员伊琦之子伊小林等。

纪念中国空军节系列活动开始后首先进入致辞阶段，革命后代代表陈小鲁、东北老航校研究会副会长王兆、原第四混成旅飞行员郑刚，东北老航校学员、第四混成旅第11团飞行员、海军航空兵副司令、93岁抗战老战士王天保，人民空军第4师原机械员、82岁的抗美援朝老兵蔡尚义，东北老航校原副校长、第四混成旅原副旅长刘善本的子女刘江平先后致辞。他们分别从第四混成旅的诞生原因，以及第四混成旅在创建初期为保卫新中国、为把人民空军培养成为作战部队等方面讲述了自己的研究成果和当年的革命故事，让与会者接受了一次红色洗礼。

在热烈祥和的气氛中，与会代表认真观赏了由张志勇、王兆、艾东等人出资拍摄、编撰的《纪念中国人民解放军空军诞辰67周年》专题片，系统回顾了人民空军从其摇篮诞生到抗美援朝等艰苦卓绝的发展历程。

纪念中国空军节系列活动第三环节为空军老兵和空军后代对话论坛，由第四混成旅老战士王天保、蔡尚义和空军革命后代代表薛辽程、刘江平、夏为民、邹晓黎、华山一起对话，它们激发了空军后代们继续弘扬老航校精神、传承空军精神的革命激情。

纪念中国空军节系列活动第四环节为艺术展示环节，首先由空军烈士牟敦康之弟牟广丰朗诵了为本次活动专门创作的诗歌《空军颂》："六十七载育雄鹰，鏖战长空气贯虹。碧海蓝天银雁美，高飞防卫筑长

原第四混成旅飞行员王天保代表老战士致辞

城。"然后,由参会的空军后代代表集体演绎了大合唱《我爱祖国的蓝天》,由陈绕天指挥、龙华军领唱。

这同样是一次缅怀先烈、传承光荣传统、洗涤和净化心灵的活动,我由衷地感谢组委会的全体同志。此次活动的经费由张志勇、王兆、何关金三位同志赞助;活动的纪念封和会议服装由黄波赞助;交通支持由王力力负责;参加会务的义工有:张志勇、王力力、王兆、何关金、龙华军、黄波、邹晓黎、伊小林、陈龙狮、沈阳、李正亮、黄玉遽、郑保毅等同志。他们是一群铭记父母功绩、传播光荣传统的人,是一群有着正义感、责任感的大写之人。

从王天保将军的致辞中,我才真正理解了我的父亲为什么在家门口却不能回家的原因,那是他爱国、爱上海、爱人民的军人责任感所致。从我的老家高邮到上海虹桥机场即使是在当时交通不完全发达的情况下,也只有一天的时间,但这一天,对一个担负战备值班的飞行员该有多么重要。如果用现在的眼光来看,难以让人理解,但在当时那个特定的条件下,父亲是舍小家顾大家了。奶奶常说,家家家,谁

王香雄战地日记摘录（由王香雄之子王平凡提供）

能没有家，有家难归家，有家视无家。这就是军人对家的理解，是我父亲对家的理解。做人要把生命看成是前人生命的延续，是现在共同生命中的一部分，同时也是后人生命的开端。也就是说，将个体生命置于集体，你才能感受到生命的价值。父亲充分理解了奶奶关于生命的价值和意义。

在这次活动中，我有幸拜读了时任空军第4师参谋长、副师长的王香雄记录的22本战地日记，该日记翔实地记录了空4师抗美援朝战事的每一个环节，包括会议记录、空中指挥、地面保障等，真实地再现了那如火如荼、充满着血腥，人类历史上最大规模、时间最长的喷气式飞机大战，记录了那一代年轻人献出自己宝贵生命捍卫祖国尊严的英雄事迹。在王香雄的这些日记中，有一页详细地记载了我父亲吴奇牺牲的准确时间，在页面上还粘贴了我父亲一张脱帽照片，照片边上工工整整地写道："吴奇同志，空军第4师第10团飞行员，于一九五一年十月十六日在空战中牺牲。"与父亲吴奇记录在一起的还有刘涌新、陈书兰烈士，页面上同样粘贴着他们的照片。这一本本价值无量的日记，是抗美援朝空战的真实写照。可见，参谋长王香雄是一个做事十分谨慎、细致、讲道德、爱战友的人。经过长达65年的岁月，这22本日记仍保存完好，可见这场战争在他们家人心目中的分量，这22本日记在经过历史的风霜后仍然由王香雄之子王平凡完好保存，实在令人感动。

会议休息之余，我专门来到郑刚老人座位前，拜望了老人："郑伯伯，您记得你们飞行员当中有一个叫吴奇的吗？"

"吴奇？吴奇！"说着，郑伯伯蓦地从座位上站了起来，双眼直视着我，"你是？"

我连忙搀扶着郑伯伯坐下后说："伯伯！我是吴奇的儿子，我叫吴中直。"

"英雄呀！英雄呀！孩子，你爸爸是个大英雄啊！只是他牺牲得太早了，你们家人都好吧？"

"谢谢伯伯关心，我们家人都好。"

"吴奇虽说是三期学员，但在哈尔滨开训时我们在一起，他个子不高，人特别机灵，我们战友的关系都很好，我记得他的父亲去世了，家里有一个很有文化的母亲，因他给家里写信从未提及父亲。"

"是的，我祖父去世得早，奶奶也去世了，我现在有4个孩子，也是有孙子的人了。"

"好呀，孩子，烈士有后了，是我这次参加活动的又一大慰藉。"

拜见郑伯伯后，我又去看望了王天保伯伯，王天保伯伯对我父亲吴奇同样是记忆犹新。在交谈中，他回忆了与父亲吴奇一起学习、训练的情景，寄语我们要好好铭记父亲。我向王伯伯汇报了我们全家人在父亲祭日去丹东抗美援朝烈士陵园、沈阳烈士陵园祭奠的情况，向老人介绍了家人的工作、学习情况，老人非常兴奋，夸奖我说："孩子，你们做得对。"

在我的直觉中，两位老人身体非常健康，记忆力超常，王伯伯还记得我在东北参加老航校给他推轮椅和合影留念的情景，他勉励我们家人

2016年11月11日，东北老航校校友及后代、人民空军第一支航空兵部队的老兵及后代在上海延安饭店合影

要多向父亲学习，学习父亲的那种英勇精神。

　　这是两位十分和蔼可亲的老人，尽管岁月让他们一天一天变老，但两位老人的健康情况远比我想象的要好得多，郑刚老人上台讲话时声音洪亮，我想这就是我们空二代最大的幸福。

　　11月11日，是个有着多重意义的日子，在国人心中是最热闹的"剁手节"，在剩男、剩女心中，是最虐心的光棍节，在西方人心中是"阵亡将士纪念日"，也是第一次世界大战结束的日子。可谁知道它是人民空军成立的日子，它是人民空军的纪念日。与购物节、光棍节相比，这个节日或许并不被人熟知，但没有人民空军保卫祖国的领空，守护万家和平，哪有今天的快乐下单？遗忘就等于背叛，相信所有希冀和平与发展的人都会跟我一样想要大声呐喊："11月11日，是一个值得历史铭记、永远不能被庸俗化的日子！"

站在"上海二六轰炸纪念碑"前，我抚摸着碑文，俨然是抚摸一段戛然而止的历史。位于徐家汇路、泰康路立交桥的"上海二六轰炸纪念碑"似乎向我诉说着当年的悲伤：1950年2月6日12时25分到下午1时53分，国民党军共派出4批次17架轰炸机，在上海市区投弹67枚，造成1148人伤亡和1180间房屋损坏，造成经济损失达500万美元。

如今，无论是北望首都还是南望台湾都已看不到直上云霄的炮火硝烟，抬头，你会看见蓝天是如此的恬静、安详。它可以演绎气势磅礴，它可以施展匠心独运，它用坚毅、执着剔除柔弱，用坚韧与博大填满时空的每一寸虚无。走近它，我反复掂量一个名叫"人民空军"的名字，透过无数次的想象，它越来越清晰地展现在我面前。其实，我们相距并不遥远，遥远的只是飘过60余年的烽火硝烟。

早在1918年4月1日，人类历史上第一个独立成军，以空中作战为使命的军种——英国皇家空军成立了，那时离第一次世界大战结束还有7个月的时间。即使美国这样的军事大国，空军的独立成军也是第二次世界大战以后的事情。在第二次世界大战之初，面对德国强大空军的狂轰滥炸，如果不是有英国皇家空军这样一支能够与德国空军相抗衡的力量，第二次世界大战乃至人类的历史都将被改写。从1940年7月10日至11月中旬，在那场史称"不列颠空战"的著名战役中，英国皇家空军以损失995架战机的代价，击落德国空军1818架战机，从而彻底打破了希特勒的西进计划。

对于中国共产党所领导的人民军队来说，早在钻山沟、打游击的战争年代，马背上的共产党人就把目光投向高远的天空。1949年11月11日，中国人民空军横空出世。她孕育在战火纷飞的艰难岁月，萌芽于冰天雪地的白山黑水，伴随着共和国诞生的礼炮声一飞冲天，与新中国建设同步共进，在改革开放大潮中茁壮成长。67年来，在抗美援朝、国土防空、国庆阅兵、军事演习、科研试飞、紧急空运、抗震救灾、抗洪抢险等重大任务中,人民空军向祖国和人民一次次交上了合格的答卷。

艰难成全勇士,血火铸就英雄,曲折磨砺意志,奉献书写忠诚。人民空军在经受各种各样考验的成长历程中,不断锤炼升华着足以影响这一军种思维和行为方式的品质,催生拓展出应有的胆识和力量,相续传递着永不缺失的信仰、豪气和敢于担当的意志、锐气,由此固化成滋养一代代空军官兵精神的文化基因。正因为有了这样充满生命力的精神品质支撑,才为这支努力追求卓越的军种带来了绵绵不绝的动力。加快建设一支空天一体、攻防兼备的强大人民空军,为实现中国梦、强军梦提供坚强力量支撑,成为空军人不懈努力的奋斗目标。

高远的天空,永恒的追求。在世界军事科技迅猛发展、军事战略竞争日益激烈的今天,战略前沿、制高点已经汇聚在集技术、空间、战略于一体的蓝天。在这片高远的天空中,凝聚着空军这一军种的理想、意志和激情。

父亲是第一代航空人,从马拉飞机、马灯导航,到飞豹啸天、猛龙掠海、神箭倚天伊始,到无数的后来者,一代又一代空军用青春和生命,写就了一个个志存高远、敢想敢干的精彩人生。六十七载峥嵘岁月,是一条延伸的壮美航迹。在党中央、中央军委的坚强领导下,走过67年光辉历程的中国空军,已经发展成一支多兵种合成、具有一定信息作战能力的现代空中力量。

父亲没有走远,一直沉潜于我的内心。这些留在岁月长河中的青春镜像和他们的阳刚身姿,激荡国人望穿秋水的梦想。面对史诗般宏大的历史,我看到新时代与每一个空军人互为塑造的过程。置身于历史中,我们不应是旁观者。在强军兴军的新征程上,强大的人民空军必将伴随强国梦、强军梦,飞向更高更远的天空。

每年的11月11日,总有一种情怀在我的胸腔中激荡,那是一种自豪，也是一种淡淡的忧伤。我会想起与父亲一起牺牲的战友，他们为了祖国的航空事业、为了中国空军的强大，把鲜血洒在蓝天。这一天无论多忙，我都会抽出时间让自己安静一会儿，我会仰望蓝天，用独有的方式缅怀那些魂洒蓝天的英雄。

> 没有军队就没有国家,强大的军队是国家的盾牌、民族的脊梁、人民的守护神。
>
> ——奶奶说

军魂篇

永远的空一师

——回访我的英雄父亲吴奇烈士生前所在部队

自2016年11月11日,出席在上海举行的"纪念人民空军诞辰67周年"暨66年前空军第一支航空兵部队——第4混成旅成立,以及2016年5—6月在通化、牡丹江、密山、长春参加"纪念人民空军的摇篮——东北老航校成立70周年"系列活动后,我与陈绕天有一个想法,准备在2017年的清明节在沈阳组织祭奠空军烈士的活动。正当我俩协商此事时,华山来电话说:2017年清明节祭奠空军烈士的活动在北京、南京、沈阳三个地方同时举行,就以华山、陈绕天、吴中直和常砢为沈阳棋盘山祭奠活动组委会成员;我欣然应许,作为组委会成员之一,我觉得意义重大,放下手中一切事务,立即投入活动的筹备工作中,统计参加活动的人数、计划接站时间、订房订餐、标语花篮、纪念章、胸牌、祭文手袋等事宜。由于此次活动,我是负责会务工作,先于他们两天到达沈阳做筹备工作。

2017年清明节,吴中直在沈阳棋盘山英烈墙献花

2017年的清明节是一个极为不平常的清明节,《辽沈晚报》《徐州日报》、中红网等多家新闻媒体以"即使没有一块墓碑他们也都是英雄——沈阳首次举行对抗美援朝飞行员烈士的公祭活动"为题进行了长篇报道。

位于沈阳市浑南区棋盘山的烈士陵园,截止到目前所知安葬了32位志愿军空军飞行员烈士和8位空军地勤人员;还有许多抗美援朝的无名烈士,这32位烈士都是新中国第一代飞行员,牺牲时平均20岁出头。多年来,烈士的亲属们一直苦苦寻找着他们墓地的下落,至今也只有15位烈士的家属在这里找到了牺牲的亲人。对大多数烈士家属来说,都是时隔66年首次祭奠,这次由党政军参加举行的公祭更是第一次。

4月4日上午10点祭奠活动开始，由华山主持（空军第一位特等功臣华龙毅之子），沈阳市浑南区区委领导、相关政府部门代表、中国人民解放军93321部队，烈士战友代表、烈属家人，抗美援朝纪念馆，东北老航校研究会，社会群众代表等出席了公祭。随着空军北部战区军官一声沙哑却震撼的口令：中国人民解放军93321部队官兵，向中国人民志愿军空军烈士，敬礼！几十位站立在列队官兵身旁，来自祖国各地，第一次相聚于此的烈士家人们无不潸然泪下！

下一项：高奏中华人民共和国国歌；

烈士朱学才的外甥陈绕天，代表烈士家属朗诵了《思念亲人 崇尚英雄》的祭文：

"雄赳赳，气昂昂，跨过鸭绿江……"

每当我们唱响这首志愿军战歌，我们便热血沸腾，我们便思绪万千。

不能忘！新中国刚刚诞生，朝鲜半岛风云突变，美帝强盗肆虐疯狂。党中央发号令，保和平，为祖国，就是保家乡。

隆隆呼啸，那是装满军需物资的列车在奔驰。

红旗飘飘，那是开赴前线的热血男儿在歌唱。

向我开炮——那是英雄王成。

奋勇堵枪眼——那是英雄黄继光。

一幕幕战争的画面，一尊尊英雄的雕像，流光岁月，清晰难忘。

棋盘山32位飞行员烈士，我们的英雄，我们的亲人。正是那段难忘历史的一个缩影。

不能忘！风华正茂的他们，离开家乡，告别爹娘，抗战解放，迎来新中国灿烂的阳光。不能忘！不畏强暴的他们，雏鹰展翅，笑傲苍穹。血拼一条，令敌胆寒的"米格走廊"。

青山是丰碑，蓝天是奖章。抗美援朝，打败美帝野心狼！

2017年4月，陈绕天朗诵祭文

2017年4月，32位抗美援朝空军烈士清明公祭活动与会人员合影

半个多世纪过去了，最可爱的人，我们的飞行员烈士。又簇拥一起，军歌联唱："亲人—战友—军营—故乡。"

是啊，抹不去的红色记忆，割舍不了的骨肉亲情。

情结相约，我们来了，志愿军飞行员烈士的家人。

情结相约，我们来了，部队的官兵，战友的后代。我们来自祖国的东西南北，四面八方。

悲伤的泪水，那是叙说往日几代人的寻亲之苦。

欢声和笑语，那是讲述而今幸福生活的美好甘甜。

我们的英雄，我们的亲人。你们的光辉形象日照千秋，你们的英雄业绩世代不忘。

我们的英雄，我们的亲人。我们将发扬你们的精神，将我们伟大的祖国建设得美好富强。

陈绕天朗诵的祭文催人泪下……

接着由礼兵列队向烈士纪念碑敬献花篮，由各位代表在纪念碑前整理挽联后，全体人员绕场向烈士纪念碑献上鲜花；之后，烈士的家人们在烈士墙前进行私祭，悲情让所有人都为之动容……

下午由民政部门，老航校研究会和烈士亲属举行了座谈会；王先泽同志代表浑南区政府和民政局表达了热情接待烈士亲属从全国各地赶来沈阳进行祭奠先烈，并感谢大家及时的沟通，有不周到的地方也请原谅。烈士家属也纷纷做了发言，表示要继承和弘扬烈士的忘我精神，为中国的强军梦做出自己的贡献。

座谈会还没有结束，空一师接我们的专车早已停在会议室的楼下；空一师专程安排"欢迎英雄后代烈士亲人回家"活动；我随队坐车两小时，到达父亲生前所在部队空一师的驻地，我们一行被安排在部队招待所，很宽敞、大气、整洁。或许是连日来组织会务工作太累，或许是我触景生情过度悲伤导致身体有些不适，空一师宣传科长张峰得知这一情况后，及时叫医生给我治疗，两名卫生员给我拿药，给我倒水，陪在我身边一个多小时，华林也给我拿来自己随身携带的药品，大家如此关心使我深受感动。

"回家活动"从我们抵达当晚就开始了，部队常委发表了热情洋溢的讲话。第二天一早喷气战斗机呼啸起飞的声音让人震撼，从上午安排观看空一师宣传片开始，宣传干事高红武同志得知烈士子女来部队寻根探访，早早准备了与烈士相关的资料，甚至把许多我们从来没有见到过，也没有听说过的资料拿出来让我们比对、确认，让所有烈士的后代复制、拷贝。在荣誉馆内，华山看到了他父亲两本飞行员训练日记，内容翔实，激动不已，我们也跟着兴奋起来，那是60多年前的手写本，少说也有上万字。在那个天天要打仗的日子里，字迹还那么工整，实在令人敬佩。常砢说这属军博一级文物，实在难得。宣传处连夜扫描了一个电子影印件给华山留作纪念。应该说，我们每一个前来一师的后代都有很大的收获。

我是第一次来到父亲生前所在部队，也是收获满满。社会变迁，时代发展，部队的番号也在不停地变化，但部队的光荣传统没有变，特别是观看《永远的空一师》纪录片后，所有烈士亲属都与我有着同样的感受。在抗美援朝作战中第一位牺牲的烈士赵志才的儿子赵文台，一等功臣陈书兰烈士的侄女陈燕和我们几个几乎观看全程都红着眼眶，"没想到能在纪录片里看到他们生前的照片和战斗场景，没想到这么多年部队都没有忘记他们"。

祖国没有忘记，人民没有忘记，空一师官兵更没有忘记英烈们，他们的英勇事迹在师荣誉馆里有记载，在功勋榜上有战绩，在展厅长廊里还有他们的大幅装帧照片，图书里有他们的故事，新一代的官兵们仰望他们心目中的英雄，追随师史上的英雄。特别是在军队改革、机构调整之际，该师仍然把从抗美援朝战争中继承下来的光荣传统和优良作风作

荣誉馆展厅内陈列的英烈们的照片

下编 追寻英雄足迹 弘扬先烈遗风

宋亚民将军珍藏了60多年的父亲吴奇的照片

为提升部队战斗力、助力改革强军的重要工作来抓，建设英模路、制作战斗画册、拍摄纪录片、开展专题教育、组织祭奠活动，把"奋勇作战、无坚不摧"革命英雄主义精神潜移默化到每一名官兵的血脉灵魂中。

在空一师纪念馆英模墙上，一幅幅英姿飒爽的图像让回访的家人们纷纷驻足。英烈墙上第一张照片就是我父亲吴奇，照片的文字部分写着：吴奇，生于1927年，江苏高邮人，1944年8月入伍，原十团一大队飞行员。1951年10月16日，在抗美援朝战争中，击伤敌F-86战斗机一架后英勇牺牲。1951年1月28日，大队长李汉和我父亲吴奇，战友李宪刚、孙悦、宋亚民、张洪清、魏梦云、赵明8名飞行员放飞，执行上级命令首次对美国空军进行作战，也就是空一师现在说的"空中十勇士①"。看到英烈墙上父亲的照片，感觉父亲在空一师名气很响亮，听说吴奇儿子来了，战士们都热情地上来问好。

在一等功臣齐连壁的画像前，齐连壁的儿子齐航、儿媳宋甦红夫妇专门拍了合影。在抗美援朝作战中，齐连壁击落击伤4架敌机，而宋甦红的父亲宋亚民则是首批入朝参战的10名"空中勇士"之一，用齐航的话说就是"我们是听着父辈的战斗故事长大的，对一师充满了敬意。作为人民空军第一支航空兵战斗部队，空军先辈们用鲜血和生命在这里留下了无数的强军印记。在部队改革的当下，我们来到这里，就是希望部队能够继承敢打硬仗恶仗的强硬作风，当好强军路上的'先锋队'"。年

---

①空一师所称抗美援朝首次"空战十勇士"，据张洪清军长说，"十勇士"就是指首次空战的八位飞行员。

事已高的宋亚民将军因身体原因不能亲自前来，特派齐航、宋甦红二位后代专门从大连赶来空一师，代表宋亚民将军来看望我们，张洪清将军也让女儿张丽军打电话给烈士后代问好，对这两位将军来说，他们那深厚的战友情是放不下的，那些牺牲了的战友，在他们的记忆中更是刻骨铭心，宋将军还将一张收藏保管了60多年我父亲吴奇生前照片，让宋甦红转交给我，我手捧着这张弥足珍贵的照片，如泰山般沉重，当看到我父亲身着飞行服登上战机飞向蓝天的一刹那，即刻泪流满面。

在参观荣誉馆之前，我不知道父亲在那场战争中有多少荣誉被写进史册，直到我在荣誉馆内看到有四张"经典战例"展板，心里的疑惑才算落地。其中"经典战例1"的示意图，示意图上清楚地标明：一号机李汉，二号机吴奇，三号机宋亚民，四号机孙悦琨。图上还标有父亲二号战机的飞行航迹，关于父亲的功绩、生平，我曾多次猜想，也在北京空军政治部、沈阳军区等单位了解过，有些不是太翔实。无论怎么说，见

空一团参加抗美援朝战绩统计

姓名	击落敌机				小计	击伤敌机				小计	总计
	F-80	F-84	F-86	F-94		F-80	F-84	F-86	F-51		
邹 炎	1		3		4			2		2	6
吉世堂					1						1
侯书军	1			1	2						2
李 汉		1			1		2		1	3	4
李宪刚					1					1	2
褚福田	1		3		4			1		1	5
赵 明							1			2	2
吴 奇		1			1			1		1	2
傅臣芝							1	1		2	2
郑 刚	2				2			1		1	3
何有珍							1			1	1
林基贵					1					1	1
吴克明			2		2						2
申炳煜					1						1
宋振庆	1				1						1
周绍桐								1		1	1
耀 先	1				1			2		2	3
王保钧		1			1						1
肖明文					1			1		1	2
陶 伟					1			1		1	2
赵计良			2		2						2
周永宽											
胡树和							2			2	2
总 计					28					20	48

空一团参加抗美援朝战绩统计表

到经典战例中有父亲的名字时，我十分高兴。关于父亲的立功受奖情况，在荣誉馆中我也都一一查到了，由于家里保存的只有立功喜报，而喜报上为数不多的字数不能显示父亲的英勇事迹。从荣誉馆"空一团参加抗美援朝战绩统计"展示，我看到了父亲参加数次空战，击落一架F–86、击伤一架F–86的战绩。意外收获还在于父亲的体检表，从体检表上，我了解到父亲的身高172厘米，体重53公斤，健康状况良好。因父亲自参加新四军到在抗美援朝战争牺牲一直没有回过家，奶奶说，1944年你父亲走的时候还是一个孩子，才17岁，个子也不高，后来长到多高，奶奶也不知道。我也只凭照片假设。与我一样激动的朱学才的弟弟朱五才，在荣誉馆内也看到他哥哥的事迹，已经78岁高龄的他难掩激动之情，含着泪向我们讲起他们兄弟间的深深情谊。

在参观以空军特等功臣华龙毅——"孤胆英雄大队"命名的空3团飞行大队时，华林、华山姐弟俩在父亲的照片前留下了珍贵合影。华林说："回家给母亲看看，父亲依然'活'在这支部队里，仍然带领着我们的飞行员战斗在祖国的蓝天上。"说话的工夫，华林就红了眼睛。

在参观空3团内务后，我的心同样受到强烈震撼，改革开放这么多年了，全国人民的生活水平都大大提高，但空勤人员的宿舍还那么简朴，床上是折叠得像豆腐块一样的被子，床下是供训练用的两双飞行靴和胶鞋，打开柜子也就是供换洗的军衣，可以说朴素得让人有些心酸。我对陪同我们的团副政委说，是不是委屈了我们的战斗机飞行员们，是不是应该提升一下军营的物质水平，全国人民热爱咱们的子弟兵。团副政委却对我说："我们是人民的子弟兵，我们是时刻准备战斗的军人，我们要做能打胜仗的军人，我们培养的是铁血阳刚的男儿，而不是经不起磕碰的草莓兵蛋子。"是啊，一支没有精神、不能吃苦的部队即使武器装备再先进也未必能打胜仗。可以说，他们无愧于永远的空一师，无愧于人民子弟兵这个伟大而光荣的称号。

空军某警卫连刺杀操表演

在鞍山场站，还安排我们观看了警卫连的刺杀操表演，演兵场上，刺刀撕开气流的飒飒风声和战士们冲天的呐喊交相辉映，整齐划一的动作展现了警卫战士的飒爽英姿，赢得了我们全体到访者的热烈掌声。警卫连连长向我们介绍说："刺杀操不仅是我们警卫连的经典展示项目，更是我们全连的荣耀。当兵的人如果连枪都握不利索，那算是什么兵吗？"在他看来，刺杀操不仅仅是表演展示，更是让战士们加钢淬火，成长成熟的一剂良方。它不仅是一套动作，更是精气神的传承。俗话说宝剑锋从磨砺出，也只有这样才能煅造一支"首战用我，用我必胜"的人民军队，因为如果现代战争爆发，首先要争夺制空权。这句话就是由空四师在九六大演习中首先喊出来的，后来全军推广使用，到现在基本上一类应急机动部队都使用这个口号，与我有着同样感受的刘大庚说："我叔叔刘涌新牺牲时才22岁，和他们一样风华正茂，听着他们的喊杀

2017年4月7日，空军第一师邀请英雄后代和烈士家人在荣誉馆前合影

2017年4月7日，空军第一师邀请英雄后代和烈士家人回部队探亲

听奶奶说

声让我想到了叔叔与敌机搏斗的场面。"在抗美援朝作战中，刘涌新为掩护长机，单机与6架当时美军最先进的F-86飞机搏斗，在击落1架敌机后被敌人击中而牺牲，开创了人民空军击落敌F-86战机的先河。

观看完战士们的刺杀操表演后，我们来到某团机库，令我没想到的是，这么先进的战斗机完全是我们国家生产的，这对我这个懂机械制造的人来说更是兴奋，我从机头到机舱，从机身到机翼，从机尾到起落架，从仪器仪表到操作系统，挂多少炸弹，怎么投向目标我做了——的了解，凭直觉制造飞机的材料及工艺比以往有了大幅提高。我们的空军的装备已是今非昔比了。有了这么精良的装备，部队战斗力肯定会再上一个新台阶。

接下来在举行的座谈会上，华山说："我们一直关注着空军的建设，关注着空一师的发展，在部队改革的当下，重访父辈们的老部队，是我们空军后代的共同心愿，也希望部队今后能够继续当先锋、永远打胜仗。"华山发言后，赵文台说他父亲赵志才牺牲后，他在妈妈的培养下一心读书，凭自己的能力考取了大学为父亲增了光。陈绕天说：在两年多的寻找烈士和烈士亲人的过程中虽然很艰辛，但是很值得，今后会和空军的后代们继续进行寻找烈士的活动。此时，政治部宣传处又拿来一批60年前珍贵的文献资料，有捷报、有简报、有旗帜、有图片、有飞行员个人简历，烈士牺牲登记表等，我在众多的文献中发现了四张1951年我父亲吴奇牺牲后，空军政治部在沈阳为我父亲等六位烈士隆重举行追悼大会实况的珍贵照片，这批照片过去没有开放过，烈士家属无法得知他们亲人牺牲后吊唁情况，这一次也算给我解开了另一个结。

座谈会结束后，我代表19名英雄后代和烈士家人向空一师赠送了锦旗，上书八个大字"血染风采，劲舞苍穹"。虽说活动时间比较短，但行程紧凑而丰满，每一项活动都给我们到访的家人们留下了深刻印象，我深刻地感受到空一师这支英雄部队，不忘打仗初心、阔步强军征程的坚

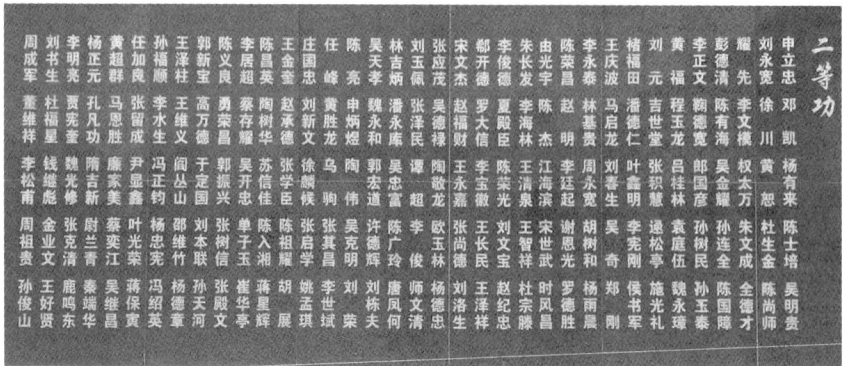

英烈墙上镌刻着荣获二等功的飞行员名单

定步伐,让大家对空军部队的未来充满信心。正如首任空军副司令员常乾坤之子常砢所言:"对于用战斗力说话的空一师而言,能打仗、打胜仗的基因一定会代代相传,人民空军也一定会在调整改革中越飞越高,越来越强。"

最后需要提及的是,当我们带着恋恋不舍的心情离开空一师,王猛、孟庆宝同志开车接送沈阳飞机场,帮助搬行李忙得满头大汗,在车上我顺便问了两位帅兵哥,这次部队整编你们有去向了吗,他们异口同声地说:党叫到哪就到哪,时刻听从党召唤。走进机舱后,我突然想到,或许随着部队编制的改革,空一师的番号有可能又要变了,事实上,这次接待我们的师常委们,有的是从新的岗位专程赶来的,有的即将到新的岗位报到,在编制调整面前,他们以人民军队忠于党的信念,永远守护着祖国的领空,永远保卫着人民的安全。

后记

尽管我写《听奶奶说》一书，用了近两年的时间，但酝酿此书却长达10年之久。由于父亲牺牲时，我才4岁，做过两次母亲的奶奶一手把我拉扯大，不仅在生活上对我无微不至地关怀，而且在家风传承、成长教育上付出了很多心血。

家风，源于我国古代乡土亲缘社会，也就是传统的家庭教育。它包括价值观、伦理观与道德观，也包括传承的基本方法与规矩。优良的家风、家训其终极目的是达到"家和万事兴"，达到家族的世代繁盛。

中华民族自古就有"修身齐家治国平天下"的安世之道。千百年来，中华优秀文化通过一代代家庭长辈的言传身教和家风传承，深入每一个中国人的血脉中。家风作为传承中华文明的微观载体，以一种无言的教育，潜移默化地影响着后代的世界观，对培养社会主义核心价值观具有直接作用。

家风与家庭、家族的贫穷和富有、社会地位的高低并没有直接的关系，属意识形态范畴，也可称之为家庭文化、门风，人们长期生活在一个特定的家庭，耳濡目染，潜移默化，必然会不知不觉地受到家风的影响。其言行举止，必定带有这个家庭的特征，自觉不自觉地朝着家庭所希望的方向发展。习近平总书记强调："千千万万个家庭的家风好，子女教育得好，社会风气才能好。"从这个意义上说，家风是一个家庭的精神内核，也是一个社会的缩影。

在创作《听奶奶说》一书过程中，首先感谢父亲生前战友张洪清、宋亚民将军，给我讲述了父亲生前战斗、学习、生活的诸多故事并为此书作序。感谢父亲生前的部队空军第1师、空军第21师及空军哈尔滨飞行学院、空军航空大学、中央电视台军事频道、中国空军网、中国红色旅游网、东北老航校研究会，抗美援朝战争纪念馆、丹东抗美援朝烈士陵园、沈阳市浑南区民政局、高邮市民政局、高邮市烈士陵园等单位为我提供了翔实、珍贵的历史文献。

本书引用和借鉴了华龙毅回忆录、方子翼回忆录、周勇进回忆录、夏伯勋回忆录、江渭清回忆录、王香雄日记、陈龙狮的相关报道、秀水河子战斗史料、新四军军史、抗大五分校的史料记载，对此表示感谢。

感谢父亲的新四军战友张国焕伯伯、李德合伯伯遗孀提供的资料与线索，感谢密山老航校纪念馆、中华魂网、蓝天之魂杂志社。

此书在出版过程中得到了中国作家协会会员生态文学作家高桦老师的大力支持，《中国作家》杂志社编辑报告文学作家曾祥书对此书作了必要的修饰。江苏省靖江市政协委员陈绕天先生为此书修复了近百张老图片。感谢父亲的同学战友张积慧、王天保、陈嘉宁、宋亚民、张洪清前辈们为本书题词。在此，一并感谢。

我家是一个有着十多口人的大家庭，家庭的格言是："怀忠心耿耿报效祖国，用不同方式感恩社会，靠家族团结凝聚精神，凭个人智慧创造价值。"

吴中直

2017年11月